輪番制で救世主を担当してきたのに今回の俺は魔王らしい

Contents

第1章　再会までの長い道のり

突然だが聞いてくれ。この世界では救世主っていうのは輪番制だ。

俺たちは何回も何回もこの世界に生まれ落ちている。その度に俺たちの中の誰かが必ず救世主として生まれついてしまうわけだけど、死なば諸共《もろとも》、みんなして魔王討伐に挑んではその度に全員揃って惨殺されている。何回挑んでも同じ数だけ殺される、何これ地獄。でも救世主ってことがバレれば、世間様は「魔王討伐行って来い」だ。もうそろそろ嫌だ。何回繰り返したか、もう覚えてねえよ。

生まれたなってことがわかるその度に、今度の救世主が俺じゃありませんようにって祈りを捧げるのはもはや習慣。

――で、だ。

今回はなんだか様子が違う。

おぎゃあと生まれた瞬間から、なんか様子が違うのを気配で感じる。

「無事にお生まれになりました。男の子ですね」

近くで女の人の声が聞こえる。男の子、まあそうでしょうね、俺たちはもう人生何回目かも覚えてないけど、性別が変わったことねえもん。ついでにみんな顔も名前も毎回同じだ。みんなそろそろ生まれてるかな。

生まれたての俺は、ギャン泣きしながら内心では冷静にそんなことを考えつつ、いつもとはなんか違うなーって暢気に思っていた。だってこんな丁寧な声が掛けられている。なんか俺、今回は高貴な生まれっぽい？

目が開いてくれれば、違和感は、いや増すばかり。

あれ、ほんとに高貴な生まれっぽいな？　前回からどれだけの時間が経過しての転生かよくわからないが、すっげぇ豪華な産屋だぞ。一面真っ白な絹だぞ。

俺の母親らしき人は労いの言葉を受けながらぐったりしている。このまま抱っこの流れかな？　と思っていたら、なんと俺はあれよあれよという間にその部屋から運び出されようとしていた。え、待って、産湯浴びたばっかりなんだけど、俺。

きょとーんとしながら続き部屋へ。そこでは男子禁制の産屋への立ち入りを禁じられていたらしい男衆がずらっと並んで座っていた。いや、誰かは心配そうにうろうろしてていいと思うんですけど。なんでみんな彫像のように座ってんのさ。

状況がわからない俺を抱えた女の人が、「お世継ぎです！」と声を上げた。途端に漏れる複数の安堵の溜息。男児か、と確かめるように呟く声があちらこちらで上がる。ほう、時代はそんなに流れてないのか？　男子が跡取りになる文化は変わってないいんだな。

――って、え？　世継ぎ？　俺、どっかの王子様になっちゃったの？

俺の頭の中では、ついさっき魔王に殺されたばかり。それでも早速懐かしさまで覚えて想起されるのは、俺以外の五人の顔。走馬灯のように頭の中を駆け巡る。

――え、珍しい。俺、平民以下の生まれを引き当てることが多かったんだけど、今回は運が良かったのかな?

「あれも役目を果たしたか……」

安堵混じりにそう言ったがっしりした男が、多分今回の俺の父親だろう。おい親父、大事な奥さんをあれ呼ばわりするなよ。

父親(推定)に向かって、あちこちから祝福の言葉が寄せられ始める。

――それを後目《しりめ》に、俺は当分の間置いておかれるらしい部屋に向かうため、男衆がずらりと並んだ部屋を出される。

石造りの堅牢な廊下。天井から等間隔に下がるシャンデリア。

――見覚えあるな……?

俺の表情筋が発達してたら、多分俺は顔を強張らせていたと思う。なんかすごい既視感。ここって、何回も何回も乗り込んで来てはその度に死地になった場所にすっごい似てない? っていうか体感ではさっき通ったような……。いや、似たような建物はいっぱいあるだろうさ。でも通ってきた回数が半端じゃないというか……だからこう、雰囲気を感じ取ってしまうというか……。

――待て待て待て、気のせい。有り得ない。大丈夫。これまで一回もそんなことなかったじゃないか……。

必死に自分に言い聞かせる俺は、生まれたばっかりにもかかわらず容赦なく移動させられている。普通、母親の傍の揺り籠とかですやすや眠れるもんじゃないの。なんでこんな普通に移動させられてんの。しかもその途中、ぼっかんと陥没した壁を発見してしまった。

——うぉい、マジか。あれ、体感ではさっき、コリウスの奴がやったやつじゃないか。

もう嫌な予感は確信レベル。俺はえぐえぐと泣き出した。

それをどう受け取ったのか、俺を抱えて移動させている女の人は低い声で呟いた。

「あれは百と数十年前、忌々しい侵入者どもがこの城にまで辿り着き狼藉《ろうぜき》を働いた証……」

知ってるよ、だって俺その侵入者の中の一人だったもん。てか百年経ってんのね。百年、あの壁直さなかったのね。悔恨のモニュメントみたいな立ち位置なのかな。

「次もいつ、性懲りもなく奴らが乗り込んでくるかわかりませぬ。——それまでに、強く、ご成長召されませ」

ぎゅっと抱き締められて、俺はもうギャン泣き数秒前。

これって、こんなのって、ひどすぎる。

女の人が微笑んだのが、霞む視界にぼんやり映った。

「——あなたさまは魔王の位を継承されるお方なのですから」

その瞬間、俺は気絶した。


——輪番制で救世主を担当してきたのに、今回の俺は魔王らしい。

あんまりだ。

さて、このあと俺がどんな人生を辿ったのか、あれこれ想像を巡らせる段だと思うが、ここでちょっと自己紹介しておこう。

俺の名前はルドベキアという。この名前は、これまで生きてきた何十という人生の中で一度も変わったことがない。姿形も記憶にある限りずっとこのまま。つまるところが、珍しいくらいの漆黒の髪と、深青の目。明るいところで見れば空色に見える目の色で、暗いところでは黒っぽく見えるらしい（らしいというのは、もちろんだけど、俺は自分で自分の目を見られないからね。鏡だって高級品だから、好き勝手覗き込める境遇に生まれついたことはあんまりない）。

さてそして、俺は救世主だ。というか、六人いる救世主候補――まあ準救世主とでもいおうか、その一人だ。これまでその名に恥じぬよう、清く正しく生きてきて、弱者を助け、魔王をぶち殺すために何十という人生を歩んできた。六人の準救世主（絶対に同じ時代に生まれつき、自由に行動できるようになるや否やお互いを捜して大陸中をうろうろし始める。まあ、一回だけ、他の連中より十年先んじて生まれてきた奴がいたけど。この話は、またいずれ）の中から、誰か一人が正当な救世主に当たっているというわけだ。

で、今回。どうやら俺は魔王らしい。

つまりここは、魔界と呼ばれる地だ。生まれ落ちるたびに俺たちが人生最後の殴り込みをかけていた場所（なんで人生最後かって？　ここに乗り込んできたが最後、魔王がにこにこ笑って俺たちを全滅させるからだ）。俺がずっと何回も生まれ落ちてきた東西二つの大陸の、遥か南方に位置する孤島。

さすがに大陸を飛び出して生まれたのは俺も初めてだし、他のみんなは今回も人陸の方で生まれているに違いない。

ここは峻険な崖が天然の要塞を成す広大な島で、南方の海の恵みと温暖な気候の恩恵を受けた、極めて牧歌的な国。住んでいるのは「魔王」を頂点とする「魔族」。ちなみに誤解のないよう言っておくと、魔族といっても人間と変わるところがあるわけではない。魔界は大陸や、二つの大陸の間に位置する諸島からは隔絶されているから、文化とか言葉の訛《なま》りとかは、「人間」とは全く別物だけど。

驚くべきは魔族という連中、歴史書なるものを編纂してきたらしいということ。上の世代の経験したことを、いちいち書物に纏めているのである。これはびっくり。大陸にもこの文化があれば、過去に救世主として起った連中がいるということは知られていただろうに。いつも頑張ってきたことが無に帰して、史上初の救世主という扱いを受けてきたことが思い出される。更には、なんと日々に名前をつけて管理している。これを暦《こよみ》というらしい。他人と約束するときに、「じゃあ何日後ね」と約束するのではなくて、「林檎の月の十日にね」みたいに約束するのだ。月の満ち欠けから一箇月を区切り、冬至から冬至で一年の区切りをつけるのは大陸でもそうだが、わざわざその一箇月に名前をつけて管理するとは、これはマジで文化が違うね。

俺は、とある年の夏至に生まれ、生まれて六年経つ頃には、六歳児が読むにしては物理的にも内容的にも重過ぎる本を読み耽り（いやあ、歴史書なるもの、面白いね！　あと、前回の俺たちを大いに苦しめたでっかい兵器についても、ちょっとは勉強できた）、護衛のみんなが退屈するほどには行儀よく過ごし、文字を覚える断トツの早さで教育係のじいやを絶句させ（だってこれまで繰り返し生まれてきた大陸と言葉変わらねぇんだもん）、幼いながらに無口でミステリアスな次期魔王として、貴族令嬢たちに目の色を変えられながら過ごしていた。いや、ごめん、どんな目で見られても、俺は絶対に宿命のお一人さまなんだけどね……。乳兄弟は俺の優秀さの前に萎縮してしまったので、一緒に授業を受けるのは、そのうちに俺の方から断ることにした。

生まれてから考えることといえば、みんなのことばっかりだ。みんなのところに帰りたい。思い浮かぶ仲間の五人の顔。文字通り、親の顔より見てきた顔。いつもいつも一緒にいた五人。正直何回も生まれ過ぎて、家族ですら特別な相手だと思えなくなっている現状で、あいつらだけが俺の特別な相手だ。生まれるときには自分が救世主ではないことを祈り、誰が貧乏くじを引いたかわかれば取り敢えず笑ってやり、しかしながら全員でその一人に付き合う。辛いときには支え合い、互いの幸福を喜び、誰かが怪我をすれば全力で心配し、死地に赴くときも毎回みんな一緒――あっやべっ、郷愁余って涙が。

それに、何より気にかかるのは、前回まで魔王の玉座に座っていたあいつがどこにいるのか、だ。まさかあいつが俺の代わりに救世主として生まれついてはいないだろうな……。それともあいつ、とうとう死んだのか？　でもそれはそれで、なんで俺が魔王になっているんだという疑問は消えない。

――とまあ、そんなこんなで、俺はどんな生まれを引き当てたのだろうが、絶対に自分は救世主の一人なのだという意識で生きていた。つまり、将来の魔王としてはやる気がなさ過ぎた。なんなら魔法すら、他人の前では絶対に使わなかったほど。

そして十歳になった頃、とうとうそのツケを払うときがきた。――危うく殺されかけたのである。

今まで知らなかったが、魔王というのは家系で決まるのではないらしい。魔王の力を顕わした男児が魔王として育てられて、然《しか》るべき年齢で形式的な儀式を終え、正式に魔王の玉座に就く。俺は胎児の頃から魔王の前兆を振り撒いた、典型的かつ理想的な魔王らしい。今のような、魔王がいない空位の時代においては魔王輔弼《ほひつ》（嫌味ったらしいじいさん）がこの島を治めているらしいが、俺が即位すれば、俺がこの島の面倒を見なければならなくなる。即位なんてしたくない。

そんなわけで魔王に替えは利かないから、どんな馬鹿でも俺を暗殺などするまい、と高を括っていたのが良くなかった。殺されそうになるとは思わなかった。

初手は毒殺を謀られた。夕食中、なんか違和感あるなと思っていたら急に血反吐《ちへど》が出てきて、周囲も騒然となったが吐いた俺が一番びっくりした。毒に対する耐性はさすがにないと焦りはしたが、いや待て今の俺は魔王だぞ？　と思い返して、死ぬ思いで今生初《こんじょう》の魔法を行使。この話は後でするけど、魔王の魔力と正当な救世主の魔力は特別なものなのだ。閃いたのは止血の魔法、その魔法を構成するのは特別製の魔王の魔力。あれよあれよと体内で魔王の魔力が蠢《うごめ》く気配がして、たちまちのうちに俺は元通り。ぜぇぜぇ言いながらも生きてる俺に、暗殺を企てた奴は腰を抜かしたんじゃなかろうか。

俺が魔王だと知ってはいても、俺には魔法なんて使えないと思い込んでたんじゃないかな。

二度目は寝込みを襲われた。殺意満点で振り下ろされる小刀を起き抜けに目にした俺の驚愕を察してほしい。飛び起きるというか転がり起きて、「見張りの護衛は何してんだ？」なんて陳腐なことを考える俺を、暗殺者はあろうことか焼き殺そうとしてきた。

赤々と燃える炎は魔法で呼び出されたものだ。暗殺者の掲げた両手の上、彼の魔力を以て変えられた世界の「法《のり》」が空気を熱し、灼熱の炎を生じさせる。

――火事になったらどうするんだろうな。

むしろ白ける俺は動じない。なぜなら、俺にとっては炎よりも刃物の方が怖いからだ。これも後で説明したいが、俺は火傷《やけど》だけは絶対にしないのだ。俺の、救世主としての固有の力が熱を掌《つかさど》るものだからだろう。熱で俺を殺そうなどと笑止千万。

燃え盛る炎の中で高笑いしてやろうかと一瞬思ったが、それをすると確実に俺の寝室の俺以外のものは消し炭になるので、極めて平和的に俺は暗殺者の呼んだ炎から熱を奪った。すなわち消火。平和的なのが一番だ。

蒼褪める暗殺者に、「内緒にしといてあげるから家に帰れ」とカッコつけて恩を売ったまでは良かったが、直後に俺は深く深く考え込まざるを得なかった。

――あの暗殺者、どこから来たの？

窓？　有り得ない、高すぎる。魔法を使って上がって来られるとかいうレベルじゃない。仲間の一人、コリウスならばともかく、あんな三下《さんした》がそんなこと出来るもんか。――ってことは、扉？

見張りの護衛は？

まさか殺されてるんじゃ、と青くなって飛び出した俺を、妙に平然と迎える護衛二人組。どうなさいました、と訊かれて、俺は全てを悟って「なんでもない」と答えざるを得なかった。

――護衛が暗殺者側についてるって、かなり危険な状態じゃね？

自分の周囲は暗殺の危険でいっぱいだと知った十歳の夏。

……みんなのところに帰りたい……。

さて、それからのことは思い出したくもないので割愛する。とにかく四六時中、刃物で襲われたり食事に毒を盛られたりして、俺がみるみる弱っていったとだけ言っておく。刃物はまだいいけど、毒は困るんだよ……毒見係が巻き込まれてしまう。俺のせいで命を落とした毒見係の遺族に、消えてなくなりたいと思いながら頭を下げに行った回数なんて数えたくもない。

――後で説明する、と言ったっけ。

魔王の魔力と救世主の魔力の、何が特別なのかちょっと触れておこう。――まず大前提として、魔法とは、魔を以て法《のり》を変えることだ。自分自身の魔力を以て、この世界の法を少しだけ変えて望む結果を導くのだ。魔力は人であれば大なり小なり備えているものだけれど、魔術師は貴重。そして、自分が内包している魔力の大きさによって、変えられる法に差が出てくるというわけ。ちなみに、俺たち救世主――と、準救世主――は、ただでさえ魔力潤沢に生まれつくが、それ以外にも特別に許された、予《あらかじ》め変えることが可能であると決められた法がある。これを俺たちは、「得意分野」だとか、「固有の力」だとか、仲間内で呼んでいた。固有の力として、万人が扱うことの出来る魔法を〈威力としては上位互換で〉持っている奴と、絶対にそいつにしか使えない、本当の意味での固有の力を持っている奴がいる。ちなみに俺は準救世主のときは前者に当て嵌まる。俺の、準救世主としての固有の力は至ってシンプル、〈燃やすこと〉。熱に関するこの世界の法において、何にも優先されるのが俺の魔法だ。救世主に当たったときは別の能力も授かるが、その話もまたいずれ。何がいいって、この得意分野を発揮するときは、他の魔法を使うときに比べて段違いに少ない魔力で済むんだよな。それでも威力は折り紙付き。

感覚だけど、俺は魔王としての魔力も、準救世主としての固有の力も、どっちも備えて生まれてきてるっぽい。みんなに再会した暁《あかつき》にはどんどん頼ってもらえそうだ。

魔法で出来るのは、法を変えることだが、絶対に変えられない大原則――絶対法と呼ばれるが――も幾つかある。〈時間を操ることは出来ない〉こと。〈失われたものを取り返すことは出来ない〉こと。〈死んだものは蘇ることはない〉こと。〈魂は巡り巡って決して滅びない〉こと。〈無から有を生み出すことは出来ない〉こと。〈あるべき形からの変容は出来ない〉こと。

――だが、その絶対法を、魔王の魔力と救世主の魔力は超えることが出来るのだ。魔王は守りの力で絶対法を超え、救世主は破壊の力で絶対法を超える。

あるいは多分、準救世主にもちょこっと絶対法を超えることが許されている気がしないでもない。何しろ転生という形ではあれ、記憶を持った同一人物として一応毎回復活してるからね。他にも、準救世主のときにも揮《ふる》える固有の力が絶対法に触れてんじゃないかと思う奴もいる。

――つまり、今の俺の魔法は、守りの力、癒しの力で絶対法を超えることが出来るのだ。俺が人生初の魔法で毒を克服できたのもそのため。とはいえ魔王といっても、死んだものを蘇らせることは出来ない――

――そう、出来ないのだ。

だから俺は、痙攣《けいれん》する毒見係の手を握って、精いっぱい彼が死なないように食い止めることしか出来ない。彼が命を落としてしまえば、彼の家族に会いに行って、ただ頭を下げることしか出来ないのだ。

この境遇にあって、俺は当然、みるみる弱った。食ったもんを全て吐き出す日も少なくなく、何より精神的にきつい。廊下で話しかけてきた貴族令嬢相手にも、警戒心満点で受け答えする始末。

そんな俺の精神を支えていたのは、再会を夢見る五人――ではなかった。告白しよう、そのうちのただ一人だけが、俺の支えだった。

――前回においての正当な救世主、俺たちの旗頭《はたがしら》になっていた、あいつ。

――どんなときでも、絶対に折れないと世界に向かって断言するかのように強い眼差しをした、飴色の瞳の彼女。あいつの、羊毛の縁を辿るような柔らかい声音の記憶。

彼女に会いたくて、俺はひたすら毎日を凌いだのだ。

――まあ、わけあって、俺と彼女はみんなが認める犬猿の仲なんだけど。

そんな毎日が重なる中で、俺が家出ならぬ島出を考えるのはごくごく当然のことだろう。本音を言えば生まれた瞬間から、大陸の方に渡りたいとは思っていた。俺が魔王として活動しないなら当然、救世主一行がこの島に来ることもない。今までは、魔王が――前回まではずっと、姿形すら変わることなくずっと魔王だった、白髪金眼のあいつが――、容赦なく大陸の方に毒の瘴気を送ってきたり、前回に至ってはあろうことかでっかい兵器を差し向けてきたりしたから、「魔王討伐行ってこい」という雰囲気になっていたわけで。

だが、一人で島を脱出し、大海原を超えて大陸に渡れるかと自問すると自信もなかった。ついでにいえば、精神が如何《いか》に二十代のものであれ（俺の平均寿命は大体二十歳くらいだから、精神年齢もそのくらいなのだ。周りからも、若者としての扱いしか受けたことがないからね）、十代前半の子供の体力では長旅はまず無理だという判断もあった。

——だけどもう、限界です。

そう悟り、ある秋の夜、俺は荷造りをした。こっそり忍び込んだ厨房から可能な限りの食糧と、防寒用の外套と、何かあったときに布地が役に立つこともあろうという判断で寝台から引っぺがしたシーツ、そんなあれこれを拝借して、適当な麻袋に詰めて、夜中にこっそり魔王の城を抜け出したのだ。

家出というか城出って、こんな感じなんだなと知った十七歳。

魔王が逃げたぞ！　ということは、もぬけの殻になった寝室の様子からすぐさま知れ、角笛の音と射かけられる矢に追い立てられるようにしながら脱出した、箱入り育ちの俺。

ぶっちゃけ、これでも準救世主兼、不本意ながら魔王である。逃げ切るのは出来たけれども、この十七年間箱入りで育ってきたせいで、城から脱出したときには、足がぱんぱんになってふらついていた。

脱出後、魔王の城の城下町から振り返った城は、夜陰に煌々と松明《たいまつ》が灯され、騒然としていた。決

して立ち入り罷《まか》りならんと言い聞かせられていた、高い「機織り塔」の影が、黒々として見えている。

それを見納めと俺は前を向き、足を引きずりひぃひぃ言いながら、やっとのことで自由へ向かって足を踏み出していった。

瞼《まぶた》の裏に見える、思い出すまでもなく鮮やかな、飴色の瞳の幻想を追いかけて。

——このときの俺は、自分とこの魔王の城の縁が切れるのがまだ先になるなんて、思ってもいなかったのだ。


いつから俺たちの転生が始まり、いつから魔王に挑みに来ては殺される地獄が始まったのか、俺は覚えていない。覚えている奴は、多分俺たちの中にいない。殺され過ぎているくらいに殺されたが、なぜだか俺たちの誰も諦めていない。もう嫌だ逃げたい、と涙ぐむことは多々あれど、結局なぜか頑張ってしまう。

それほどに長い人生の上で、最初から知っていたのか、あるいは徐々に自力で気付いたのか、よくわからない自分の中での不文律が俺にはある。推測だけど、他のみんなにもある。この不文律のことを、俺は「代償」と内心で呼んでいた。何に対する代償かは自分でもよくわからないが、記憶にある限り昔から、内心でそう呼んでいた。——転生することへの代償だろうか、みんなと仲良くやっていることへの代償だろうか。

この代償に俺は長く苦しんでいるが、代償のことを口に出せた例《ためし》がない。不可視の力で抑え込まれるが如く、代償を仄《ほの》めかす言葉すらも声には出せないし、仕草にも表わすことが出来ないのだ。みんなも同じなんだろうけれど、それでも「こいつの代償はこれだ」とみんなが暗黙の内に了解している奴が一人だけいる。

前回に貧乏くじを引き、救世主に当たった奴——飴色の瞳の彼女だ。あいつの代償は顕著だ。正当な救世主を経験した直後の人生においては、最初のうち、転生云々《うんぬん》、俺たちのこと全部、綺麗に忘れたまっさらの状態で生まれてくるのだ。まるで、丸っきり一般人のように。魂が滅びないことが絶対法に定められている以上、誰もが誰かの生まれ変わりのはずだけど、救世主になることが出来る俺たちと毎回魔王になっているあいつ、合わせて七人だけが常に記憶を保持した同一人物として生まれてくる。そして俺たち六人は兎《と》にも角《かく》にも再会を目指して動き出すのだが——そしてついでに、救世主専用の武器がどこにあるのか捜し始めるのだが——、救世主を経験した直後のあいつはそれが遅れる。そしてあいつがどういうきっかけで記憶を取り戻すのかは定かでない。俺たちのうちの誰かに話しかけられてもぽかんとしていることもあれば、俺たちの顔を見た瞬間に閃《ひらめ》いたように全部を思い出してくれることもある。

ともあれ今回も、俺よりもみんなとの合流が遅いとすればあいつだ。何しろ、あいつが前回の正当な救世主だったんだから。

何なら途中であいつを見かけたら拾っていってやってもいい。いやむしろ拾わせてくださいお願いします。あいつが、今回どんな生まれかは知らないが。

俺がそんなことを考えていたのは、魔王の城からの劇的な脱出からおよそ二箇月後、海の上でのことだった。

海に出るまでのことは、マジで大変だったとだけ言っておく。なぜだか魔王の城からの追跡はなかったが、それはそれとて一人で島を縦断するのは大変だった。〈洞《うろ》〉に出遭わなかったのだけが幸い。〈洞〉とは突発的に発生する謂《い》わば世界の空洞で、吸い込まれたら最後、消滅待ったなしの災害だ。これに出遭ったら最後、俺が魔王であろうが救世主であろうがどうしようもないのだ。

この道中、俺が、仲間の一人のコリウスと同じ固有の力を持っていれば、それこそ楽勝だったんだろう――魔法で距離を稼ごうにも、俺はあいつほど器用に出来ない。だがそれでも、一箇月で巨大な島を抜けたのだから上々と思いたい。雨に降られ泥に嵌まり、散々な道中だった。

そして今、俺は凪いだ海の上にいる。これもまた、昔馴染みの五人のうちの誰かに見られれば、恥ずかしさで死んでしまうようなお手製の筏《いかだ》の上。持ち出してきたシーツは、帆として活躍しています。これまた、仲間の一人のアナベルがいれば、あいつなら一面の大海原を氷結させて、歩いて海を越えられたかもしれないけどね。同じことはとても俺には無理だ。

と、そんなことを考えながらの長い漂流生活。これまたマジできつかった。進めども進めども変わらぬ光景、立って動いたりは出来ない環境。増え続ける独り言、せめて何かの変化をと、雲を探して空を見上げる時間は日を追って長くなる。最悪なのは船出三日目にして大雨に降られたことだ。ただの雨なら貴重な真水で嬉しいが、大雨となると話が違う。雨から自分の周囲を守るなんて造作もないが、海が荒れるとどうしようもないだろ。文字通り荒波に揉まれながら、雨が止《や》むまでひたすら祈ることしか出来なかった。筏がぶっ壊れないか本気でひやひやした。その次の日はからっと晴れて、俺は見失っていた方角を取り戻した。

とにかく北へ。北上あるのみ。多少進路がずれていたとしても、北に向かってさえいれば、大陸を素通りすることなんて無いはずだ。

寝ている間に何か起こったらどうしようと、不安定な漂流生活のために積み重なる睡眠不足。食糧は切り詰めざるを得ないので、常に空腹。空腹が過ぎてむしろもう腹が痛い。それでもなお陸の影は見えない。まだ見えるはずがないから落ち着けと自分に言い聞かせるものの、頼るもののない大海原で、何度パニックに襲われたことか。太陽の位置を指差し確認、絶対に進む方向は間違っていないと、増え続ける独り言には狂気が混じる。何日経ったか覚えておかねば気が狂うと思い、筏の隅に日数分の刻みを付けた。後から振り返るとじゅうぶん発狂寸前である。

——とにかく無事で大陸に辿り着きたいと、祈る心地でいる間に、月の形は一巡りし、それから更に半分巡った。一箇月半の海上生活に、心が折れるとかではなくて無になりかけた。海の景色は変わらず、波の形すらも一定に見え、徐々に徐々に俺の心を追い詰める。ある日には、でかい魚の群れが海上に背びれを帆のように立てて泳いで行くのを見て思わず泣きそうになり、俺は自分の精神状態のヤバさを思い知った。

——二箇月経つ頃には一周回って独り言が激減した。なんだこれつらい。辛すぎる。誰か俺の代わりにこの時間を過ごしてくれ。

っていうか寒い！　そりゃあ城を出てから三箇月以上、季節も進むのはわかるけどさ！　寒い！

ずっと海風に吹かれてるの寒い！　外套に包まって震える日々の切なさがわかるか。足先指先は常に凍りそうだよ、俺の得意分野が熱を扱うことじゃなかったら死んでたよ。

ずっとゆらゆら揺れる筏の上なのもつらい。地に足着けたい。

そしてとどめの不幸は最後にやってきた。やっと陸地が見えたと喜んでいた翌日――嵐が来たのである。


唸る風に叩きつける雨粒、圧し掛かる雲の中で閃く雷光。荒れ狂う海に翻弄され、俺は泣きそう。なんで、なんで。あとちょっとだったじゃん。陸見えてたじゃん。やっと陸見えたって喜んだらこれって、なんなの？　俺、何かに呪われてるの？

濡れないように魔法で自分を庇っていたのも最初のうちだけで、そのうち濡れる云々の前に沈まないことに全力を注がねばならない状況になった。遂に筏がぶっ壊れたからだ。辛《かろ》うじて丸太数本だけが繋がっているような状態で、その筏の残骸にしがみ付く俺は必死。海に落ちれば溺れるが、落ちなくても溺れるような雨の量。もう手足の感覚は朧気《おぼろげ》で、海の水も雨も凍るように冷たい。

風景は白く煙《けぶ》って見えて、命の危険をひしひしと感じる。波が立ちすぎて、何度か頭から海水を被った。もう自分が海の上にいるのか海の中にいるのかわからん。息が出来ない。沈みそう。いや、もうこれ沈んでる？　体力気力ともに万全ならばちょっとは対抗できたのかも知れないが、飢餓状態で漂流を続けていた俺としては、魔力なんてもうみそっかす程度にしか残っていないわけで――

――あれ？　あれ、俺、このままだと死ぬんでは……？

風と波と雨に翻弄されて、自分がどの辺にいるのかもわからない。陸地からは離れただろうな、やっと見えたのにな。

――っていうか俺、生きてる？

そんな状態で突如として固形物にぶつかったときの俺の安堵を察してくれ。これは何だ、より先に、あぁまだ俺生きてた、って思ったね。豪雨の中で必死に目を開きながら見れば、俺がしがみ付く丸太ごとぶつかったのは、どうやら岩だった。

――岩⁉

陸地じゃん！

嵐の中で陸地から引き離されたと思ってたけど逆だった！　逆に辿り着いてた！　今生で初めて運が向いてきた！

歓喜と焦りの中で、俺は丸太から、えいやっ、と手を離して岩の方へもがいた。何しろ大荒れの海の中、この一瞬にも俺は流されて行ってしまうかも知れないからね。

ごつごつとした岩につかまり、しがみ付き、必死に足をばたつかせながら陸地に上がろうとする俺を、容赦なく雨が打ち波が叩く。痛い。冷たいし痛い。

上半身が陸地に乗った。やった、と微《かす》かに思った。霞む視界の中にも、続いていく陸地が見える。単なる海から突き出してる岩とかじゃない、本当に陸地だ。暗い中にも雷光が閃き、岩場が続いているのが見える。助かった――と気が早くも考えた直後、真後ろから砲弾のように押し寄せてきた波に殴られて、俺は前のめりに体勢を崩して頭を打った。

――意識暗転。油断なんてするもんじゃない。

◇　◇　◇

目が覚めた瞬間に俺は、それがこの世での目覚めかあの世での目覚めか、割と真剣に考えた。が、そんな思考は一秒で終わった。何しろ割れるように頭が痛い。生きてるわ、これ。生きてるからこその痛みだわ。

目を開けると真っ暗だった。さてこれは。夜になったからなのか、それともどこか光を遮る所にいるからなのか。

呻《うめ》き声を上げながら身体《からだ》を起こす。その声が微妙に反響して聞こえた――俺はどうやら音が反響するような場所にいるらしい。洞穴《ほらあな》か何かか？　てか、頭だけじゃなくて全身が痛い。あの後何が起こったんだ？　気を失った俺は、奇跡的に陸地に打ち上げられた？　だとしたら飛び抜けての強運を発揮したことになるな――痛いけど。それに寒い。比喩抜きにして凍りそう。指先は感覚がなくて、起きた瞬間から歯の根が合わない。服が濡れているのが寒さに拍車を掛けている。

とかなんとか暢気に考えていた俺だったが、割れるように痛む頭から生暖かい粘っこい液体が頬に伝い落ちるのを感じて、完全に表情を消して硬直することと相成った。待って待って、これ、血。

――割れるように痛むとかじゃねえわ。割れてんだわ、これ。

とはいえ、俺はまだ冷静だった。なんせ俺は、不本意ながら魔王。

出血部位を探して手を上げる。蟀谷《こめかみ》の辺りがざっくりと切れているようだった。あと額の上の方。

俺は思いっ切り頭を打ったんだろう。よく生きてるな。

とにかく止血を施して頭を巡らせると、ぶっ倒れていた俺の頭側——つまりは俺の背後に、ぼんやりと光が差している場所があった。俺の視点より上の方。——確定だ。ここは洞穴、あそこが出口。

ここからは傾斜を登って出口に辿り着く必要がある、と。

——取り敢えずここから出ないと。現在地を把握しないと。

俺は慎重に立ち上がった。身に纏った外套が重い。濡れてずっしりと重みを増して冷たい。そのせいで少しよろめきながらも、これ以上頭を痛めつけたくはないので、頭上注意。なにせ出口から射し込む光はここまで届かず、目の前は真っ暗。思ったよりも天井が低かったとかで頭を打ったら笑えない。

そろそろと立ち上がり、両手で頭上を探りながら慎重に立ち上がる。背筋を伸ばしてなお高さには余裕がある場所に俺はいるらしい。

ふう、と息を吐いて、俺は今さらながら目の前に小さな灯りを点《とも》した。空中に浮かぶ蝋燭《ろうそく》レベルの灯火。暖色の光がごくごく狭い範囲を照らし出す。思った以上に疲れているのか、得意分野の魔法であっても、このレベルの魔法の行使で眩暈《めまい》を感じた。手をこすり合わせて温めようとしながら、頭を振って周囲を窺い見るに、周囲はやっぱり洞穴の中。

何時間気絶してたんだろう。多分、波に揉まれた俺がこの洞穴の入り口に打ち寄せられて、それで傾斜を転がり落ちて現在に至るんだろうな。ここは海の近くだろう。——なんて考えながら、ゆっくりと足を踏み出したときだった。

ふらりとよろけた。ついで、ずるりと滑った。え？

ばったりと倒れようとしながら、俺は目をぱちくりさせる。え？　なんで俺、転んでるの？

――答えは単純明快で目の前にあった。

血溜り。

うわあ、俺、あんなに出血したんだ。空腹で栄養不足、そこに失血が重なれば、そりゃまあ一回や二回はふらっとくるわな。ってか血が固まってないってことは、俺はそんなに長い間気絶してたわけじゃないんだな。

――なんて、納得してる場合じゃない。もう痛い思いはしたくない。

慌てて体勢を立て直そうとしたのが仇になった。

空腹と失血で頭が回らず、ついでに身ごなしも鈍く、俺の足が縺《もつ》れた。そのまま冗談みたいに盛大にこけようとするのを、俺は慌てて片足で踏ん張り、踏ん張り切れずに数歩、跳ねるように躓《つまず》いて、片足跳びみたいにして踏み留まろうとして――

俺が最高にツイてなかったのは、そうやって片足跳びで飛び込んでしまった場所だった。

ごとん、と重い音が響き、俺の顔が強張《こわば》る。

「待っ――」

そして次の瞬間、軋むような音を立てて盛大に落ち込んだ地面と一緒に、俺は地下に落ちて行った。

――普通、そんな簡単に地面って割れる？　やっぱ俺、今生では運に見放されてるみたいだ。

そんなことを思った俺は支えを失い真下へ一直線。

どうか下が柔らかい場所でありますように――と真剣に祈りながら目を閉じた俺だったが、直後に尾《び》てい骨《こつ》に響く衝撃に叫び声を上げた。

「いたぁっ!?」

思ったよりも穴が浅い！　――と思った次の瞬間、俺はバウンドするようにしてさらに下へ落ちて行った。ばきっ！　と洒落《しゃれ》にならない音が身体の下から響いた。いや、バウンドというよりこれは、この落ち方は――

「なんで階段ん――っ!?」

ケツで階段を落ちて行くとか幼児かよ。屈辱極まるわ。俺はここ何百年も真面目に幼児をやってこなかったんだぞ！

「痛い痛い痛い痛い痛い――っ！」

絶叫する俺がようやく落下を止められたのは、十数段の落下の後だった。尻ズル剥《む》けだ、クソが。

ぜぇぜぇと肩で息をしながら、俺は階段らしき場所で壁に手を突いて立つ。その壁はじっとりと冷たい。なんだここは。なんでこんな所に階段がある。さっき、妙に簡単に地面が割れたのは、あそこがちょうど跳ね戸になっていたからか。

失血と空腹で気分が悪く、びしょ濡れでくしゃみが無限に出てきて、魔力も尽きようとしていたが、俺はひとつ首を振って自分の頭上に炎を浮かべた。暖色の灯りがやわやわと周囲を照らし出す。

確かに階段、だった。竪穴《たてあな》の壁沿いに、木造の螺旋《らせん》階段が設けられている。がっしりとした木は、長年の行き来を示すかのように滑らかな光沢を放っているが、どうやら腐食しているものもある。竪穴の壁一面に木の枠組みが設けられ、俺が落っこちた場所から始まる階段が、ぐるぐるぐるぐると、下に向かって延々と続いていた。なんだここ？

興味はあったが、今は出来心で冒険をしているような場合ではない。

ふう、と息を吐いて、俺は落ちてきた階段を昇ろうと振り仰いだ。そして絶句した。

俺の背後、昇っていくべき階段が、見事に崩れていた。持ち堪えている段もあるが、枠組みから外れてしまっていたり割れてしまったりした段が大半。

……うーむ。

思わず顎に手を当てて考えてしまう。もうこれ、下まで降りて、そっちから別の地上への出口を探す方が良くないか？

——そんなわけで俺は、浮かべた炎を伴って、ところどころが腐って崩れかけている階段を、一段一段慎重に降り始めたのだった。

——結論から言うと、出口があった。

足を乗せた瞬間に抜けそうになる階段にびくつきながら下へ降り、降り立った穴の底は円形のホールのようになっていて、そこからさらに奥へと続く横穴の入り口が開いていた。そこを進んでいくと、またしても円形に空間を開いたホールのような場所へ辿り着いた。そのホールの中央は作為的な円形に少し窪んでいて、昔は何かをそこに安置していたことが窺える。ホールの壁には、目を凝らして見なければわからないほどに薄くなっていたものの、絵の具で殴り描きしたような絵がいっぱいに描かれていた。じっと見ていると何やら気味が悪い。

ここで行き止まりか――と思いきや、〈洞〉の反対側のホールの隅っこに小さな穴があった。

これまで通ってきた階段や通路は、謂わば本職の人間が彫り抜いた造形だった。一インチの狂いもなく丁寧に、設計の通りに彫り抜かれた、そんな感じだった。それに対して、このホールの端に空いていた穴は、「抜け穴」という感じだった。力任せに岩を砕いた感じだ。しかも腹這いにならないと潜れない高さ。

怖々《こわごわ》と抜け穴に近寄り、腹這いになってそこを潜ると、すぐに急勾配の昇り階段（もはや手足を使って昇るためのものだろ、と思ったくらいの急勾配）があった。その階段もまた、段差さえあれば昇れるだろうという作り手の杜撰《ずさん》な意図を感じるものだった。段差の高さもばらばらならば、地面と平行の段差なんて無い、歪みまくった階段もどき。正直、そのときには体力の限界がきていて、ふらふらしながらそこを昇った。段差は徐々に緩やかになり、しばらくすると潮の匂いがしてきて、行く手に明かりが差し始め、期待して顔を出した先が出口だった。

顔を出したのは、小さな岩山の中腹だった。そこから視線を前へ遣《や》れば、岩はまばらになり、その先に一面の砂浜が広がっていて、随分と穏やかになった海がしずしずと波を寄せていたのである。

「外だ……」

呟《つぶや》いて、外に這い出る。岩山は湿った砂を被っていて、掌にざらざらした感触を伝えた。濡れた服に砂粒が纏い付く。

「外だ……」

もう一度呟いて、岩山の傾斜に立ち上がって海を臨み、深呼吸。

時刻は朝だった。今目の前にしている砂浜は東に向かっていて、昇る朝陽が正面に見えている。

海はすっかり穏やかになって、朝陽を静かに迎えて、透明な緑色に澄み渡っていた。

岩山にどっかりと腰を下ろし、俺はそのまま仰向けに横になった。目を閉じて、頬を撫でる冷たい潮風の匂いを嗅ぐ。伸びた髪が風に靡《なび》くのがわかった。

「陸だ……」

目を閉じたまましみじみと呟いた俺は、そのまま墜落するように眠りに落ちた。

——揺れない地面って最高だね。


さて、本当に俺の不幸は留まるところを知らない。後からわかった事実も付け加えれば、俺が打ち上げられたあの陸地は、大陸ではなくて二つの大陸の間にある諸島に属する島の一つだった。俺は現在地もわからず、さてどうやって残りの道程《みちのり》を行こう、と絶望に打ちひしがれて昼間まで海を眺めていた。

そうしていると、天の助け！　島に近付く船影を発見——したはいいものの、天の助けは皮肉に急変した。なんとそれは海賊船だったのだ。黒地に髑髏《どくろ》を染め抜いた旗を見た瞬間に、俺はその場にがっくり膝を突きそうになったが、迷ってはいられなかった。善良な商船が近づいてくるのを待つわけにはいかなかったのである。何しろ空腹で、疲れていて、死にそうだった。

そんなわけで、俺は凍るように冷たい海に飛び込んで泳いでまで、近くを通りかかったその海賊船に近付き、こっそり乗り込んで密航する道を選んだ。俺が死んでる間に何があったのか、その船は俺が見慣れた帆船ではなくて、蒸気を噴き出す煙突のようなものを備えた外輪船だった。しかも妙に魔法臭い。だが、俺たち準救世主だって船をずっと進ませ続ければ魔力は枯渇するものだ。どうなってんだ？

──色んなことを訝《いぶか》りながらの密航の旅がどれだけ続いたのかは定かではないが、とにかくどんな状況にも変化というのは訪れるもので。

ある日、寒さに震えながら蹲《うずくま》っていると、潜んでいた船倉《せんそう》の外が騒がしいことに気付いたのだ。何と言っているのかまでは聞き取れないが、怒号のような声も聞こえる。なんだ……？

その瞬間、かつて聞いたことのある音と同じ音が聞こえてきて、ついでに船体が大きく揺れ、俺は傍の木箱に盛大にぶつかった。派手な音がしたが、そして結構痛かったけど、俺はそっちに反応できない。事態の急変を悟って思わず真顔になっていた。

聞こえたのは、耳を劈《つんざ》く低い轟音。腹の底に響く、どん！　という爆音が、立て続けに耳朶《じだ》を打つ。

──おお、マジか。俺は本気でツイてない。俺の不運にこの船を巻き込んだのなら申し訳ない限りだ。

この音は大砲の音だ。そして、海賊船が大砲をぶっ放す理由なんて一つしかない。

――この船は何者かと交戦中なのだ。

まさか自分が海賊の武運を祈ることになるなんて思わなかったが、今の俺は死に物狂いで海賊の武運を祈っていた。

マジで頑張って。沈没だけは避けて。いや、相手が軍艦とかで、俺がどこぞに保護されるなら話は変わるが、それでも沈没はやめて。

船体は揺れている。状況が全くわからないが、砲弾の着水で海面が荒れているのか、あるいは船の上を複数人が駆け回っているせいなのか。そうこうしているうちに面舵を切ったのか、慣性で俺はよろめいた。

「どうなってる……」

呻いて、俺は外の音に耳を澄ます。断続的に轟く大砲の発射音に紛れ、怒号が飛び交っているのが聞こえるが、言葉の内容までは聞き取れない。っていうか、待てよ。これ、この海賊船が敵から離れようとすれば、自ずと陸地から離れることになるのでは？

――みんなとの再会が遠くなるのでは？

ふざけるなよ。

どこまで俺は不運なんだ。

自分の不運さに苛立《いらだ》ったのと、状況がわからない危機感に業《ごう》を煮やし、俺は木箱の陰から立ち上がった。そのまま船倉の扉に手を掛けた――ところで派手に船が揺れ、よろめいた拍子に思いっ切り扉を引いてしまい、俺はもはや開き直った。

もうどうにでもなれ。恐らく今は非常事態。密航の一つや二つ、海賊も気にしないだろう。

身を隠す気も失せ、俺は堂々と（とはいえ時折揺れる足許にふらつきつつ）歩いて、船倉から歩き出した。途中で大砲の傍を通過する。大砲に噛り付く海賊たちが、必死になって鉛の砲弾を大砲に装填しつつも、見慣れない顔（俺）に、思わずといったように目を向けた。その中でも、一番俺に近いところが持ち場だった乗組員が、唖然としたように声を上げる。

「……だ、誰だおまえ……」

この冬場に額に汗を浮かべているところを見るに、相当必死なんだろう。頭に薄汚れたバンダナを巻き、片目を眼帯で覆った彼は、典型的な海賊の見た目のおじさんだった。

「これってどういう状況なの？　何かあったのか？」

俺は俺で、開き直ってしまっているのでいけしゃあしゃあと尋ねる。海賊おじさんはひくっと口角を引き攣らせると、足許に向かって唾を吐いてから怒鳴った。

「はっ、何かあったか、だと!?　てめぇ、さては鼠だな？　ご愁傷様なこった、この船は沈むよ！」

密航者のことをどうやら鼠というらしいが、絶望が一周回って悪態に化けたらしきおじさんに、俺は思わず首を傾げてしまった。なんせ人生経験豊富なもので、この程度のおじさんは怖くもなんともない。

「沈むの？　なんで？　軍艦か何かに見つかった？　それとも同業者に撃たれてるのか？」

そう言いながらも俺は妙なことに気付いて眉を顰《ひそ》めた。――敵船の砲撃の音が聞こえないのだ。

「はッ！」

今度は複数人が唾を吐いた。ずらりと並ぶ四人ばかりの砲手が、一斉に俺を見て、いっそ可哀想なものを見るような目になっている。俺はきょとんとするほかない。海の上で戦闘になっているのだ、この二つ以外に選択肢があるのか？

「軍艦なら良かったけどな」

「あー、せいぜい命乞いしてやったわ」

「同業者でも構うめぇ、言葉が通じるだけマシだわな」

口々の恨み節に、俺は瞬き。

「え、マジで何なの？　どういう状況？」

呑み込みの悪い俺に業を煮やしたかのように（呑み込みが悪いもなにも、まだ何も説明されてないんだけど）、最初に俺に声を掛けてきたおじさんが怒鳴った。

「レヴナントだよ！　俺たちゃお終《しま》いだ！」

が、残念なことに俺はおじさんたちが感じているらしき絶望を分かち合えない。ますます首を傾げて、棒読みで復唱した。

「……れ、レヴナント……？」

なんだそれは、という俺の声なき疑問を察したのか、海賊たちから集中する驚愕の眼差し。え？

「おまえ……、どこから来た？」

おじさんの低い詰問に、俺は曖昧《あいまい》に肩を竦めた。そのまま、おじさんたちの後ろを通り過ぎて歩いて行こうとする俺に、おじさんが泡を喰ったように目を見開く。

「おい、どこ行く!?」

「取り敢えず甲板」

答えながらも俺は少々身構えたが、おじさんは命の危機にあって密航者のことなんかどうでもいいのか、憐れむような視線を俺に注いだだけだった。他の三人も同じ感じだった。

「そうか……。まあ、おまえも運がなかったな。俺たちもおまえも、もう明日の命はあるめぇ」

海賊に憐れまれるってなに。しかも密航にうちの船を使うなんて運がなかったなって言われるって。

レヴナントって何だ、そんなにやばいのか。

色々と首を捻りながらも俺は歩を進め、甲板に通じる軋む階段を昇り始めた。

——眩しい。格子の上げ戸を通して、燦々と日の光が降り注ぐ。長い間船倉にいた俺の目は暗がりに慣れてしまっていて、階段を昇りながらも手で目庇《まひさし》を作り、顔を顰めて目を細めながら、俺は戸を上げて甲板の上に顔を出した。

冬の海風が冷たく吹き荒《すさ》ぶ。思わず俺は大きく息を吸い込み、淀んだ空気でいっぱいになっていた肺の中身を入れ替えた。風の冷たさに頬が清々《すがすが》しく痛む。息が白く昇る。新鮮な空気は感激するほどに美味かったが、状況的に感動している場合じゃないらしい。

甲板の上は阿鼻叫喚《あびきようかん》。悲鳴と怒号が飛び交い、祈りを捧げている者までいる始末。

「逃げ切れ!　速度上げろ!」

「もう無理っす!　限界ですよ!」

まさに絶望一色だが、大砲担当者の方が頑張ってた気がする。甲板の連中は、もはや打つ手なしと言った様子で、各々《おのおの》震えたり罵《ののし》ったりしながら、ある一点を見詰めて立ち尽くしていたり、あるいは逃げ場を探すように走り回っていたり。

俺はのそのそと甲板の上に立ち上がり、全員が恐怖と絶望の目を向けている方向へ視線を投げた。

――そして思わず歓声を上げそうになった。いや、自粛したけどさ。でも叫びたくなるってもんよ。

――陸地が見えていた。

今度こそ島じゃない。まだ距離があって霞んで見えるが、灰色に煙る陸地は確かに大陸だ。視界を横断して広がる大きさがその証。

夢にまで見た大陸。もはや俺の生きる糧《かて》であるみんなとの再会の地（予定）。

思わず感動に打ち震えたが、遅れて視界に入ってきたものに、俺は一気に真顔になった。

船から見て左手の海上に――すなわち、大陸への航路を阻むように、巨大な影が立ち塞がっていた。

いや、影というには存在感があり過ぎる。だが、実体があると断言するには輪郭が曖昧過ぎる。

――白に近い灰色の、人の形を大雑把になぞったかのような二足の巨人。輪郭は揺らめいて定まらず、その色でさえも絶えず濃淡が揺らいでいる。空間に滲む影のような、異形というほどおぞましくはないが、明らかに異様なその存在。

あれが「レヴナント」か。亡霊《レヴナント》とはよく言ったものだ――と納得しつつ、俺は思いっ切り顔を顰めた。

あれは何だ。あれを――あんなものを、俺たちは知らない。見たことがない。

――やはり、今回は何かがおかしい。

最初からおかしかった。

――俺は魔王として生を享《う》けるし、文明は異様に発達しているし、挙句にこの化け物。一体この世に何が起こったのか。そしてそんなことよりも、救世主仲間の他の五人、みんなは無事か？　俺だけが不幸のオンパレードに見舞われているならまだいいが、みんながみんなして俺並みの不運に見舞われているなら笑えない。

俺が考え込む間にも、レヴナントはゆらゆらと揺らめきながらこちらに向かって進んで来ている。目を凝らせば、レヴナントの足許には木端微塵《こっぱみじん》になった船の残骸が浮かんでおり、どうやらふわふわした輪郭をしているくせに、あれには巨体相応の破壊力があるらしい。道理でみんな絶望の顔をしているわけだ。

レヴナントは水の上を、滑るように進んでくる。近付けば近付くほど、船上の阿鼻叫喚はひどくなる一方。

そんな中、船尾楼《せんびろう》甲板に立つ船長がようやく俺に気付いたらしい、怒号を上げた。

「――おいてめぇ！　俺の船で何してる！」

俺は船長を振り仰ぐ。それと同時に、周囲の目が一気に俺に集中した。

船長は怒髪天を衝く形相。自分の船がこの危険に晒されていることに、悲愴感よりも怒りを覚えているらしい。そこに俺という見慣れない人間が目に入ったもんで、どうやら理性がぶっ飛んだらしかった。

「クソが！　どいつもこいつも！　おいてめぇら、そこの奴を海に投げ込め！」

　どぉん！　と轟音が響き、船が揺れた。左舷から発射された砲弾が、レヴナント目がけて飛んでいく。俺は再び視線を翻《ひるがえ》し、砲弾の行方を目で追った。放物線を描いて飛んだ砲弾がレヴナントの、謂わば左手に当たる部分をぶち抜いて海面に飛沫《しぶき》を上げて落下する。

　俺は眉を寄せ、目を凝らした。

　レヴナントは己が左手を一瞥した。そして、ぱっかりと口を開けた――頭部に当たるその部分が、見事に裂けたように俺の目には映った。

　そして、叫んだ。

　ああああああ、と、声にならない絶叫が海を揺らし、耳を劈き、俺は思わず耳を塞ぐ。周りの海賊たちもみんな同じような反応だった。声は幾重にも重なって聞こえ、わんわんと頭の中で木霊《こだま》する。

　俺は耳を塞ぎながらも、砲弾にぶち抜かれたレヴナントの左手をじっと見る。砲弾が当たった箇所が、確かに形が崩れて溶けたようになっていた。――つまり、あんなゆらゆらした輪郭をしていたとしても、こっちからの物理的な打撃が効くのか？

　――と思ったのも束《つか》の間《ま》、凄まじい勢いでレヴナントの左手が再生されていき、俺は思わず「おお」と感嘆の声を上げた。

　俺を海に投げ込めと指示された船員たちが、半泣きになって叫んでいた。

「船長、やめましょう、そんなことしなくても、俺たちもこいつももうすぐ纏めて海の藻屑《もくず》です」

「クソがあっ！」

船長が叫ぶと同時、レヴナントもどうやら言葉らしきものを発していた。

――どォしてェ――どォしてぇ――

海面を這うようにして響き、俺たちにまで届く声。

俺はくるりと身体を半回転させ、船尾楼甲板の上の船長を見上げた。そして、軽く咳払いしてから声を上げた。

「――船長！」

船長が俺を見る。殺気立った目だ。己に迫る死の運命を受け容《い》れられずに怒り狂った眼差しだ。

俺は愛想よく目を細め、言葉を続ける。

「悪いな、勝手に乗り込んで。ちょっと密航させてもらってたんだ。で、だ。船長、ものは相談なんだが――」

俺は右手を伸ばし、真っ直ぐにレヴナントを示した。

「海の藻屑になりたくないんだったら、黙って俺を大陸に送り届けると約束しろ。――約束すれば、俺があいつを片付けてやる」

俺も、伊達《だて》や酔狂《すいきょう》でこんなことを言い出したのではない。俺がこんなことを言い出した根拠は四つある。

まず一つ目が、目的地までの移動手段だ。ここで逃げ出されたら困る。この船には何としても大陸まで行っていただかねば、俺の目標が達成されない。二つ目が、勝算があるということ。何しろ俺の魔力は甚大で、大抵の危険には対処できる。今は空腹と睡眠不足から魔力の枯渇が続いているが、それでも常人よりはある。漂流生活中やこの船に忍び込んだ当初と比べれば、なんとか魔力も回復しつつあるところ。船員の誰一人として魔法を使っていないということは、ここに魔術師はいないか、あるいは遠距離で魔法の行使が出来る人物がいないということ。実体のなさそうなレヴナントだが、世界の法を書き換える魔法ならば有効打になる可能性もあろう。三つ目が、八つ当たりである。よくもここまで来て俺の旅路を邪魔してくれたな、という、レヴナントに対する怒りと苛立ちが沸々と湧いてくる。絶対許さん。

そして四つ目が、俺が、救世主になる資格を持っている準救世主だということだ。

救世主は、殺されそうになっている人間を見捨てて逃げたりしない。死にそうになっている人間を見殺しにしたりしない。俺は――俺たちは救世主だから、助けられる可能性のある人ならば悪人であろうと手を差し伸べて生きてきた。

――脳裏を過《よぎ》る飴色の瞳。

あいつがここにいなくても、俺がここで取る行動があいつの知り得ないものであっても、俺はあいつに向かって胸を張れないような行動をするわけにはいかない。

――堂々と胸を張って、我ながら格好良く言い放った俺を、船長はしばし、ぽかんとして見ていた。

全員が俺を、瞬きすら忘れて見ていた。

甲板の上を満たす一瞬の静寂――

そして、あろうことか船長は、腹を抱えて笑い出した。

「おまえが？　あれを？」

げらげらと笑いながらそう言って、船長はがなり立てる。

「はっ、冗談も大概にしな。ガルシアの部隊でもなきゃあれは斃《たお》せねーよ、餓鬼でも知ってらぁ」

俺もいらっとした。

「あ？」

甲板を踏み鳴らし、俺は船長を睨み上げる。

「おー、そうかいそうかい。で？　約束するのしねぇの？」

船長が何か言うよりも先に、気弱そうな船員が泣き声を上げた。

「船長！　――約束しましょうや、俺ぁ死にたくねえ」

それを皮切りに、甲板にいる船員たちがそうだそうだの大合唱。

「そうですよ船長、第一こいつ、いつこの船に潜り込んだのやらさっぱりわかんねぇ」

「賭けてみましょうや船長」

「そうですよ、失うものはありますめぇ」

俺、いきなりの大人気。どや顔で船長を睨むと、船長は鼻で笑った。

「はん。――やれるもんならやってみやがれ。本当にあれを斃したときにゃあ、もちろんのこと最上の待遇で陸まで送ってやろうじゃねえか」

俺はにやっとした。

「言ったな？」

レヴナントがいよいよ船に近付く。俺は船の舳先《へさき》に立って、その化け物を眺めていた。俺の後ろでは海賊たちが、恋する乙女もかくやという熱心さで俺に声援を送っている。

――救世主だから誰だって助けたいけど、でもなんだろうこの感じ。出来れば真面目な商人とかを助けたかった。もうレヴナントの背後で沈みつつあるけれど、あの船の残骸。乗っていた人たちを助けられなかったことには悔いが残る。

ふう、と俺は息を吐く。魔力は万全とは言い難い。せいぜい万全のときの三分の一程度の魔力だが、俺が踏んできた場数を舐めてもらっちゃ困る。――まあ、こんな化け物と戦ったことはないけど。

接近してくるにつれて、レヴナントの見た目のシンプルさがむしろ際立ってきた。でかいのは遠目から見てもわかっていたけれど、これは身長を言えば、恐らく三十フィートから四十フィートはありそうなくらいだ。近付くにつれての圧迫感がすごい。揺らぐ輪郭は人の形を模したようだが、男女の区別もつかない曖昧さで、手足が人より明らかに長い。だらんと下げられた手の指先が、人で言えば膝に当たるくらいのところまである。水の上をしずしずとこちらに向かって歩いて来るが、あれはどういう原理なんだろうか。

――どォして――どォして――どォしてェ――

繰り返しレヴナントの声が聞こえてくるが、意味がわからないので無視。顔に当たる部分も、のっぺりとした楕円形にしか見えない。目も鼻もないし、耳も見当たらない。さっき口は見えたけど、それだけみたいだ。

遂に船の目と鼻の先に到達したレヴナントに、海賊たちが悲鳴を上げる。だが絶望一色の悲鳴ではなくて、その中に俺を頼る言葉も交じっている。よし、見てろ。

俺はちょっとだけ振り返り、甲板で一塊になって震える海賊たちに指を突き付け、鹿爪《しかつめ》らしく言った。

「おまえらさ、ここを生きて乗り越えたら、ちょっとは真っ当な商売への転向も考えろよ？」

「わかりましたから前向いて――っ！」

複数人の、振り絞ったかのような絶叫。はいはい、と適当に返事をして、俺はレヴナントに向き直った。

刹那《せつな》、船目掛けて振り下ろされようとする巨大な拳。レヴナントの手には意外にもしっかりと五指があった。

すっと息を吸い込んで、俺は右手の人差し指で真っ直ぐに自分の頭上を示した。そして世界の法を書き換える――曰《いわ》く、この頭上の空気は鋼鉄よりも硬い。〈あるべき形からの変容は出来ない〉から、俺の頭上の空気を圧縮して盾にするイメージで世界の法を書き換える。

――いや多分、俺は魔王の魔力を持ってるから、守護の方向でなら絶対法を超えることも出来るんだろうけど。下手打って色々バレたら面倒だし。何しろ絶対法を超えることが出来るのは救世主か魔王だけだし、絶対法を超える方向性なんて話は当事者以外知らないからね。こんなとこに魔王がいるはずないから、まず間違いなく海賊どもは俺を救世主だと思い込んでしまう。救世主を発見したとあっては、こいつらの今までの悪事を洗い流して有り余るだけの褒美が下されるだろう――つまりは、何かすごい嫌な司法取引に利用される気しかないのだ。それは困る。

ぎんっ、と空気が凝固する音が聞こえた直後、巨大な拳がそこに叩き付けられた。めき、と僅かに罅《ひび》割れたような音がして、しかし俺が固めた空気はしっかりと拳を受け止め防いだ。

おお、と背後で感嘆の声が上がる。それを聞きながら、俺は空いている左手で拳を握り、それを目の前のレヴナントに向けた。ゆっくりと五指を開き――そこから溢れ出すのは白熱した炎の奔流。俺の真骨頂。俺の固有の力。

渦巻く炎の奔流が、過《あやま》たずレヴナントの胸部を捉えた。

――こいつ、知能はない？　攻撃を避ける判断は出来ないのか？

眉を寄せてそんなことを考えた直後、レヴナントが叫んだ。言葉にならない絶叫。あああああ、と耳を穿《うが》つ騒音に、俺は顔を顰めた。

「うるさっ」

ぐっと左手の拳をもう一度握り、炎を堰《せ》き止める。魔力の節約と、魔法による打撃が通ったかを確認するために。

レヴナントの胸部は、どろりと溶け始めていた。先程、砲弾を喰らった直後のように再生していくことを警戒した俺だったが、どうやらその兆候はない。

ぽっかり、と、レヴナントの頭部で口が開いた。また叫ぶな、と身構えた俺だったが、レヴナントはまるで息を吸い込む間を開けるが如く、沈黙の時間を挟んだ。

その間に俺は、レヴナントと船の間に開いた距離に顔を顰め、短い思案ののちに決断した。

船の舳先から数歩下がって助走をつける。強く踏み込んで空中に飛び出し、そのまま勢いよくレヴナントへの距離を詰める。背後で上がる驚きの声――そりゃそうだろう、俺は空中を走っている。足場代わりとしているのは圧縮した空気そのもの。俺の魔力で圧縮された空気が、足裏を柔らかくもしっかりと受け止めている。目指すはレヴナントの頭部。

ああああ、と、レヴナントの絶叫がその空虚に開いた口から漏れ出した――その一瞬後、俺はその目の前に到達した。空中を踏み込むと同時に大きく右手を振り被り、腰を捻って勢いを付けつつ、駄目押しのように右の拳を青白い炎で包んで、

「――うるせぇ」

レヴナントの巨大な頭部を、燃え盛る右拳で粉砕した。

ゆらゆらとした輪郭のレヴナント――だが、確かな手応えがあった。硬質なものを殴打したときのような衝撃が、俺の右拳に跳ね返ったのだ。

――レヴナントの頭部が高熱で爆《は》ぜる。短い爆音を奏で、巨大な頭部が爆発四散する。そのまま俺は重力に任せて落下――レヴナントの胸部に至るまでを、火達磨《だるま》にしながら爆発させていく。そして今度は一転、両足に炎を纏い、上半身が爆散し棒立ちになったレヴナントの残る下半身を、蹴り付けるようにして宙返り。ぼぐッ、と、鈍器で殴ったかの如き音がして、レヴナントの下半身は衝撃でよろめき、対して俺の身体は反作用で放物線を描いて宙を飛ぶ。その軌道を船に戻るためのものに修正しながら、俺は視線をレヴナントから逸らさなかった。

上半身は爆散させた。そして今や残る下半身もまた、最後の一撃がとどめとなって炎に包まれつつ

あった。腰から膝辺りまでにかけてが、炎を噴き出しながら爆発。残る僅かな部分が、海の中に落ちてジュッと音を立てる。

――あれ、あそこから復活してきたりしないよな？

両足の炎を消し、すたっと船の甲板に降り立った俺は、そのまま再び船の舳先に駆け寄り、海の下に沈むレヴナントの残骸を見守る。

復活の兆しは――ない。

ない。

勝った……？

余りの手応えのなさに、むしろぽかんとしてしまった。反撃の一つもなかった。いっそ脆いの一言に尽きる。普通に爆発させられたし。

え、これでいいの……？　こんなのに海賊どもは大騒ぎしたの？

唖然としている俺の背後で、爆発したような歓声が上がった。

「うおおおおおお！」

「助かった！　助かったんだ！」

駆け寄って来る海賊たち。薄汚れた顔がどれも歓喜に輝いている。手垢まみれの掌でばんばんと背中を叩かれ、呆気にとられていた俺は我に返った。

喜んでくれて嬉しいし、助けられてほっとしたけれど、

「あれだけ大騒ぎしといてあの程度かよ……」

呟いた俺の言葉に、海賊たちはいっそう沸き立つ。胴上げが始まりかねない盛り上がりに、俺は思わず顔を強張らせた。

化け物相手には圧勝したとはいえ、悔やむべきはこの化け物が、既に一隻の船を手に掛けた後だったということだ。船の残骸が海面に浮かんでいるのを見て、生存者がいないかと一縷《いちる》の望みを懸けて、海賊に頼み込んでまで近くに寄ってもらったが、生きている人は誰もいなかった。

項垂《うなだ》れた俺だったが、あれよあれよと船尾楼の船長室に通されて、ついさっきまで俺が密航してたこと忘れてない？　と言いたくなるような歓待を受けた。船長の席に座らされた俺の前には保存食オンパレード。船長室には船員が大集合し、「おまえら本当に海賊か？」と思うような自己紹介まで受けた。なんでもこの海賊たち――船長の名前をとってキャプテン・アーロの海賊と名乗っているらしいが――は、近隣では泣く子も黙る悪名高い海賊であるらしい。マジかよ、救世主仲間のみんなと首尾よく再会できたとしても、そんな連中に助けてもらったなんて余計言えねえじゃん、と顔を強張らせる俺を他所《よそ》に、自己紹介を終えた海賊連中は口々に俺を褒め称えている。ちょっとやめてほしい。

船は陸に向かって波を切って進んでいる。船長は約束を守る男だった。その船長は、ばしばしと俺の背中を叩いている。

「坊主おまえ、すげぇ魔術師なんだな！」

「いやあマジで凄かったっす！」

「どこにセソウジュ持ってんすか!?」

正直反応し切れない。セソウジュって何だよ、そんなもん持ってねぇよ。

「——そんなことより！」

とうとう堪りかねた俺は声を張り上げる。途端に黙る海賊たち。忠犬のようなきらきらした連中の目に、俺の顔はいっそう強張る。

「りっ、陸まではあとどれくらいだ⁉」

必要以上に必死の形相で訊くと、航海士らしい男が答えた。

「あと一日くれぇっす」

「一日……」

思わず感動の声音で復唱する俺。長かった……。魔界を脱出してからどれくらいだろう？　やっと大陸。やっとちゃんとみんなを捜しに行ける。

俺の顔を見て眉を上げた船長が、机に手を突いて俺の方へぐっと身を乗り出してきた。俺はその分仰け反った。

「坊主よぉ、陸に何しに行くんだ？」

「人捜しだ」

そう答え、これ幸いと俺は海賊たちを見渡す。

「なんだけど、その人捜し、手掛かりがさっぱり無くて困ってんだ。おまえらも、陸の事情には詳しくねぇだろうから、期待はせずに訊くんだけどさ。——なんか陸ですげぇ腕利きの魔術師の噂聞いたりしたことねぇか？　俺の捜してる奴、めちゃめちゃすげぇ魔術師なんだよ」

少なくともお互いが捜しやすくなるように、名を立てた奴がいても不思議じゃない。これまでもそういうことをする奴はいた。

言葉通り、俺は期待せずに訊いたのだが、その予想はいい意味で裏切られた。海賊たちは顔を見合わせ、口を揃えて一斉に答えたのである。

「ガルシア」

「えっ？」

俺は目を瞬《しばだた》く。

わかっていない俺の様子を見て、気弱そうな顔の海賊が、むしろきょとんとして言った。

「……兄貴、ほんとにどこから来たんすか？　レヴナントのことも知らなかったみてぇですし」

なんか心配された。魔界育ちなもので世間に疎《うと》くて、などと言えるはずもない。魔界育ちだと知れたが最後、俺はこの場の全員から袋叩きに遭う。

「――ガルシアっすよ、ガルシア。アーヴァンフェルン帝国の軍事施設じゃないっすか。腕利きの魔術師なら大抵そこにいますよ」

アーヴァンフェルン帝国……？

新興国だろうか、俺はそんな国は知らない。本当に、今回は時勢が変わり過ぎていて戸惑うことばっかりだ。

本気できょとんとしている俺に、海賊たちも訝しそうにざわざわし始めた。

「兄貴、大丈夫っすか？　もしかしてあれですか、頭打って記憶喪失とか――」

記憶喪失を疑われるレベルでの世間知らずを発揮したのは生まれて初めてだ。

——だけど。

「違《ちげ》ぇよ。——けど、ありがとう」

俺はにっこりした。目的地が決まった。

アーヴァンフェルン帝国のガルシアだ。


俺が無一文だと知った船長が、俺にそれなりの金額の金を握らせてくれた。正直、犯罪の末に得られた金銭であることは確実で、俺は相当迷ったのだが、「人捜しの間に野垂れ死にしたらどうすんだよ！」という尤《もっと》もな言葉に遂に折れたのだった。なんかすごい敗北感がある……みんなには絶対に言えない秘密を持ってしまった……。

そして、そのときにまた俺はびっくりしたのだが、なんとこの時代、金は紙だった。厚みのある紙に緑やら青のインクで繊細な模様がびっしりと描き込まれ、金額が書き添えられた長方形の紙。それがこの時代の金らしい。聞いたときはマジで驚き、それでまた記憶喪失の疑いをますます色濃くしてしまったらしく、懇切丁寧に、「これは紙幣。大きな金額は紙幣で遣り取りする」「コインもある。小さい金額はコイン」と教えられた。コインも見せてもらったが、コイン一つに刻印された金額の大小で大きさが異なるだけの、銅のコインだった。びっくりだ。俺が知ってる金銭といえば、金貨や銀貨

――硬貨そのものに価値があるものだったから。

時代は急速に変わったんだな……。

船は無事に港町に着いていた。まともな旅券を持っているはずもない海賊船であり、不正入港に間違いないが、役人とは袖の下という堅い絆で結ばれているらしい。

俺はしみじみしながら港の桟橋に下りる。久し振りの大陸の空気。活気のある港町。

船長曰く、貰ったのはガルシアまで行く分には困らないだけの金額らしいが、この時代の交通事情もわからない俺がその言葉を鵜呑《うの》みにするのも危険だろう。

移動ってどうするのかな。俺の感覚では乗合馬車とかを見付けて旅するイメージなんだけど。

一応、ガルシアの場所も教えられた。この港町ルーラは、東の大陸の南西部で広大な版図《はんと》を広げるアーヴァンフェルン帝国の、西の端っこにあるらしい。アーヴァンフェルン帝国は、東の大陸の西海岸と南海岸を有し、貿易の強みと軍事力を生かして、建国百余年にして既に大陸で一、二を争う強大な国家なんだとか。ちなみにアーヴァンフェルン帝国の東隣にある国は、絶対に国土を侵略されない保証つき。なぜなら東の大陸の南海岸、そこには、かの〈呪い荒原〉が広がっているからだ。〈呪い荒原〉の西側すぐ手前まで版図を広げた帝国ではあっても、生き物が一切住めず、足を踏み入れれば最後重病を患って間もなく息絶えるという〈呪い荒原〉には一切魅力を感じまい。海辺に広がり、一国に匹敵する大きさのあるその荒原を挟んでアーヴァンフェルン帝国の東隣に位置する王国は、その呪われた大地のお蔭で安寧を保っているのだとか。

で、肝心のガルシアは、ここから海沿いに北上した位置にあるらしい。地図を見せてもらったからわかる。アーヴァンフェルン帝国はくそでかい。ただし、見せてもらった地図の縮尺には首を傾げた。俺の記憶にある情報と比べて、〈呪い荒原〉が明らかにでかかったのだ。しかしそれを差し引いても、アーヴァンフェルン帝国の広大さは並外れている。ガルシアはここから結構北に位置する半島の、海辺にある要塞都市であるようだ。余りの距離に俺が絶望の表情を浮かべているのを、船長たちはきょとんとして見ていたっけ。海賊は陸路の距離をわかっていないのだろうか。

栈橋に下りた俺を見送るため、海賊たちが船の欄干に鈴なりに集まってきた。涙ぐんでいる奴までいる。この懐かれようには俺もドン引きである。

「兄貴、兄貴、お元気で……っ！」

「お、おう」

「兄貴、捜してる人が見付からなかったら、いつでも戻って来てくださいね！」

「あ、いや……」

なんなんだ。なんなんだこの状況。ちょっと助けただけでこんなに懐かれるもんなのか。まず俺が密航していたことをこの連中は忘れてないか。

取り敢えずも俺はおざなりに手を振って、肩を竦めてみせた。

「色々助かったよ。あと、真っ当な商売への転向も考えろよ？」

はいっ！　といい返事を貰って、俺は意気揚々と桟橋を歩き、港の地面を踏んだ。その後ろから、さらに声が掛けられる。

「まず駅に向かえよー、ガルシアはアトーレ地方だからなー」

俺は最後にもう一度振り返って、にこにこしながら俺を見守る海賊たちに手を振った。

初見の町で道に迷わないことなど不可能なので、俺はその辺を歩いていた優しそうな人に道を訊くことにした。捉《つか》まえた老紳士は俺の身なりにぎょっとした様子で絶句し、「駅はどっちですか」という俺の質問に答える前に、「何かあったのか」と問い質《ただ》してきた。自分が相当酷い格好をしている自覚はある。何しろ魔王の城を脱出してからこっち、野宿に次ぐ野宿、そして漂流生活に海賊船での密航と色々あって、その間一度も着替えたりは出来ていないからね。大陸風の格好ではないし、汚いし臭い。老紳士は問い質しながらも懐《ふところ》から取り出したハンカチで口と鼻を覆い、俺は大いに申し訳なくなった。

「乗ってた船が途中で沈没しちゃって、漂流してるところを親切な船に拾ってもらってここに着いたんです。知り合いに会いに行くので駅を目指してるんですが、駅ってどっちですか？」

口から出任せに言った。この身なりは遭難の経験ありと言っても違和感はないはずだ。

俺の嘘八百に、老紳士は途端にハンカチを顔からどかして痛ましげな表情を見せた。

「そうだったのか……。行く宛てはあるんだね？　しかし先立つものが……。いや、もしかして船の沈没はレヴナントの被害かな？　だとしたら、もう今日にもガルシアの――」

見た目以上にいい人だった。俺はわたわたと手を振る。ガルシアの、と聞こえたので、気持ちの上では耳がぐんと大きくなったが――いや、ガルシアから来た人に遭遇しても警戒されるだけだろうな。

何しろこのナリ。万が一、俺が睨んだ通りガルシアに仲間の誰かがいて、かつそいつがこの町にいるといった、桁外れの幸運に恵まれない限りは。

「大丈夫です。親切な船の人たちから幾らか恵んでいただいたので。で、すみません、駅ってどっちですか？」

老紳士は眦《まなじり》を下げて、ほうと息を吐いた。

「それは良かった。——駅だね？　このままこの通りを真っ直ぐ下って行きなさい。すぐに見えてくるよ」

俺は一歩下がって頭を下げた。

「ありがとうございます！　——あと、ガルシアから誰か来るんですか？」

素知らぬ顔で尋ねた俺に、老紳士は微笑む。

「逆だよ。今日にもガルシアに帰る部隊があるんだ。毎年これくらいの時期に、ガルシアから港の警備で分隊がいくつか来てくれるんだけどね、今日はその方たちがお帰りになる日。だから駅も混むと思うんだ、注意して」

顔には出さなかったものの、俺は唐突に膨らんだ期待で弾けそうになった。ということは、その人たちにこっそりついて行けば、ガルシアまで道に迷うことなく、安心安全に辿り着けるじゃん。

——あいつらのうちの誰かがここにいるという、桁外れの幸運にも期待は捨て切れない。だって俺たち、全ての人生において巡り会ってんだもん。この広い世の中で、それって結構すごいことだよ。

「そうなんですか」

俺はまた、ぺこりと頭を下げた。

「ご親切に、ありがとうございます」

「気を付けて」

老紳士が、頭の上に乗っかっているかっちりした黒い帽子を取って振ってくれる。なんて礼儀正しい人なんだ。俺はぺこぺこと頭を下げながらその場を後にして、人目を憚《はばか》るようにしてそそくさと教えられた道を辿った。

大通りの敷石は、俺が知る他のどの道よりもきっちりと敷き詰められており、敷石ひとつひとつの大きさにさえ気を遣ったのだろう大工たちには尊敬の念を覚える。がらがらと音を立てながら、一頭立て二輪の辻馬車が大通りを走って行く。馬車には羽根飾りのついた帽子を被った華やかな身形《みなり》の若い女性が、つんと澄まして乗っていた。

――で、だ。俺は駅を、乗合馬車の駅だと思っていた。正確に言うと、替えの馬を待機させておく場所だと。駅には目印として杭が立てられる程度で、屋根があるのは馬を待機させておく小さな厩舎だけであることが多い。なにしろ金持ちは乗合馬車ではなくて辻馬車を使う。そんなわけで雨の日の乗合馬車の中は、濡れそぼった人々が肩を寄せる、湿り気と冷たさの地獄と化すのが通例だった。

――そのはずだと。

なのに、なのに、なのに。

「なんだこれぇ――っ!?」

思わず叫んだ俺に、周囲から無数の視線が突き刺さった。

それに構うどころではなく、俺は大きく目を見開いていた。ついでにぽかんと口が開いた。思わず足が止まっている。

駅は――駅と思《おぼ》しきそれは――、木造平屋建ての、大きな建物だった。見るだけでわかる、広い。入り口の扉は大きく開け放たれており、そこから大勢が出入りしている。切妻屋根の斜面がこちらを向いていている格好になっていて、その屋根に設けられた天窓の硝子《ガラス》が煤《すす》汚れで真っ黒になりつつあるのが見えた。

駅が、ただの杭の目印があるだけの場所ではなくて建物だった――それだけなら、俺だってこんなに驚いたりはしない。

俺が声も出ないほど驚いたのは、駅から滑り出てきたものを見てのことだった。

黒光りする筐体《きょうたい》。平べったい先端に、先端近くからにゅっと伸びる煙突。そこからもくもくと立ち上る煙。しゃかしゃかと回る車輪。ぽぉ――っと、甲高い音が耳を劈く。がたんごとんと走るその黒光りする筐体に引っ張られていく、車輪付きのでかい箱たち。箱には窓があって、そこから乗客たちが見えた。

駅から滑り出て、徐々に速度を上げながらその黒光りする筐体――と、それに引っ張られていく箱たちは走り去って行った。駅から、今しがたの、あの……なに？　鉄の塊から降りてきたのだろう人たちが、三々五々に出てきては通りを下り始める。

俺は瞬きすら忘れてそこに立ち尽くし、しばし茫然としたのち、

「なんだこれぇ――っ!?」

もう一度盛大に叫んで、周囲から無数の視線と、非難がましい囁き声を貰う羽目に相成《あいな》ったのだっ

た。

走って行ったあの黒い車輪付きの筐体と、それに引っ張られていた箱は、まとめて「汽車」と呼ばれるらしい。今のご時世、長距離の移動は汽車を使うみたいだ。汽車は予め敷かれた軌道の上を走って、その軌道上に設けられた駅に停まって乗客を乗せたり降ろしたりする。貨物も一緒に運んだりするんだそうな。大きい町だとか、こういった港町――つまり、交通の要衝となり得る場所には大抵駅がある。

――と、そんなことを俺は町にいたガキから教えてもらった。あの走る鉄の塊に突撃していく前に、驚きをなんとか消化して落ち着こうと思い、何か食べようと町をうろうろしていると出会ったのだ。

パン屋の店内を熱心に覗き込んでいるところに声を掛けたのが縁だ。俺が知っている硝子《ガラス》よりも随分と透明度の高い硝子《ガラス》が、店内でせっせとパン生地を捏ねる職人の様子を丸見えにしていた。焼き上がったパンは店内の棚に並べられており、見るだけで美味しそうな匂いがわかるというもの。

その子供の格好は見すぼらしかった。いや、俺ほどじゃなかったけど。継ぎ接《は》ぎの当たった、明らかに身体に合っていない小さな服に、痩せて汚れた手足。ズボンのポケットに手を突っ込んで寒そうにしながら、パン職人の手元を背伸びして眺めている。

「――よう、食いたいのか?」

いきなり声を掛けられて、その男の子はびくっとしたが、すぐに俯いて足許の小石を蹴って呟いた。

「食べられないの。お金ないから」

「親はどうした」

俺が重ねて訊くと、男の子は肩を竦めた。

「いないよ。レヴナントに襲われて死んじゃった。僕、今は叔父さんの家にいるの。靴磨きとかしながらね」

「苦労してんだな」

屈んで視線の高さを同じくしながらそう言うと、男の子はちらっと俺を見て鼻を鳴らした。

「お兄さんこそ。なんでそんな汚いの？」

なんだとこのガキ。いや事実だけども。

ちっ、とわざとらしく舌打ちをして俺は立ち上がる。

「あーあー、残念だなー、せっかくそこのパン買ってやろうと思ったのに」

「お金ないでしょ」

喰い気味に言いやがった。

俺は思わず苦笑しながら、外套のポケットから紙幣を一枚取り出した。

「ところがどっこい、じゃーん」

男の子は大きく目を見開き、唖然とした様子で囁いた。

「……泥棒さんなの……？」

「なんだとこら」

男の子の頭の上に拳骨《げんこつ》を落とす振りをしてから、俺は紙幣をひらひらさせる。

「そんなんじゃねえよ。――で、食いたいなら奢《おご》ってやるからさ、ちょっと頼みがあるんだけど」

男の子はじりっと後退《あとずさ》った。しかし視線は完全に俺の手元に釘付け。

「……知らない人からのお願いは聞いちゃ駄目ってお母さんが言ってた……」

俺は思わず天を仰ぐ。完全に不審者扱い。いや、それで正しいんだけど。

「いや、普通に一人分買うのと二人分買うのとそんなに違わねぇから。あと、俺、他所から来たばっかりで世間知らずなんだ。取り敢えず幾つか教えてほしいことがあるんだって」

男の子はなおも疑うように俺を見ていたが、遂に根負けしたように俺との距離をちょっとだけ詰めた。そして直後に鼻に皺を寄せ、「臭いね」と。このやろう――いや、ごめんね。

と、まあそんなわけで俺は肩身の狭い思いをしながらパンを幾つか買い上げ、それを男の子に分ける代わりに汽車と交通事情に関する情報を得た。大人にこんなことを訊いたらそれこそ記憶喪失を疑われて、最悪大騒ぎになるだろうけれど、子供なら大丈夫だろうという算段あってのことだ。

そうして聞いた汽車事情に、俺は輪を掛けてびっくりしていた。

軌道上に、土砂崩れとかの自然災害が来たらどうするんだろう。特に〈洞〉とかに突っ込んじまったら纏めて全員消滅するんじゃないか。

通りの端っこに立って、目星を付けたパンを紙袋から取り出して口いっぱいに詰め込んでいた男の子が、呆れたような目を俺に向けてきた。ごくん、と口の中のものを飲み込んでから、心底馬鹿にしたように言う。

「〈洞〉なんて、最初から避けて軌道を敷いてるに決まってるでしょ」

俺は腹が鳴らないように微妙に胃の辺りに力を籠めながら、ちょっと首を傾げた。視線は明後日《あさって》の方向へ固定。買ったパンは、余りにも男の子が美味しそうに食べるので殆《ほとん》ど譲っている。下手したら腹が盛大に鳴りそうなのだ。あと、寒い。季節は徐々に春に動こうとしているのか、男の子はシャツの袖をまくっていて寒そうな様子は見せていないが、俺は寒い。南国で育ってしまったせいで、今回の俺は寒がりなのかも知れない——と、そんなこと思いつつ、俺は男の子の言葉に眉を寄せる。

「うん？　〈洞〉って自然発生するもんじゃねえの？」

「え？」

男の子はびっくりしたように目を丸くした。俺は視界の隅でそれを見ていた。

「そうなの？　そんな怖いことあるの？」

「えっ、ないの？」

二人してびっくり。俺は瞬きし、思わず男の子と目を合わせた。口の端っこにパン屑が付いていた。

しばらく沈黙。そのあと、俺がぼそっと言った。

「いやごめん、勘違いかも」

男の子はほっとした様子で、「だよね」と言いつつ、手に持ったパンにかぶり付いた。

俺の知る限り、〈洞〉は原因不明の自然災害だった。ある場所に突然ぽっかりと出来て、一度出来てしまえば修復されることはない。幸いにもそんなにぽんぽん出来ていくものではなかったが、一度発生すればそれなりに騒ぎになったものだ。——とはいえこの時代、もしかしたら〈洞〉を修復する技術が開発されたのかも知れない。

話し終わり、なおかつ食べ終わると、男の子は無邪気な笑顔を俺に見せた。

「ごちそうさま。お兄さん、いい人だったんだね！」

俺は片手をひらひらさせた。

「まあな。――気を付けて帰れよ」

「うんっ」

やや元気になった足取りで、男の子が家路に就くのを見届けてから、俺も歩き出した。


以前までの人生、最も恐ろしい災害は〈洞〉だった。が、今はどうやら違うらしい。ちょっと港町をうろつくだけで、「レヴナントが」という囁き声をかなり拾うことが出来た。俺は人生でまだ一回しか遭遇したことはないが、確かにあの化け物、海上であっても船一隻をぶっ壊したわけだから、町中に出てきたら堪ったものじゃないだろう。もっと言えば、貨物船が襲われれば、その荷主は紛糾する事態に直面することになる。

再び駅の方へ向かっていると、「レヴナントが」という言葉に混じって、「ガルシアから」「ガルシアの」という言葉もかなり聞こえてくるようになった。

「ガルシアからの警護も今日までか――レヴナントが……」

去るのを惜しまれているっていうことは、ガルシアからの部隊は本当に精鋭なんだな。これはいよいよ、仲間の誰かがガルシアにいることに期待できる。だって、そこに行けば誰かしらとの合流に期待できるからね。レヴナントとセットで言及されているということは、もしかして対レヴナント専門の軍人がいたりする場所なんだろうか。港の警備というのは、レヴナントから船を警備することだったのかな。

まあ、興味ないけど。俺の関心事、もはや達成したくて気が狂いそうになっていることは、仲間たちとの再会だけだから。

そんなことを思いながら、俺は駅から少し離れた場所で、道の隅っこに小さくなって佇んでいた。ガルシアからの部隊が汽車なるものを使ってガルシアに戻るのであれば、必ずここは通るだろう。その後ろにくっついて行けば、迷うことなくガルシアまで辿り着ける。

それにもしかしたら——もしかしたら、今日までの不運が全部清算されるかも知れない。仲間の誰かが、まさに目の前を通るかも知れない。それを思うと、もう胸がいっぱいだ。期待に息すら苦しくなり、気づくと俺は胸の前で固く手を組み合わせていた。頼む、誰かがここを通ってくれ……。

俺がじっとそこに立ち尽くすこと二時間あまり。時刻が正午に近付き、道行く人から俺が変な目で見られることに慣れ始めた頃。——ようやく、通りを下ったところに動きが見えた。

「————！」

我知らず息を止め、通りを凝視する俺。もう多分、全身からやべー奴の気配を発散していたんだと思う、近くを通り掛かった人が、足早に俺の前を去っていった。

やがて、規則正しい軍靴の靴音を幾重にも響かせて、軍人の一団が通りを下ったところから姿を見せた。俺の知る軍隊といえば、騎兵を中心に組織されることが多かったが、見たところ全員が自分の足で歩いている。まあ、これから汽車に乗ることを思えばさもあらん。軍人たちは、特に先触れも何もなかったが、その威圧感のみで道行く人を脇に退かせ、粛々とした足取りで進んできていた。よく見れば、個々人の顔には疲れやうんざりしたような表情も見えていたが、総じて堂々たる行進である。軍服は一様に黒い。外套には金の肩章があしらわれ、黒い軍帽まで被って全員が同じように見えている。とはいえ俺が驚いたのは、中に女性も少なからずいたことだ。

俺は息を詰め、祈るような気持ちで、目の前に差し掛かろうとするその軍隊を凝視していた。通り過ぎていく軍人たち――年齢も様々な彼らの顔が、俺からはのっぺらぼうに見えていた。見たい顔は決まっているのだ。

手を背中側に回し、俺はこっそりと、その掌の上で火花を散らせた。小さな火を熾す、あまりにもささやかな魔法だが、仲間がいればこれで気付いてくれるだろう。魔力には独特の気配があって、何百年という時間を一緒に過ごしてきた俺たちは、お互いの魔力の気配に敏感だ。近くにいれば、魔力の気配を辿ってどこにいるかを特定できるくらいに。

――誰かがいれば。誰かが――

祈るあまりに卒倒しそうになっている俺の目が、そのとき軍隊の隊列のささやかな歪みを捉えた。内側の列にいた誰かが、外側に出ようとしているらしい。規則正しい行進を阻まれ、躓きそうになった連中からすればいい迷惑だっただろうが、そうして押し退けられた連中は、不思議と嫌な顔は見せていない。むしろ、「仕方ないなあ」みたいな笑顔で、隊列を乱した誰かに微笑みかけている。

――まさか……

息を呑み、頭の中で無数の鐘が鳴り響いているかの如き俺の視界に、隊列を掻き分け、ぷは、とこちらに顔を見せた、若い女性の顔が映った。

不覚にも、俺は泣きそうになった。安堵のあまり足から力が抜ける。相手は既に涙ぐんでいた。

――磨いた銅のような見事な赤金色の髪。陽光に艶めき、緩く巻くその髪を長く伸ばし、無造作に流している姿は、他とは一線を画して絵になるものだ。その絶世の美貌をくしゃくしゃにして、その薔薇輝石のような淡紅色の目に涙を溜めている――

――俺の仲間の一人、ディセントラだった。


「ルドベキア！　やっと出て来たわね！　今までどこにいたのよ！」

ディセントラがそう小声で叫び、すっげぇ汚い上に臭い俺に、躊躇《ためら》いなく抱き着いてきてくれたのは、そのあと、汽車の中でのことだった。

隊列の中と通りの端っこ、という、なんとも絵にならない場面で待望の再会を果たした俺たちだったが、言うまでもなくディセントラは隊列の中で前へ進んでいる最中で、俺は周囲から買う顰蹙《ひんしゅく》を金に換えることが出来れば大富豪間違いなしというような、汚れきり草臥《くたび》れきった、怪しい身形をしていた。ついでに、ディセントラが俺の方へ駆け寄ってきた結果として俺に注目が集まってしまうと、非常に困る――どこから来たんだという話になると、めちゃくちゃ困る――ので、俺は半分以上泣きながら片手で目許を覆い、「ついて行くから、行って行って」と合図したわけだ。ディセントラはディセントラで、涙ぐみながらも、「絶対見つかるなよ」と念を押すような目で俺を見て、ついて来るように合図をくれた。仲間の一人に再会できたということで、もう俺は何も怖くなかったので、深呼吸を繰り返しながら、俺は隊列の最後尾から距離をとって後について行ったというわけだ。

ガルシアの部隊は汽車を使って本拠地へ戻るらしく、駅舎で少し時間を潰す風を見せた。その間に、俺は初めてのことに面喰らいながら、汽車の切符（というらしい、汽車に乗るための手形）を買った。ガルシアまで行く汽車はなく、最寄りのカーテスハウンという町で降りろということだったが、切符を売ってくれたおっさんの、「こいつは何をしにガルシアに行くんだ？」という目は痛かった。まあ、俺が金を払った以上は切符を切ってくれたわけだけど。

さてここで、せっかく再会できたにもかかわらず、なぜディセントラが駅で俺に駆け寄って来なかったか、疑問に思う人もいるだろう。

――答えは簡単、目立つからだ。俺たちの中でも、ディセントラと、もう一人カルディオスという男――この二人は目立つ。とにかく綺麗な顔をしていて、きらきらした雰囲気を常に纏っているので、ちょっと動くだけでそりゃもう大注目を浴びるのだ。それを弁《わきま》えているのはディセントラの美点だから、ディセントラはディセントラで、色々噛み締めながらも、じっと堪えていてくれたというわけ。

そして今。木で出来た、クッションの一つもない硬い座席に、身を小さくして（だって同じ客車にいる人たちの目が痛い。身形のいい紳士なんかは、俺を見てあからさまに荷物をがっちり抱える始末）、座っていた俺のところに、客車どうしを繋ぐ扉からこっちに移って来て、ようやく再会を喜びに来てくれたディセントラ。目立つと思ったのか肩章のついた外套と軍帽は脱いできてくれたが、それでもただならぬ存在感に、周囲からめっちゃ見られている。だが、軍人たちに注目を浴びるよりはマシだ。

俺としても、会ったら言いたいことはいっぱいあった。これまで溜めに溜めてきたものが沢山あった。だが昔馴染みの顔を見るともうそれどころではなくて、俺は息を詰め、嗚咽《おえつ》を堪《こら》えて唇を引き結ぶのがやっとだった。

「ルドベキア、なんて格好してるの。何があったの。みんなすっごく心配してたのよ。その格好を見るに、全然食べてないんでしょう？　こんなに痩せちゃって……。ほんっとうに運が悪かったのね」

俺の背中をさすってくれるディセントラ。もうなんか、胸がいっぱい。寒いし、腹は減ったし、疲労が肩に圧し掛かっているような有様だけど、もう大丈夫だと心から思える。

「汽車の中なんかじゃゆっくり休めないでしょうけど、ガルシアに着いたら、ちゃんと食べさせてあげるからね。あんたの好きなお風呂もあるわ。それから、殆ど全員ガルシアにいるから、もう大丈夫よ」

殆ど全員！　俺は息を呑む心地だった。あいつもいるんだろうか――飴色の瞳のあいつ、この十七年間、いや、生きてきた間ずっと、俺が心の支えにしているあいつも――

だが、俺はそれを訊けないのだ。

「みんな？」

鼻を啜り、くぐもった声で尋ねると、ディセントラは頷いた。

「カルディオスも、コリウスも、アナベルもいるわ――一人足りないのよ」

俺はまた鼻を啜って、「良かった」と言った――落胆は声に出なかった。顔にも出なかった。ただ、あいつだけがガルシアにはいないのだ、とわかって、胸が裂かれるような痛みを覚えていた。そしてその痛みは、絶対に表出することなく、ただ俺の心臓の辺りに溜まっていっただけだった。

ディセントラが顔を顰めて、「再会したてでこんなこと言いたくないけど、本当にあんた、あの子にだけは無関心ね」と言ったが――

――違うんだよ。

ディセントラが「あの子」と呼んだ人、ただ一人今も所在が知れない一人。彼女の名前はトゥイーディア。

――そうだろう、無関心に見えているだろう。

俺はあいつと目を合わせない。用が無ければ話すこともない。名前を呼ぶことすら滅多になくて、他のみんなと接するときと、温度差があり過ぎるその態度が、もう何百年も続いている。

――だけどな、違うんだよ。

俺がこの長い人生において、折れそうになるとき、何を脳裏に描いてきたか、他人が知ることは絶対にないだろう。いつだって俺が瞼の裏に思い描いていたのが、トゥイーディアの、あの強くて真っ直ぐで決然とした、鉛色の瞳なんだってことを。

――この長い人生の上で、最初から知っていたのか、あるいは徐々に自力で気付いたのか、よくわからない自分の中での不文律が俺にはある。推測だけど、他のみんなにもある。この不文律のことを、俺は「代償」と内心で呼んでいた。

俺の代償は、〈最も大切な人に想いを伝えることが出来ない〉というもの。俺のこの感情が、言葉としても仕草としても、そして他人を通しても、決してあいつに伝わることがないという代償。ディセントラの苦言めいた言葉にも、俺は肩を竦めただけだった。俺があいつをどう思っているか、彼女に伝わることのないように。だから、不可視の力で強制されるのはこの無関心な態度だ。彼女に俺の気持ちが伝われば、それは間違いなくトゥイーディア自身にも伝わっていくから。

——なあ、ディセントラ、違うんだよ。

彼女が困ったように俺を見ている。どうして俺がトゥイーディアを嫌っているのか、俺の幼稚な態度がほとほと手に余るとでも言いたげに。——だけど、違う。

——俺はトゥイーディアのことが大事なのだ。いつからこう思っていたのかはわからない。でも記憶にある限りはずっと、何よりもトゥイーディアのことが大切だった。

——だから、俺はあいつに無関心に接さざるを得ないのだ。

何に対する代償だろうか、でも意志の力ではどうしようもないほどに強制されるのだ。

——俺の最も大切なトゥイーディアに、俺の気持ちがどうあっても伝わることのないように。

それでもあいつは優しかった。冷淡に、あるいは喧嘩腰に接する俺に対しても、諦めずに色々と話し掛けてきてくれた。それがあいつの、公明正大な優しさのゆえではなくて、俺への特別な気持ちのゆえだったらどんなにいいだろうと夢見たこともあるが、普通に考えれば、俺の態度は嫌われて当然のもの。ただそれも、溜息を吐いたりたまに不機嫌になったりしながら呑み込んで、呆れたように、手を焼くように、俺のピンチには他のみんなのピンチと同様、迷わず駆けつけて来てくれるトゥイーディア。

俺の大好きな、優しい陽射しみたいな蜂蜜色の髪に、強くて真っ直ぐな飴色の瞳。

トゥイーディアは今どこにいるんだ。


ディセントラは、俺が生まれてからどこで過ごしていたのかを頻《しき》りに知りたがったが、これについては俺は、怖くて汽車の中なんかじゃ口には出せなかった。何しろ魔王は絶対悪だ。魔王なんて口にしただけで、俺は汽車の中にいる他の連中から睨まれるだろう。魔王本人とわかれば処刑台だ。仲間のみんなのことは完璧に信頼しているから話すつもりでいるが、こんなどこで誰が聞いているかわからないところでは話せない。

そんなわけで俺は貝のように口を噤《つぐ》み、ディセントラも事情があると察したのか、「ガルシアに着いたらね」と言ってくれた。代わりに彼女が、世間知らずな俺に、あれこれを懸命に教えてくれた。

例えば、レヴナント。これは百年ちょっと前——ちょうど俺たちが前回死んだ直後か——くらいから湧き出した、発生原因不明の災害らしい。いつどこで何をきっかけにして湧き出すのか、全然わかっていないそう。なお、撃退方法は魔法のみ。

それから、〈洞〉。これはあの男の子が言っていた通り、もはや新たに発生することはないらしい。その代わりとばかりに、年々〈呪い荒原〉が拡がっているという。増えた災害二つに減った災害一つか。

そして、俺が汽車やら船の変化やらにすっかり驚倒していることを知り、俺にとっては目玉が転がり落ちるほどに驚くことを教えてくれた。

――なんと今の時代、人は魔法を身一つで使うのではなく、道具を使って実現するのだ。その道具を世双珠《せそうじゅ》というらしい。世双珠というのは――仕組みはわかっていないが（仕組みがわかっていないものをよく使う気になるよな）――、世界の法を簡単に変更できる性質の石らしい。見た目は完全に、球形の宝石。世双珠一つにつき、変更できる世界の法の「枠」を予め決められているようなものだそうで、今の時代、人々は己の魔力を〈法を変える〉ことに使うのではなくて、〈世双珠を使う〉ことに使うのだそう。だからこの時代、魔力の大きさは無論のこと、どれだけ豊富な世双珠を持つかが魔術師として大切なところなんだとか。変なの。その文化が広がったのも百年前くらいらしい。俺たちが死んでる間にマジで何があったんだ。今では魔力の大きさは、どの世双珠を扱えるかに直結する素養として考えられているらしい。派手に世界の法を書き換えることのできる世双珠を使うには、それだけの魔力が要求されるのだ。そしてレヴナントを相手取った集団戦では、一つの世双珠を数十人が一斉に使って魔法を行使するのだそうな。それ、世双珠が壊されたらどうすんのかね。ディセントラも、「ほんとそうよね」と言っていた。

でもこの世双珠、何が便利って、魔力を消費し続けないことだ。これで船やら汽車やらの動力の謎が解けた。世双珠を使うことで魔力は消費されるが、その後の魔法の維持は世双珠自体が負担する。汽車のあの黒い筐体の中で――そして恐らくは船においても――世双珠が生み出すのは「熱」。その熱で蒸気を作り出し、その蒸気を圧縮したり何だりして（その過程にも世双珠が関与していて）、動力を生んでいるのだとか。道理で汽車も船も煙を吐いていたわけだ。また、その辺の機械を生産したり調整したりするのも魔術師の仕事らしい。その辺りの事情を呑み下した俺が思ったのは、「俺、汽車関係の仕事が向いてるんじゃゃね？」ということだった。何しろ熱ならお任せあれだ。

――とはいえ、いかな俺といえども、四六時中放熱していれば早晩ぶっ倒れる。それを代替わりしてこなす世双珠というものは、便利だけど不気味な代物《しろもの》だ。ちなみに産地は諸島のどこかということで、へえ、あんな僻地にそんなお宝が埋まっていたとはねぇ。

「まあ、私たちからすれば、普通に魔法を使う方が断然簡単だけどね」

とは、膝の上に食事を広げながらの彼女の言。汽車の旅は長旅になるので、食料を買い込んでいなかった俺は詰んだと思ったのだが、通る駅で食べ物を売っている人がいるほか、ガルシア部隊にはきっちり食事が提供されるらしい。ディセントラはそれを失敬して、わざわざこっちに持ってきてメシにしてくれているわけだ。食事を分けてもらえる俺としてもありがたいが、ディセントラは持って来た食事の殆どを俺に譲る勢いなので、今度は彼女が心配になってきた。腹減らない？　大丈夫？

「得意分野の魔法だって、世双珠を使う方法だと使えないしね」

声を潜めてそう言って、ディセントラは肩を竦める。――こいつの得意分野は〈止めること〉。物事の変化を根底から留める、絶対法にも抵触する強烈な魔法だ。あらゆる魔法の伝播を止めて打ち消すことも出来るので、記憶にある限り昔から、俺たちの喧嘩の仲裁をしてくれていたのもこいつ。正当な救世主に当たったときには、加えて物事の変化を〈戻すこと〉という別方向の力も授かる。仲間の一人、アナベルという奴の固有の力と、ほぼ双璧を成す能力だった。

ディセントラは、ガルシアの部隊が貸し切っている客車と俺の隣とを、そうして行ったり来たりして、汽車の旅を過ごしてくれた。俺としてはもう、これまでの旅路とは天と地の差。仲間がいるって心強い。長年の汚れに曇った硝子《ガラス》の車窓越しに、馬が走るよりも早く景色が流れ去っていく。晴れる日もあり、雨の日もあり。駅で汽車が停まる度に、この百年で栄えたなぁ、と俺はしみじみ。雨の日は車窓を叩く雨粒の音を聞きながら、暢気に眠り込むこともあった。こんな旅ならいつまでだって我慢できるよ、とも思うわけだが、身体は素直に限界を訴えていた。いくら気心知れた仲間がそばにいるとはいえ、硬い座席に座りっぱなしの長旅は堪える。通路をうろうろするのも憚られる身形の汚さだしね。

そんな汽車の旅が十日続いて、俺たちはついに、ガルシア最寄りの町に辿り着いた。

ディセントラは俺のそばを離れるときに、駅から出たら乗合馬車を拾うように、と言い置いてくれた。ガルシアに向かう馬車が走るはずだからそれに乗れ、と。ディセントラは部隊と一緒に、待機しているガルシアの馬車で砦《とりで》に戻るらしい。乗合馬車を利用するための料金について心配されたので、俺は「そのお金どうしたの？」と訝られることにびびりながら所持金を彼女に見せたが、ディセントラは幸いにも金の出処には拘らなかった。ざっと金額を数えて、「大丈夫そうね」と言っただけだった。その口振りに違和感を覚えて、俺は「ははあん」と。

――ディセントラ、大抵は王侯貴族の生まれを引き当てる豪運だが、さては今回は平民の生まれだな？　じゃなければ、俺の所持金を確認するまでもなく、懐から大金を取り出して俺に握らせていたはずだ。

「ガルシアってちょっと変わってて、市街の中に海に面した砦があるのよ。私は砦の中までそのまま帰っちゃうから、砦のそばで待っててちょうだい。今は、西の大陸のさるお方を迎える準備で殺気立ってて、あれこれ厳しくなって、中に入るには身分証が要るんだけど、私が連れて入ってあげるわ」

てきぱきとそう言われて、俺はただ頷く。ディセントラと、あともう一人コリウスという奴は、俺たちの中でも頭脳を担う立ち位置にいるので、言われたことに従うのはもう条件反射だ。

やっと会えたディセントラが離れていくのを不安そうに見守っていると、ディセントラは俺を振返って、絶世の美貌に自信に満ちた笑みを浮かべてみせてくれた。

「大丈夫でしょ、ルドベキア。――じゃあ、また後でね」

「――ルドっ！」

大歓声と同時に抱き締められた。俺の方は声も出なかった。俺の頭を、くっそ汚くて臭いにもかかわらず盛大にわしゃわしゃと撫でてくれたのは、血相変えて目の前まで走ってきたカルディオス、懐かしき俺の救世主仲間の一人。十七年ぶりの再会である。暗褐色の猫っ毛、大きく見開かれた翡翠色の目。甘く整った顔立ちは、ディセントラと並べても遜色ない絶世の美貌。その国宝級の顔面に、今はいっぱいに案じる色を湛えて、それでも口に出したのはこいつらしい軽口。

「どこ行っちゃったのかと――また奴隷として売り飛ばされたかと思って、心配してたんだぜ？」

「――俺……俺……」

嗚咽を堪える俺の手をがっしり握ってくれるカルディオス。こいつの口調には独特の、歌うような調子がある。

「おー、よしよし、寂しかったな、つらかったな」

俺はただただ首を振り、込み上げてくるものを堪えながら、ずるずるとその場に膝を突く。

――ここはガルシア砦の内側である。ガルシアの、想像を超えるでかさに右往左往しながらも辿り着いた俺を、約束通りディセントラが中に引っ張り込んでくれた。砦というからには軍人がいるだろうと思っていたが、この昼日中、砦の、いわば居住区に当たる場所からは出払っているらしい。そこで通されたのは砦の居住区となっている部分の三階で、どうやらそこがカルディオスの部屋らしい。

ここにいるということは軍人の務めがあるだろうに、それは急遽非番としてもらったのかなんなのか。軍服姿で完全に度を失ったカルディオスが部屋の奥にいて、ディセントラが扉を開けて俺を中に入れてくれるなり、こっちにすっ飛んで走って来てくれたのだ。

仲間内でも、俺とカルディオスは一番親しく連《つる》んできたといっていいだろう。そんな奴の顔を目の前に見て、俺の心は完膚なきまでに緩んだ。いよいよ涙ぐむ俺の肩に励ますように手を置いて、カルディオスがうんうんと頷いてくれる。

「もう大丈夫だぞー、もうすぐ、おまえの気持ちが一番よくわかるはずのコリウスが来るからな。そんな顔しちゃって、おまえ、もうコリウスの号泣事件笑えねーぞ」

コリウスもここに来てくれるのか。

ディセントラが俺のそばに膝を突いて、よしよしと俺の手の甲を撫でてくれた。

「汽車の中でもつらかったでしょう。コリウスとアナベルに、とりあえずあんたのためにごはんを持って来るようにって言っておいたから。もう大丈夫だからね」

アナベルも来てくれるのか。俺はいよいよ本格的に込み上げる嗚咽を噛み殺して唇を震わせる。

それから少しして、本当にコリウスとアナベルが駆け付けてきた。十七年ぶりに見る二人の姿に、やっぱり俺の胸はいっぱいになった。

コリウスはでっかい籐籠をぶら下げての登場である。アナベルは扉を開けて入って俺の姿を見るなり、きっと唇を引き結んで、部屋の主には無断で寝台から毛布を引き剥がすと、それをそっと俺の肩に掛けてくれた。どの人生においても無口で無愛想なアナベルが、しかしこのときは信じられないくらい低い声を出した。

「――ルドベキア、あなたを酷い目に遭わせた奴が誰だかわかっているなら言いなさい」

めちゃめちゃ物騒な口調だったが、俺は思わず泣いてしまった。毛布が暖かかったこともあって気が緩んだし、普段は冷淡なアナベルがこんなことを言ってくれて感激したのだ。

アナベルは、やっぱりいつもと顔は変わっていなかったけれど、俺の記憶にあるどの姿よりも髪を短くしていた。薄青い艶やかな髪は癖ひとつなく、肩より少し上で綺麗に切り揃えられている。額髪を眉の高さできっちりと揃えて、その下に煌めく薄紫の目は、いつもは儚《はかな》いほどの色合いだというのに今は憤激に燃えている。なんて優しい奴なんだ。

とうとう泣き出した俺を、駆け寄って来たコリウスが膝で滑り込むようにして抱擁した。俺やカルディオスの癖のある髪とは違う、真っ直ぐでさらさらした銀髪を少し伸ばして、後頭部で黒い絹のリボンで結っている。全身から漂う貴公子の気配。濃紫の目を痛ましそうに細めて、コリウスはよしよしと俺の背中を撫でた。

「よし、わかる、わかるぞ。僕も同じだったからね。不安だったたね、よく頑張った」

経験者斯《か》く語りき。余りの頼もしさに俺の涙腺はますます緩んだ。コリウスはみんなより十年先んじて生まれてしまい、二十三歳で俺たちに再会したときに、不安が天元突破していたのか、今に至るまでの語り草となっている号泣を披露したことがあるのだ。

震えながら泣く俺の目の前に、コリウスが籐籠をどんっと置いた。その籠の蓋を開けると、香ばしい匂いがふわっと広がる。一秒で俺の涙は引っ込んだ。

籠の中には清潔そうな布巾が敷かれ、その上に食べ物がわんさか詰められていた。パンやパイ、小さな紙袋に詰められたクロケットもある。クロケットから染み出す油が滲み、紙が薄《うっす》らと透明になっている。現金にも泣き止んだ俺に、コリウスが優しく声を掛けた。

「腹が空いてるんだろう、ルドベキア。ディセントラが、ルドベキアが飢え死にしそうになっていると言っていた」

カルディオスが心配そうに俺を見ながら、軽やかな口調でからかった。

「トリーおまえ、そんな大袈裟なこと言ったの？」

「仕方ないでしょう」

ディセントラが憤然と言い返すのを聞きながら、俺は両手にソーセージと香草を挟んだパンと、香ばしく焼き上げられた肉の塊を持って食べ始めた。

――泣きそうになるほど美味かった。

ぼろ泣き寸前で食べ物を口に運ぶ俺を、みんなが温かく見守ってくれている。「最近は衝撃ばっかりだな」とカルディオスが呟くのが聞こえたが、十七年間消息不明だった俺の帰還と同程度に衝撃的なことがあったならぜひ教えてほしい。

――帰還。

そうだ。

――ずっと、ずっとずっと帰りたかった。やっと帰って来られた。俺の居場所、俺の特別な場所、故郷も両親ももう無いも同然の俺が、唯一心を許せる心の拠り所。

俺は帰って来たのだ。


俺がやっとのことで落ち着いたのは、その翌日のことだった。自分でも自覚できないレベルで疲れていたのか、腹いっぱいに食った俺は（眠さで朦朧《もうろう》としていたのか、自分では全然覚えていないが）、今にも眠りそうになりながらも、どうしても風呂にだけは入りたいと主張し、カルディオスに支えられて湯殿を使ったあと、再びカルディオスの部屋に帰ってくるや否やの爆睡を披露したらしい。ちなみに、着替えはカルディオスに借りた。俺とコリウスでは、俺の方がかなり背が高いからね。

というわけで、俺がすっきり爽快、元気になって目を覚ましたのは翌日の夜明け前。カルディオスの寝台を独占していたわけだが、カルディオスは笑って許してくれ、ついでに伸び放題になっていた俺の髪を切ってくれた。こいつは昔から手先が器用なのだ。それからカルディオスが忍び足で部屋を抜け出して、他のみんなを呼び集めてきてくれた。

夜明け前で窓の外はまだ暗く、ガルシア砦は静まり返っている。そういえばここは海辺だった――潮の匂いが薄らと漂っている。

カルディオスに連れられて、ディセントラとコリウス、そして早起きのため壮絶に不機嫌な顔のアナベルが部屋に入ってきた。俺はみんなの顔を見られたのが嬉しくて、意味もなく手を振ってみたりする。それににっこり笑って応じてくれたのはディセントラだけで、アナベルとコリウスは俺を無視した。まあ、こいつららしい。

カルディオスもディセントラもまだ部屋着だったが、コリウスとアナベルはもう軍服に着替えていた。

全員が、部屋にある椅子だったり寝台の上の俺の隣だったりに腰を落ち着けたところで、コリウスがぱちんと指を鳴らした。注目を集めたいときのこいつの癖だ。見遣った先でコリウスは、「昨日の優しさはどこにいったの？」と訊きたくなるような冷淡で冷静な顔。いや、こっちがこいつの平生の顔なんだけどね。

四角四面で生真面目で無愛想なコリウスと、ちゃらちゃらしていて派手に女遊びを楽しむカルディオスは、一時期本当に仲が悪かった。とはいえいつの間にか仲良くなって（折り合いをつけざるを得ないほどに長い付き合いになってきた、ともいう）、いつぞやコリウスに恋人が出来たときには、カルディオスは誰よりも盛り上がって祝福していた。そしてその恋人が――どういう経緯があったのかは知らないが――コリウスを刺し、文字通りに殺したときには、俺たちの中で最も怒り狂ってそいつを捜し出し、仇討ちに躊躇いがなかった。コリウス本人は、生まれ直して会ってみたらけろっとしていて、「魔王討伐前に死んですまなかった」と謝ってくれただけで、特に「あいつをどうした？」と訊いてくることもなかった。こっちからわざわざ顛末を教えてあんな奴のことを思い出させるのも忌々しいので、俺たちも首尾を報告することもなく、そのままになっているのだが。――だが、まあ、こういう言い方をするのもなんだが、魔王以外に殺されたことがあるのはコリウスだけという意味では、俺たちの歴史に残る大事件ではあった。ついでに、言うまでもないが、六人ではなく五人で挑んだ魔王討伐において、俺たちはいつも以上にあっさりと負け、あっさりしはいかない苦しい最期を迎えた。

ちなみにカルディオスは、俺がいつになっても恋愛をしないというので、割とガチで俺を心配している節《ふし》がある。ディセントラもそうだ。ディセントラに至っては、何回か結婚してたこともあるしね。

閑話休題。

コリウスはその貴公子然とした佇まいで、いっそ訝しそうに俺を注視している。

「ルドベキア、今までどこにいたんだ。一向に姿を見せないから、どうしたものかと話していた」

「俺の話は長くなるから、後で。おまえらこそ、いつからここにいんの？」

俺がきっぱりと返したので、コリウスは不服そうに濃紫の目を細めながら、ちらっとカルディオスを見た。カルディオスが俺の隣で、元気よく手を挙げる。

「はい、俺とアナベルが最初にここに来たよ。俺が十二のときだから――もう七年くらいかな？」と視線を向けられて、アナベルが欠伸《あくび》をしてから頷く。

「そうね。あたしは十歳だったものね。――今回は、あたしとカルディオスって幼馴染なの。正確には、あたしの叔母がカルディオスの家の使用人だったんだけど」

俺は憤然とカルディオスを睨んだ。

「――またか、カル！　いつもいつも運良く生まれつきやがって！」

「行いがいいんじゃね、俺」

いけしゃあしゃあとそう言って、カルディオスがコリウスを見遣る。

「で、次に合流したのがコリウスだな。今回は早めに俺たちと合流できて良かったな、コリー？」

号泣事件への揶揄《からか》いを籠めたその言葉を、コリウスは綺麗に無視した。

「そう、僕がここに来たのは六年前で――十五歳のときだったな。周りの人間を説得するのに時間がかかってしまって」

「なに、おまえ、今回もいい生まれなの？」

「この国の辺境伯の息子だ」

そっけなく答えられ、俺はさすがですと舌を巻く。ディセントラとコリウスは王侯貴族の生まれを引き当てる確率がぶっちぎりで高く、カルディオスに至っては今まで一度たりとも、大金持ち以外の生まれを引き当てたことがない。

ディセントラが咳払いする。

「で、次が私。四年前――十四のときね」

「珍しく平民のお生まれでしたね、女王さま」

カルディオスが揶揄って、「うるさい」と睨まれている。ディセントラは、金銭には興味がないが、高級な衣装や宝飾品は大好きなのだ。今生ではさぞかし我慢に我慢を重ねていることだろう。

「それで、ディセントラが見つけてくれたんだが、」

コリウスが言い差して、顎でアナベルに合図する。アナベルが、「ああ」と頷いて、軍服の袖を捲って、そこに着けていた黒い腕輪を外した。

――救世主専用の変幻自在の武器だ。仕組みはよくわからないが、持ち主の任意の形に姿を変える。正当な救世主ではない準救世主でも扱えることは扱えるが、やはり真骨頂は正当な救世主が揮《ふる》ったときだ。俺たちの固有の力を底上げしてくれる便利な武器だが、毎回なぜかどこかへいってしまうので、魔王討伐への出発まで、この武器を捜すためだけに五年掛けたこともあったっけ。

アナベルがその腕輪を、ぽん、と俺に向かって放り投げた。魔術師としてのアナベルは一流どころか超一流だが、若干運動音痴のきらいがあるのは誰もが認めるところ、腕輪は俺から右に逸れた空間を目がけて飛んだが、手を伸ばした俺が難なくそれをキャッチした。キャッチしつつ、俺はきょとん。

「え？　なんで俺に？」

あれ？　っていうかこれ、アナベルが身に着けているときも黒かったな？

――この、救世主専用の変幻自在の武器は、そのときの正当な救世主が手にすると色を変える。黒い色から、黝《あおぐろ》い煌めく色合いへ。

カルディオスが、俺が握った腕輪にじっと目を落とし、目をこすり、そして流れるように他の四人を見渡した。困惑したときの、こいつの癖が出ていた――両手の指先をそれぞれ合わせて、そのうちの人差し指だけをくるっと回す仕草。

「――ルドじゃない。今回の救世主、ルドじゃない」

「は？」

俺はぽかん。そして、はたと思いついてみんなを見渡した。

「そうだよ、今回の貧乏くじ、誰が引いたんだよ。これ、そいつが持っておくのが自然だろ？」

今回の正当な救世主は誰か、という意図のその問いに、四人分の重い沈黙が応えた。

「…………」

「…………」

「…………」

「…………」

「……え？」

俺はきょとん。

四人みんなが、びっくりしたような顔で俺を見ている。――え……まさか――

しばらく無言で見詰め合ったあと、ディセントラが恐々と言った。

「……あの――、ルドベキア？　あんたじゃないの？」

「へっ⁉」

思わず大声を出す俺。俺じゃない、誓って俺じゃない。むしろ今回の俺は真逆だ。そしてディセントラの質問の意図が掴めてくると、俺は大きく目を見開いて叫んだ。

「まさか――この中の誰でもないのかよ⁉」

となると消去法だ。またトゥイーディアかよ！　衝撃に目を見開いた俺は、ディセントラに向かって、苦情めいた口調で言い立てている。

「俺だと思ってたんなら最初に言えよ！」

「だから、『ほんっとうに運が悪かったのね』って言ったじゃない！　救世主を引いた上に合流も遅れるなんて可哀想ねって……」

あれ、そういう意味だったのかよ。

「俺が救世主なら、合流が遅れるわけねぇだろ！」

俺、抑えた絶叫。何しろ俺は、正当な救世主の地位にあるとき、固有の力がもう一つ授けられるのだ。それもまさに、〈相対する相手の時間を支配下に置く〉という、群を抜いて強力なやつを。その能力があってもなお、魔王に傷ひとつつけられたことはないんだが。

「まあ、確かにそうね……」

ディセントラがそう言って、それを合図にしたように、四人は重い溜息を吐いた。

「そうきたか……」

「二回連続って……あの子、運が無さすぎるでしょう……」

「というか初めてじゃないか？　連続で救世主を担当するのは」

「確かにねぇ……。直前に経験していれば、次ってなんだか高みの見物を決め込めるようなところがあったわねぇ……」

俺はそんなのんびりした感想は抱けない。傍目《はため》には平然としているように見えるだろうが、内心は大嵐。

だって、トゥイーディアは救世主を経験した直後の人生において、最初はまっさらの状態で生まれてくる。今もたぶん、まだ俺たちのことを思い出していない。そんな中で救世主に任命されてしまったらどうする。もう魔界に魔王はいないわけだけど、あいつが馬鹿正直に魔界へ船を出してしまったら。あいつが俺たちとの合流を待ってくれなければ、俺たちはあいつを助けに行けない。

本音を言えば今すぐあいつを捜しに飛び出したいけれど、俺はそれを態度に表わせない。

カルディオスが溜息を吐いて、額を押さえたあと、「まあいいか」と呟く。まあ良くないぞ！　と内心で思う俺を他所に、奴が首を傾げた。腹が立つほど様になっている仕草だ。

「――で？　ルドおまえ、今までどこにいたの。なんでこんなに合流に時間掛かったんだよ？」

「それなんだよ、聞いてくれよ」

俺は拳を振った。とはいえ少しの警戒はある。さすがにみんな、この何百年の絆を差し置いて、俺を刺しに来たりはしないよな？

「今回の俺、魔王なんだよ」

「――」

「――」

「――」

「――」

四つ分の沈黙が俺に応えた。コリウスがめちゃくちゃ冷静な顔で軽く自分の耳朶を引っ張り、アナベルは「なに言ってんだこいつ」みたいな顔になり、ディセントラが普段の倍くらい瞬きをして、カルディオスが翡翠の瞳を大きく見開いて、今度は反対側に首を傾げる。

「――えーっと、冗談ならもうちょっと笑えるやつを」

このやろう。

「生まれた瞬間に『あなたは次期魔王です』って言われた俺が、『それ冗談ですよね』って思った気持ち、わかるか！」

力説した俺に、「待って待って待って」とディセントラが両手を振りながら割り込んできた。

「えっ、待って、どういうこと？　ルドベキアが、えっ？」

「だから俺、魔王なの！」

なんでこんな反吐の出るような事実を力説してんだ、俺。

「魔界で生まれたの！　そこから箱入り育ちだよ！　魔王としてやる気がなさ過ぎたせいだろうけど、十歳のときから暗殺されそうになりながら生きてきたの！　やっと脱出して海をはるばる漂流して来たの！　ディセントラに会うまで俺、マジで死にそうだったの！」

溜まりに溜まったものを吐き出す俺に、みんな驚愕の目を向けてくる。

「ま、魔王……」

「暗殺……？」

「漂流……」

「びっくりすることいっぱいあったんだな……」

ぽかんと口を開けたカルディオスが、「待てよ？」と声を上げた。

「あいつは？　いつもの魔王はどうした？」

「知らねえ！」

俺は半ば涙目。

「知らねえけど今回は俺だった！　あいつは影も形もなかった！　あいつも遂にくたばったのかなとか、あいつが救世主になってたらどうしようとか、俺はめちゃくちゃ考えてたんだよ！」

白髪金眼の魔王、ヘリアンサス。十回超えで俺たちを殺してきた諸悪の根源。

「お――俺の知る限り、前回も俺たちの全滅だから、別にあいつ、くたばってないぜ……」

茫然としたままカルディオスが呟き、俺の頭をおざなりに撫でる。アナベルは驚きを脱却したらしく、相当に剣呑な声を上げた。

「ちょっと、暗殺ってどういうこと？」

「言葉通りだよ！　食事には毒仕込まれるわ寝込みは襲われるわ、息つく暇もなかった」

「思った以上に悲惨すぎる……」

ディセントラが呟く一方、はっとした様子で、右手の親指と人差し指だけをぴんと立ててて、その人差し指で俺を指差したカルディオスが、めちゃめちゃ現実的なことを言い出した。

「おまえ、魔王だったたってことは、あれは？　前回俺たちを殺しかけたあのでかい兵器。イーディも全壊はさせ損ねてただろ？　あれにとどめ刺してきたか？」

「出来るわけねーだろ！」

俺は絶叫。

「殺されそうになる魔王だぞ⁉　あんな超重要な兵器の前に、どこのどいつが俺をほいほい通してくれると思うんだよ！」

「えっ、じゃああれ、まだあるの？　イーディのお蔭であと一押しで壊れそうだったとこ、修理とかされてたら嫌だな……あれ、イーディがいないときに遭遇したら俺たち全滅するぜ」

暢気に述懐するカルディオスに、アナベルが剣呑な目を向けた。

「ルドベキアが殺されそうだったたって聞いた直後に、他に何か言うことはないわけ？」

物騒な薄紫の目に見据えられ、カルディオスは素早く頭を下げた。

「ごめんなさい」

そんな二人を他所に、コリウスがすっと手を挙げた。

「待て、一方でこれは朗報だ」

「はあ？」

わざとらしく目を剥いてアナベルが凄むのを、カルディオスが「まあまあ」と宥める。それを見つつ、コリウスが人差し指を立てた。

「考えてもみろ。ルドベキアが魔王だ。ならば今回、魔王討伐は必要ない」

アナベルが目を見開く。コリウスは思いっ切り拳を握った。

「つまり――今回、僕たちは、自由だ」

そう言い切ってから、コリウスは少しだけ痛ましげな目をアナベルに向ける。声こそ掛けなかったものの、魔王討伐が必要なくなったのが今さらであることを、アナベルにとって魔王討伐が生涯の足枷になった一度を知っているからこそ、気遣っている。

「いや待って、安心するのはまだ早い。――イーディだ」

カルディオスが顔を強張らせながら言った。イーディ、つまりトゥイーディア。今回の正当な救世主にあるはずの、――俺の〈最も大切な人〉。

「あいつ、また全部忘れてんだろ？　その状態で、ルドが魔王ってことがバレてみ？　下手すりゃ――」

カルディオスの言わんとするところを悟り、俺は若干蒼くなる。

「イーディがルドベキアを殺しに来るわね……」

ディセントラがぞっとしたように言い、俺を横目で見た。

「犬猿の仲のお二人ですけど、殺されるとなったらどう？」

「俺、死ぬだろ」

普通に考えてそうだろう。

トゥイーディアの固有の力は強すぎる。何が強いって、防御を全く度外視して攻撃に徹することが出来るのが強すぎる。しかも今、あいつが救世主であるならば、その力が底上げされているはずだ。救世主になって別方向の力を授かる俺と違って、トゥイーディアは救世主になれば固有の力が強化されるのだから。

「でしょうね……」

ディセントラが嘆息。頭が痛いとばかりに蟀谷を揉んでいる。カルディオスがそわそわしながら何かを言おうとしたが、それを気付かずに遮るようにして、ディセントラは言った。

「まあ、イーディでも、前回も魔王——ああ、ヘリアンサスのことね——には敵わなかったわけだけれど。ほんと、ヘリアンサス、どこにいるのかしら。いなくなってくれたなら万々歳だけれど」

俺は思いっ切り顔を顰めた。傍目には、ヘリアンサスのことを思い出したから顔を顰めたように見えただろうが、実際は違う。

——トゥイーディア、痛い思いをしたんだろうか。苦しかったんだろうか。

前回、俺は確かに一度はトゥイーディアを庇った。まあそのせいで早々に死んだわけだけど。

絶対にトゥイーディアに気持ちを伝えられない代償を背負う俺が、命を擲《なげう》って彼女を守るだなんていう、全身全霊で愛を叫ぶような行為が出来るのには理由がある。トゥイーディア一人だけを庇うのでなければ可能なのだ。多分、トゥイーディアが「ルドベキアは自分ではなくて一緒にいるこの人を庇った」と勘違いするからだろう。この抜け穴に気付いたときは嬉しかったね。

「——そういえば、前回は誰が最後まで生き残ったんだ？」

話を逸らすことにはなるが、俺はふと思い付いて尋ねた。すかさず挙手するアナベル。

「あたしは最初に死んだわよ」

「知ってるよ。直後に俺が死んだわ」

確か、トゥイーディアとディセントラを庇ったんだったな。ディセントラ、そこにいてくれてありがとう、と思ったことを覚えている。

「その後、僕だった気がする。乱戦だったからよく覚えていないが」

コリウスがあっさりと言った。

「コリウス、その順番で合ってるよ。おまえ、頭潰されて死んだから。その直後に俺。心臓に穴空けられて即死」

カルディオスが苦々しげに吐き捨てる。自ずとみんなの視線が集中したディセントラが大きく溜息を吐き、手を挙げた。

「はい。カルディオスが死んだ後、私とイーディでしばらく頑張ったわ。だけど力及ばず私が先に死んだ。そのときまだイーディが立ってたから、前回最後まで残ったのはイーディね」

ディセントラは眉を寄せて続けた。

「私も虫の息だったから確証はないけれど、魔王が——ああ、ヘリアンサスのことよ——イーディに何か言っていたわ。聞き取れなかったけれど」

「どうせ嫌味でも言ってたんじゃねえの。俺も救世主に当たって最後まで残ったとき、あれこれ嫌味言われたわ」

カルディオスが吐き捨てるように言い、ディセントラに目を向けた。

「てかトリー、結構毎回最後の方まで残るよな」

ディセントラが目を見開いた。ぎょっとした様子だった。そういえばこいつは、魔王の城に乗り込むや否や、ヘリアンサスにはびびりながらも死ぬことを恐れず、率先して単独で先陣を切ろうとする。そのくせこいつも最後の方まで生き残っているのだから、運気というものは侮れない。

「確かに。――あたし五回くらいあなたを庇って死んだ気がする。運が強いわね」

アナベルが感心した様子で呟き、ディセントラは乾いた笑い声を上げた。まあ確かに、恨み節にも聞こえる言葉だろう。特に、毎回運の悪さが目立つアナベルに言われたとあっては。今回に限って言えば俺の方が遥かに運が悪いけど。

「――話が逸れたな」

コリウスが言って、咳払いした。さっきからそわそわしているカルディオスを見て、苦笑の風を見せる。

「カルディオス、言いたいならおまえから言っていいよ」

「任せろ」

カルディオスが嬉しそうに言って、咳払いした。

「トリー、ここ最近、上官がぴりぴりするせいで俺らも大迷惑した、リリタリスの令嬢のご来訪――」

ディセントラが俺を横目で見た。

「――昨日私が言ったでしょ、西の大陸のさるお方を迎える準備で殺気立ってるって。そのことよ。西の大陸のレイヴァス王国から、リリタリスっていう由緒ある家柄の子が一年間だけ留学に来るのよ」

俺はこくりと頷く。カルディオスはまたも、もったいぶって咳払い。

「おまえがルーラの警護に行ってる間に、とうとう詳細の発表があったんだよ。――で、リリタリスのご令嬢だけど、」

カルディオスは眩しい笑顔を浮かべた。

「――トゥイーディア・シンシア・リリタリスっていうらしい」

「――――！」

ディセントラが目を見開く。「そんなことある!?」と彼女が悲鳴を上げ、一方俺は無関心な顔。とはいえ、内心では狂喜乱舞。これか！　カルディオスが昨日、最近は衝撃ばっかりだって言ってたの、これか！

カルディオスがそんな俺の頭を叩いた。

「おまえ、ちょっとは関心寄せろよ。なんでイーディにそんなに冷たいんだ。結構世話になってるだろ」

「うるせぇ」

このクソ代償……。

「もう、もっと早く言ってよ！　どうして今まで教えてくれなかったのよ！　待っていればあの子に会えるのね！」

ディセントラが立ち上がり、喜びを周囲に発散している。コリウスは頷いた。

「その通り」

一方、アナベルは——彼女は想像を絶するほどの悲観論者だが——鹿爪らしい顔で言っていた。

「これで、トゥイーディアを乗せた船が沈没でもしたら笑えないわね」

「アナベル、その不吉な未来予想やめねえ？」

カルディオスが拗ねたように言ったものの、そのあとちょっと苦笑する感じになる。

「で、発表で上官が言ってたところによるとだ。俺たちも知らせを聞いてびっくりしたんだけど、なんとイーディ、婚約者がいるらしい。ここに来るせいで結婚が延びるんだってさ」

——その瞬間、俺の頭の中に雷が落ちた。


——婚約者？

正気を疑ってカルディオスを見たが、彼が「じょーだんじょーだん」と言い出す気配はない。

——今までトゥイーディアは、特定の誰かと恋愛めいたことはしていなかったように思う。代償のせいで会話すら侭《まま》ならない俺だが、あいつに向ける関心は並々ではない。そういう雰囲気があれば察していたはずだ。

それが、今回。

——婚約者？

許されるならば膝から頽《くずお》れて絶叫しているほどの恐慌。今生は四方八方から想定外の衝撃を受けることが多かったが、これは一番ひどい。

——婚約者！

有り得ない。あいつが本気で好きになった相手なら、妬心《としん》はどっかに追い遣って応援してみせるが、あいつが名家の令嬢に生まれたなら、十中八九は政略結婚じゃん。有り得ない。政略まみれの色眼鏡《いろめがね》であいつのことを見て、あいつの何がわかるという。有り得ない。いざとなったらぶっ殺す。俺じゃ多分無理だから、誰かを焚き付けてやってやる。

外面は完璧な無関心、ただし内心で殺意に震える俺を他所に、カルディオスが溜息を吐いている。

「ま、イーディがガチで結婚したがってるわけないから、俺たちのことを思い出してもらい次第、場合によっちゃあイーディを誘拐して、望まぬ結婚からは救ってやるけど——」

あれ、カルディオスに後光が射して見えてきた。とはいえ、俺は徹底的な無関心の表情で、こう尋ねるのが精いっぱい。

「——へえ。で、あいつは、いつ頃こっちに着く予定なわけ？」

アナベルが溜息を吐き、コリウスが眉間を押さえる。カルディオスが俺の頭を叩いたあと、それでも答えてくれた。

「明後日の予定だよ。海が荒れなきゃな。ガルシア港に直接入港する予定」

「へえ」

俺は淡白に言って、そして素直に感想を零《こぼ》した。

「なんか、俺がルーラでばったりディセントラに会えたり、と思ったらすぐにあいつが来る予定の日だったり、とんとん拍子だな」

「いや、そーいうもんじゃないの？」

けろっとしてカルディオスが言った。

「俺たち、絶対同じ時代に生まれるし、絶対に会えるじゃん。自然体にしてりゃ会えるように出来てんだって、絶対」

「――は？」

と、過去には二十三年に亘《わた》って俺たちに巡り会えなかったコリウスと、今生において並々ならぬ苦労をした俺が、殺意を以てカルディオスを睨みつけたのは余談である。


リリタリスの令嬢が――即《すなわ》ちトゥイーディアが到着する予定の日。

ガルシアは前日の夜から大いに浮足立ち、令嬢を迎えるに当たっての準備に粗がないか、最後の総点検のために夜明け前から多くの人々が駆け回っていたらしい。令嬢の到着は――天候に大きな乱れがなければ――昼過ぎの予定。無許可でガルシアにいる俺としては、見つかりはしないかと別の意味でひやひやすることになった。

とはいえ、そのガルシアの浮ついた雰囲気も、俺の内心に比べれば落ち着いたものである。嫉妬が人を殺せるなら、確実にトゥイーディアの婚約者（死ね）は今頃ご臨終だ。

まあ、俺の外面はあまりにも無関心すぎて、カルディオスはもちろんコリウスからも苦言を貰う羽目になったが。

「以前にトゥイーディアが言っていたんだが――、おまえ、最初に再会したのがトゥイーディアだったときでさえ、会釈ひとつで挨拶を済ませたそうだな？　僕たちと合流するまでの間、身の置き所がなかったと嘆いていたぞ」

と言われ、「あぁそれは俺が剣奴《けんど》として生まれちゃって、それをトゥイーディアが助けてくれた記念すべき人生だな」と納得し、のたうち回りたいほどの罪悪感に駆られつつも、俺は「はいはい」とうるさそうに返事をしたのみだった。

だが、いいこともある。――俺の態度があんまりにもあんまりだということで、カルディオスが主張して、トゥイーディアを迎える隊列を組むために隊員たちが駆り出される港に、俺にも顔を出せと言ってきたのだ。さすがに不審者として見咎められるだろうと反論したものの、カルディオスは頑として譲らなかった。結果、ガルシア港は、砦から崖を切り拓いた階段を下りた場所にあるらしいが、その階段の上の物見台に潜んでいろと厳命されることになった。俺は心底うんざりしたような顔をしていただろうが、内心では大喝采。だってトゥイーディアの顔が見たいもん。

というわけで、俺は物見台から港を見下ろす場所で小さくなっている。まあ、万が一見付かっても、コリウスが実家の権威を振り翳《かざ》して助けてくれそうではあるけれど。

――時刻が昼に近付いた頃だったか、ふと、俺の肌が粟立った。背筋がすっと冷え、思わず周囲を窺ってしまう。

「…………？」

周囲は平穏そのもの。石造りの物見台は、春の陽光を吸い込んでざらついた表面に熱を溜めている。隊員の気配もあるものの、今のところ見咎められた様子はない。眼下には整列したガルシア隊員たちが蟻のような大きさに見え、更にその向こうに目を転ずれば、穏やかな青い水平線が、晴れた空を吸い込んで、視界いっぱいに広がっている——

原因がわからず、俺は首を捻った。何かが見えたわけでも、何かが聞こえたわけでもない。強《し》いて言えば、何かを感じたとしか言いようがない。なんとなく覚えがある感じだ。空気が少しぴりっとする剣呑な気配、これは——

だが、その思考も長く続かなかった。そのときちょうど、藍色に煙るその水平線に、一隻の船が見えたのだ。俺は心臓の動きが速くなったのを自覚した。代償がなければ、俺は興奮の余り叫んでいたかも知れない。あるいは顔を赤くしていたかも知れない。

トゥイーディアの船だ、と確信した。

この海は広い。他の船がたまたま視界に入っただけだということも十分に考えられるのに、そのときの俺は確信していた。

あれは、トゥイーディアが乗っている船だ。

そして、その直感は間違っていなかったらしい。その船は、じれったいほどにゆっくりと、徐々にこちらに近付いて来る。

近付くにつれて、その船の大きさが明らかになってきた。今まで俺が見たことのある、どの船よりも大きい。三つの煙突から煙を吐き出して進んでいる。夥《おびただ》しい数の船室の丸窓が、陽光を弾いて煌めいているのが見える。

その船がいよいよ接近し、俺が人知れず息を止めたとき——


——唐突に、水柱が立った。


船の、こちらから見れば左側。船との距離はあるように見えたが、波立った海面に、巨大な船が上下に揺れるのがわかった。

まるで砲弾が着弾したかのような水柱——だが、何かが着水したがゆえに立ったものではないということは、誰の目から見ても明らかだった。

眼下の隊員たちが一気に騒がしくなったのがわかる。賓客を乗せた船を異常が襲っているのだからさもありなん。俺も思わず、見咎められることも忘れて立ち上がり——

そしてその場に凍りついた。自分が真っ青になっていることを自覚する。顔を見なくてもわかる、仲間たちも俺と同じ顔をしているだろう。

リリタリスの船の傍で立った水柱。何かが着水したがゆえのものではない、逆だ。海中から勢いよく、何かが飛び出したがゆえに立ったものだ。

海中から海上へ、屹立したそれは巨大だ。今の時代の人間で、それを見たことがある人間はいないだろう。だが、俺たちはあれが何なのかを知っている。

吐き気がする。冗談抜きに眩暈がした。眼下の港が騒然としているのが、距離が開いていてさえわかる。

海面の波は徐々に落ち着いている。船が大きな揺れをやり過ごすことができた一方、唐突に現われたそれに、船上がパニックになっているのが見て取れた。何人もの人が甲板に飛び出して来ては悲鳴を上げているのが、豆粒のような大きさで見えている。

海上に屹立するそれは、一見すれば鋼鉄で出来た楕円体。異様で、他に類を見ない質感と形をしている——本体と思しき楕円の周囲を、同心円を成す鋼鉄の輪が幾重かに囲んでおり、よくよく見れば本体は高速で回転しているのだとわかる。鋼色の筐体には幾つも凹みがあり、本体である楕円体も、下部が一部欠損している。同心円を成す鋼鉄の輪のうち最も内側のものは無残にぶった切られ、欠けた状態になっている。

息が止まりそうなほどに見覚えがある。前回の人生で危うく殺されかけた。

——あれは前回、魔王ヘリアンサスが海を越えて大陸を攻撃するのに使った、そして俺たちを大いに苦しめた巨大兵器、そのものだ。

眼下の港では、軍人たちが動き始めている。未知の脅威に対処しようとしているのだろうが、——前回、準救世主が五人掛かりでやられかけた相手だ。それにあれには、どういうわけか魔法が効きにくい。ガルシア部隊が精鋭だろうがなんだろうが、あれを相手に善戦するのは無理というもの。

「——ああ、くそっ」

悪態が漏れた。いっそ自分を殺したい。

――魔王城から逃げ出した直後、どうして疑問に思わなかった？　どうして追手が来ないことを不思議に思わなかった？

――あれだ。

慄然としながらも、俺は確信した。

――俺に掛けられた追手は、あれだ。

魔界から逃げ出した魔王に、南の島の魔族たちは、百数十年前に造り上げられた、最高の兵器を差し向けてきたのだ。


物見台から飛び出して、港までの長い階段を転がるように駆け下りる。無許可でガルシアにいる以上、目立ってはいけないことはわかっているが、もうそんなことを言っている場合ではない。このままだと死人が出る。俺のせいで。俺のせいで。そして何よりも――

――あれは、トゥイーディアが乗っている船だ。

俺は――こんなときであっても――どうかトゥイーディアが無事でありますようにと祈っている。

トゥイーディアに記憶が戻っていれば、もしかしたら心配はないかも知れない。見るからに傷が付いている魔族の兵器だが、あの傷を付けたのは前回のトゥイーディアだ。

だけど、トゥイーディアは恐らくまだ記憶を取り戻していない。魔力量こそ、救世主に相応しいものを備えているだろうけれど、今のトゥイーディアは世双珠を使った魔法しか知らないはずだ。世双珠を使った魔法では、いかなあいつといえども能力の殆どを発揮できない。固有の力を封じられることになるのだから。

海の上に浮かぶ巨大な楕円体の兵器は、さながら羽虫が落ち着かなげに飛び回るかのように、右へ揺れ左へ揺れ、巨大さに見合わぬ素早い旋回をこなして、もしも眼《まなこ》があるならば、舐めるように海岸線を見ているだろうと思えるような動きを見せている。ちかっ、ちかっ、と楕円体の上部が断続的に輝いており、俺は焦燥のあまり心臓が喉までせり上がるような気持ちになっていた。

——俺を捜しているのだ。隊員の後ろにいる俺が見付かるようでは目も当てられない。

俺はようやく階段の一番下に達し、どよめく軍人たちを押し退けて前へ進もうとした。周囲は蜂の巣をつついたように騒然としている。

「何だあれ!」

「世双珠を持っている人は——」

「どの世双珠が必要なんだ!」

現われたのがレヴナントであれば、全員が冷静に対処しただろう。だが、目の前に未知の脅威が出現したとあって、訓練を受けた軍人でさえ茫然とし、浮足立っている。

船上のパニックはここからでもわかる。船の巨大さゆえに小回りが利かないのだろう、逃げるに逃げられず、そして下手に進めば被弾するのではないかという恐怖があって、船は完全に二の足を踏んでいる。

迂回するのも時間の無駄という程度には、ガルシア隊員が港に組む隊列の規模はでかい。仲間のみんながどこにいるのかの見当もつかない。俺はしゃにむに黒い軍服の隊員たちを押し退け、パニックのあまりに俺を見咎めるどころでもない彼らの肩越しに兵器を見上げながら、懸命になって前へ進み

——


どんッ！　と凄まじい音と共に、兵器が楕円体の上部から光弾を吐いた。雷鳴が連続で轟くような凄まじい音を立て、白熱した光弾が幾筋も港に向かって降り注ぐ。白い光の尾を引いて、小さな流星が降ってくるようなその光景——離れたところから見ていれば、いっそ美しく見えたかも知れない。

——俺は息を吸い込んだ。

魔王には、守護で法を超える力がある。だが俺は今までそれを、暗殺回避にしか使ってこなかった。

つまり、解毒やら止血やらの経験はあれど、大勢を守るために使ったことはない。

だが、今それをしないならば、もう俺は救世主を名乗れまい。

覚えず、俺は両手を握り合わせていた。

念じるのは盾だ。空気を集め固めた緩衝材では、あの光弾は防げない。

防げと念じて、法を変える。法を変えるのみならず、絶対法を超える。

——曰く、俺の目の前の空気は鋼鉄よりも硬い。

慣れない魔法の行使に、成功を祈って息を詰める一瞬。身の内から魔力が消費される確かな感覚。

ぎんっ！　と凄まじい音がした。その瞬間に俺たちの頭上一帯の空気が白く凝り、固まり、硬化し

て盾となる。ばきばきと凄絶な音を立て、幾つもの光弾がその空気を割り砕き、しかし俺たちに達することなく熱を失って消えていく。

――出来た。

一瞬の安堵に、思わず俺はふらっとよろめく。良かった――防げた。怪我人は出ていない。

一方、周囲はいよいよ騒然。なにしろ、〈空気を圧縮する〉魔法と、〈空気を硬化させる〉魔法は全くの別物なのだ。後者は明らかに空気のあるべき姿からの変容をさせていて、絶対法を超えている。絶対法を超える魔法を扱えるのは救世主か魔王のみだということは世の中の常識。そりゃあ目を疑って騒然とするだろう。言い訳は後で考えよう。

魔力を無駄に消費することを嫌って、俺は腕を振って硬化を解除。首に手を遣る――そこに、救世主のための武器を着けている。

――今回の俺は魔王だけれど、この武器は俺の意思に従って姿を変えている。準救世主の地位は俺に与えられ続けているのだ。

――この兵器をむざむざ大陸に招いておいて、手を拱《こまぬ》くようでは、二度と救世主は名乗れまい。

力を籠めて、チョーカーの形を取っているその武器を毟《むし》り取る。毟り取ると同時に、それは俺の意思を受けて形を変えた。一見して、槍のように柄《え》の長い槌に見えるだろう。

驚きの声が周囲で上がる。〈あるべき形からの変容は出来ない〉と絶対法に定めがある以上、ころころ形を変える武器などあっていいはずがないのだ。俺を見ていた隊員たちが、ぎょっとした様子で足を引く。

それを幸いと、俺は海に向かって走り出した。

「どいて！」

叫ぶ俺の声に、振り返った隊員たちが次々に飛び退いていく。未知の兵器に向かって突進していく俺を見る目は、まさに狂人を見る目に近い。「指示を待て！」と怒鳴る声もあった気がしたが、——これは俺のせいなのだ。

港の埠頭までを全力で走る。前へ疾走する俺とは逆に、隊列を組んでいたガルシア隊員たちは、潮が引くように埠頭から下がり、港の奥へと動きつつある。周囲が騒然としていて俺にはわからなかったが、指揮官に当たる人が撤退の号令をかけてくれているのだろう——

仲間がどこにいるのかわからないが、もはやお互いを捜す暇すら惜しい——

心臓が肋骨の中で宙返りしていて息が切れる。埠頭は目の前、びっしりと貝が張りついた石壁に、ちゃぷちゃぷと透明な海水が打ち寄せている——

——俺は埠頭から海上へ飛び出した。

その瞬間、耳を聾《ろう》する大音響とともに、兵器が大量の光弾を、扇形を描くように掃射した。

真っ白な光が幾つも、空間に傷が走ったかのような筋を引きながら、驟雨《しゅうう》のように埠頭を目がけて撃ち出される。海も見えない、空も見えない、リリタリスの船も見えなくなり、視界が真っ白に塗り潰されるその瞬間。悲鳴が轟き、着弾した光弾が弾けるような音を立てて、石造りの埠頭を抉り、吹き飛ばし、あるいは海面を爆発させて降り注ぐ。

——が。

俺は海を踏んでいた。俺が飛び出した瞬間、海面が波立つ形のままに、ぴたりと動きを止めている。俺が着水しようとするその場所を起点として、じわじわと広範囲に氷が張っていっている――その表面に白く霜が降りる。

――俺の固有の力は熱を掌る。〈燃やすこと〉だけではなく、〈熱を移動させること〉をも掌る能力。ゆえに、海面から熱を奪い、周囲一帯を凍結させることも出来るのだ。

銅板を鈍器で叩いたときのような、耳障りな大音響が轟き渡っている。俺の頭の上、僅か数フィートのところで硬化した空気が、凶器と言ってあり余る光弾を受け止め、亀裂を生じさせながらも耐え、俺は頭が吹っ飛ぶ事態を免れていた。同時に、俺が一斉に硬化させた複数箇所の空気が、白く凝《こご》って隊員たちの頭上で光弾を喰いとめている。さながら、どこからともなく白い盾が発生して、隊員たちを守ったかの如き光景――

目の前を、砕けた硬化した空気の欠片が、硝子《ガラス》片のように舞い落ちていく。兵器が撃ち出した光弾の残滓が視界から去ろうとしている――青い空、その空の青さを吸い込んだ青緑色の海、そしてそこに黒々として影を落とす、不吉な兵器がはっきりと見える。光景全てが緩慢に流れていく――

手にした黒い槌《つち》を、真っ直ぐに兵器に向ける。

――海面から奪った熱が渦を巻いてそこに集まる。

凍り付いた海面を、兵器めがけて疾駆して、その一歩の間に光景が歪んだ。槌が熱を孕み、次の瞬間には特大の炎弾を、兵器に向かって返礼とばかりに撃ち出している。熱波に俺の髪が踊る。炎弾の真下の氷が融解し、艶やかに小さく波が翻る。

――これぞ俺の固有の力、際限のない高温。

――激烈な高温の塊が白く空中を走り、途中で空気すら焦がしながら、一直線に兵器の脳天に向かって迸る。

今度もまた、港からも船からも悲鳴が上がった。青白い巨大な炎弾が兵器に迫り、鋼色の兵器の表面を真っ白に照らし出す。船にも炎の陰影が落ちて、束の間光景が色を失った。

だが巨大な兵器は、その巨大な見た目にそぐわぬ素早さで宙を旋回してそれを避けた。

「――ちっ」

目標を逸れた炎弾が、遥か向こうの海面に落ちるのが視界の端に見える――途端、爆裂音にも似た轟音が響き渡った。ぶわりと湧き出し、爆発する蒸気。海面に穴を開けるほどの熱を落とされ、海が沸き立つように波立つ。

がこん、と妙に機械的な音がして、兵器が本体を取り囲む輪のうち、最も外側にあるものを下へ動かした。ちかっ、と、今度は兵器の楕円体の下端が光り――

――港にいたガルシアの隊員たち、あるいは船からこちらを見ている人がいればその人たちには、俺がその瞬間、有り得ない距離を飛び上がったように見えたかも知れない。一息のうちに、俺は兵器に手が届かんばかりのところまで肉薄していた。種を明かせばこれは、足許に硬化させた空気をそれこそ階段の如くに並べ、それを踏んで跳んだということになるのだが――

――透明な階《きざはし》を疾駆しながら槌を構える。その先端に白熱した炎が点る。焼け焦げる空気が上空への気流を作り、陽炎《かげろう》が立つ。

兵器が、ついさっきまで俺がいた方向へ、紫電が絡む雷撃を放った。当然ながらその方向には埠頭がある。万が一にも隊員たちに危害は加えさせられない。

「――守れ！」

俺は怒鳴った。誰に対する叫びか。そんなの決まってる、自分に対してだ。

俺は不本意ながら魔王で、その魔力は今こそ役に立つ。

陸地と兵器の間、陸地の目と鼻の先で、極光のように白い光がはためいた。翻り、柔らかく視界を彩る実在しない帳《とばり》――

無から有を生み出し、その有で光弾のあるべき姿を変容させ、無害と化す。

雷撃が全て、その帳に吸い込まれた。それに安堵しつつも、俺は思わず空中で膝を折りそうになった。

――マジか、ここまで派手に法を超えると、魔王といえども結構疲れんのか。

だが、ここで膝を折っていいわけがない。

俺は燃え盛る槌を振り被った。そうしながら最後の一歩を飛ぶ。兵器は目の前――

リーチを存分に生かして、俺は手にした槌を、兵器の――楕円のその頂点に、全力で叩き付けた。

気持ちとしては、叩き割るつもりだった。燃え盛る火焔はほの白く、相当な高温にまで上げていた。

が、

「――かっ、硬《かて》ぇっ……！」

思わず悪態。兵器には傷一つなく、焦げ一つなく、反作用で俺は大きく空中で体勢を崩す。

この兵器は、一見すれば鋼鉄で出来ているように見えるが、実際は違う。素材について俺たちは未知で、極めて強固な上に、なぜだかあらゆる魔法を弾く仕様になっているのだ。前回はそれで苦戦した——というか全滅しかけた。この兵器の特性があってなお、攻撃を通してみせたのは、俺たちの中で最も抜きん出た破壊の力を持つトゥイーディアだけだった。

この兵器は、前回と同じ無力感を俺にもたらした。

罅すら入らない。

なんだこれ。

予想していたこととはいえ、歯噛みせざるを得ない。

今の俺は魔王だから、守りで法を超えることは出来る。だが、破壊で法を超えることは出来ない。

——魔王《おれ》は守りで法を超える。そして破壊で法を超えることが出来るのは——ここにはいない、今生の救世主《トゥイーディア》だ。

キンっ、と嫌な音がした——と思った次の瞬間、俺は目の前で、兵器が俺に向かって衝撃波を吐くのを見た。

腹部に衝撃——見事に吹っ飛ぶ俺。一瞬の間に盾なんて作り出せないもんだね。魔王の魔力は便利だし強烈だけどまだ慣れない。パニックに襲われる船の方向に、俺は鞠《まり》のように飛ばされた。舌を噛んだのか、あるいは拙《まず》いところに衝撃を喰らったのか、口の中に血の味が拡がる。鳩尾《みぞおち》の辺りに激痛が走る。神経が異常を喚き立てている。

吹っ飛んだ先は、俺が熱を奪って氷結させた範囲外の海だ。溺れるかもしれない、と俺は覚悟したが、俺が背中から落下した先は分厚い氷の上だった。衝撃に変な声が出たが、溺れるよりは遥かにマシ。そしてこの氷――俺が氷結させるよりも遥かに低温の氷、海中半ばにまで氷が達するほどの分厚さ、そして何よりもその魔力の香り――

――アナベルだ。

彼女の固有の力は、〈状態を推移させること〉。正当な救世主の地位にあれば、天候や潮の満ち引き、人の年齢にまで干渉できる能力だ。尤も、救世主は破壊の方向でしか法を超えられないから、人を若返らせるのは無理みたいだったけど。水から氷への状態の推移もお手の物であるアナベルならば、この程度は造作もない。

痛みに呻きながらも半ば身を起こし、ぺっ、と血を吐き出す。その血が氷の冷たさを受けて、たちまちのうちに凍り付くのを見た。みんなが来てくれたのか、と思った直後には、兵器がこちらに向かって、悪意満点に光弾を吐き出そうとしている――俺は痛みも忘れて、氷の上で跳ね起きた。

――後ろは船だ。撃たせるわけにはいかない。

だが、俺が反撃に移るよりも早く、兵器が軋むような音を立てて動きを止めた。辺りに色濃く香るディセントラの魔力の気配。

――彼女の固有の力は〈止めること〉。だが、事象の停止を掌る彼女の魔法が、この、ただでさえ魔法の効き難いでかぶつの動きを止めていられる時間はそう長くないはずだ。

が、間髪を容れず、横手から兵器に猛攻が入った。熱閃が尾を引き、幾筋も放たれる。夥しい数の小さな流星が、兵器一つを的として降り注ぐ。恐らく陸地も船上も、この様子を見ている人がいれば絶句しただろう。

準救世主だからこその、相手がこの兵器でなければあっさりと灰燼《かいじん》に帰《き》せるだろう威力。魔力の匂いでわかる、アナベルとカルディオスだ。

兵器から視線を離し、傍に来ているだろうあいつらを目で捜す――いた。九十フィートほど離れたところで、ぎゅっと両手を握り合わせて得意分野の魔法に集中するディセントラを背中に庇い、アナベルとカルディオスが夥しい数の熱閃を撃ち出している。何か声を掛け合っている様子だが、熱閃が兵器に着弾し続ける爆裂音が響き渡る中にあって、声は全く聞こえない。

一瞬の躊躇ののち、俺は三人目がけて走り出した。コリウスはどこだ？ あいつは懐疑主義者で秘密主義者で、割と思い切ったような冷酷なところもあるけれど、大体の場合においては情に篤《あつ》いお人好しだ。三人だけを送り出して、「僕は見物しておくから」というような奴ではない。

兵器が細かく震えた。数秒後、ばちんッ！ と凄絶な音が耳を聾する。兵器がディセントラの桎梏《しっこく》を振り切ったのだ。襲い来る熱閃を厭うように、自由を取り戻した兵器がふわりと数十フィート上昇する。熱閃が空振り、途絶える。兵器に熱閃が着弾する大音響も絶え、船上からも港からも悲鳴は聞こえてくるが、それでも急に周囲が静まったかのように感じた。上昇した兵器の下端が、またしてもちかっ、と鋭く光り――

アナベルが海面を引き剝がした。

凍った海面を、刃物のような形に削り出して浮かび上がらせている。その数は五十を軽く超えているだろう。その半透明の刃物を浮き上がらせるのはディセントラとカルディオスだ。三人の眼前に、鋭利に形を整えられた氷の群れがずらりと浮かぶ光景は、こんな場合でさえなければ美しく映ったかも知れない。日の光を白く弾いて煌めく、粗削りな刃――

更にその刃物に、ディセントラが自分自身の得意分野の魔法を付与する。あらゆる変化変容を拒み、状態を〈止める〉魔法。

溶解の自由、砕壊の自由を封じられた数十の刃物を、ディセントラとカルディオスの魔力が投擲した。その次の瞬間には既に、アナベルが次なる刃物の群れを空中に浮かべて整えている。

甲高い、硬質な騒音が耳朶を打った。兵器は光弾を吐き出すことなく、空中でもんどりうつような動きを見せたが、一方で三人の足許には、跳ね返って散乱した氷の刃が無数に転がる。余りにも硬い兵器の筐体と、砕壊しないよう法を書き換えられた氷の刃が、どちらも傷つくことなく、質量において劣る氷の刃が弾かれたのだ。

こっちにまで跳ね飛んでくる氷の刃を、同じくらいは硬いだろう救世主の武器である槌で叩き落としながら、俺は息を弾ませて三人の傍に滑り込んだ。淡々と魔法を使っているように見えて、アナベルの白い頬は強張っている。アナベルの目は、あの兵器が現われたことよりもむしろ、こんなはずはないと訴えているように見えた。再会前にトゥイーディアの命が危険に晒されていることが受け容れ難いんだろうか。だとすれば、表には出せないが俺も全く同意見。

息を吸い込み、「俺のせいなんだ」と訴えたいのをぐっと我慢する――懺悔《ざんげ》は後で思う存分しよう、今は懺悔できる「後」を作るべく、ここを守って生き延びるのが先決だ。

「――あの兵器の動きを止めるわよ」

ディセントラが、冷静な淡紅色の瞳で俺をちらりと見るや、端的に指示した。

「動きを止められたら、カルディオスが得意分野を使うわ」

俺はちらりとカルディオスを見る。カルディオスは翡翠の瞳で兵器を見上げたままで、小さく頷いた。

カルディオスの得意分野、固有の力は、〈実現させること〉というもの。準救世主の地位にあるときですら、絶対法に正面から喧嘩を売っている能力だ。有形無形に関わらず、カルディオスの意思そのもの、夢そのもの、言葉そのものを、現実に顕わす無二の魔法。俺たちの中でも群を抜いて無茶苦茶な能力だが、強力なだけあってリスクも大きい。準救世主でしかないとき、カルディオスは固有の力を使ったその瞬間に昏倒する。魔法の成就を見ることも出来ず、発動と共に気を失うのだ。

つまり、カルディオスが満を持してその魔法を使ったところで、躱されてしまえば無駄になるのだ。

カルディオスは照準を合わせ直すことは出来ない。

だから、まずは兵器の動きを止めるべきだというのはわかる。だが、

「カルじゃとどめにはならない――」

俺は思わず、咳き込むようにして言っていた。実際、前回もカルディオスに切り札を使ってもらうことはしたのだ。

兵器が光弾を吐く。俺が咄嗟に硬化させた空気がそれを受け止め、眩しい光が視界に射し込む。鼓膜をぶん殴るような騒音。それに淡紅色の片目を細めて、ディセントラが柳眉を顰めて、声を大きくした。

「あんたにわかることが、私にわからないと思う!?」

高飛車《たかびしや》な声音が似合うのは、王侯貴族の生まれを引き当て続けた、こいつの女王様気質のゆえだ。

「コリウスが船に着いてるわ!」

「――――」

その瞬間、俺はどんな顔をしただろう――自分ではわからない。俺があいつに寄せる信頼は、代償のゆえに顔には出なかっただろう。そして、俺があいつの、その強さですら疎ましく思うほどにあいつを守りたいと思っているということもまた、顔には出なかっただろう。

だから多分、俺は単純な納得の表情を見せたはずだ。

コリウスの得意分野は〈動かすこと〉。万人が扱うことの出来る魔法を上位互換として持っているタイプだが、万人とあいつの間には、天地も及ばぬほどの差がある。あいつの魔法は念動の最高峰であり、いわゆる瞬間移動を可能にする魔術師を、俺はあいつの他に見たことがない。

――そして、その得意分野を持っているコリウスならば、もう既にリリタリスの船の上にいるはずだ。そしてその目的は考えるまでもない。

――トゥイーディアだ。

俺たちは代償のことを口に出せない。素振《そぶ》りに出すことすら難しいから、代償によって記憶を失っているあいつに、正面から「思い出せ」と迫ることは不可能だ。しかしそれでも、これまでトゥイーディアは、俺たちの顔を見たときに記憶を取り戻してくれることが多かった。その一点に賭けたのだ。

――コリウスはトゥイーディアを迎えに行っている。

「まあ、そう何もかもが上手くいけば、苦労はないんでしょうけれど――」

アナベルが悲観的な口調でそう言った、同瞬に兵器が雨霰《あめあられ》とばかりに俺たち目がけて光弾を撃ってくる。割り砕かれる氷、掘削されるかの如く抉れる氷に、真っ白な氷塵が辺りに漂う。春の陽気に雪が舞うようなその景色。

迷わず空気を硬化させて盾とする。絶対法を超える魔法を連発したせいで、早くも眩暈がしてきた。以前までの魔王、ヘリアンサスは、俺たちを相手取って戦う間、疲れた様子を見せることは一切なかったのに。

そして、ものの数十秒で、その空気の盾が割り砕かれた。

俺が立て直すよりも早く、足許の海水を引き剥がしたアナベルが氷の壁を築いた。それと引き換えに、俺たちが今まで立っていた氷が大きく傾いた。アナベルが、遥か海中から持ち上げた海水を得意分野で凍らせ、一時的な防壁にしているのだ。真っ白な冷気が漂う不透明な白い壁。光弾の齎《もたら》す熱と相打って、しとどに氷壁が溶け出していくのを、アナベルが彼女にしか出来ない凄まじい速度で再び凍らせていく。溶ける端から再び凍り、氷壁の表面が芸術的な造形を得ていく。しかし、長く保たないことは目に見えている。細かい海水の飛沫が散って、全身が濡れていく。口の中に入った海水がしょっぱい。

なんとか踏ん張り、氷壁の蔭から飛び出す機を窺う。俺は熱には害を受けないが、問題は熱ではなくて光弾の勢いだ。光弾に当たれば間違いなく、俺の四肢が爆発四散して引きちぎられてしまう。

がりがりがりがり、と、分厚い氷が容赦なく削れていく音が、音というよりむしろ衝撃として、耳だけではなく全身に伝わる。

盾とした氷壁が光弾を受け止めて揺れる衝撃に息を吸い込み、アナベルがカルディオスを睨んで叫んだ。

「あなたが！　イーディがいないときにあれに遭遇したらあたしたちが全滅するだとか、そんな不吉なこと言うから！　本当にそうなっちゃうじゃない！」

「アニー？　おまえがそれ言う⁉」

こんな状況だったが、カルディオスは悲鳴じみた声で突っ込んでいた。片端から不吉な予想を口に出す悲観論者のくせに、こいつはなにを他人のこと言っているんだろう、と言わんばかり。

とはいえ、あのときカルディオスが冗談交じりに言ったことは正しい。前回、俺たちは魔王討伐云々の前にあの兵器に全滅させられかけた。最終的にはトゥイーディアが傷だらけになりながらもあれを撃退したのだ。彼女がいなければ、魔王討伐以前に全滅していたことに疑いはない。

「やかましいわね」

理不尽にアナベルがカルディオスを睨んでいる。死ぬような目に遭っているときでさえ、アナベルにはどこか淡々とした、状況が最悪な方向に転ぼうともそれを諦観しているような、そういう一面がある――あのときから。俺たちだって一瞬たりとも忘れたことがないあのことがあってから、こいつは生きることに執着を持てずにいるのだ。今だって、あぁ今回はここまでかな、と、割り切って考えていても不思議はない。

だが、俺はまだ死にたくない。

息を吸い込み、氷壁の蔭から一歩を踏み出す。兵器までの最短経路に階を築くようにして、再び空気を硬化させる。氷を蹴って飛び上がり、透明な空中回廊を走って再び兵器に肉薄し、

「くたばれ！」

陽炎纏う槌が、狙い違《たが》わず兵器の脳天、楕円体の上端に直撃した。同時に炎が噴き上がる。確かな手応え――兵器が軋むような悲鳴を上げ――

兵器の下端が光弾を吐いた。俺の頭から血の気が引く。その瞬間、耳の中に綿を詰められたように、何も聞こえなくなった。――そっちは。

そっちは船だ。

リリタリスの船――トゥイーディアが乗っている船。

――コリウスは、まだトゥイーディアに会えていないだろう。馬鹿でかい船、しかもこの非常事態だ。トゥイーディアがリリタリスの令嬢、つまりは船にいる中で最も重要な人物だというのなら、この状況では彼女は一番奥に庇われているはずだ。いくらコリウスが頼りになるといっても、即座にトゥイーディアに会うのは無理だし、よしんば会えたとしても、すぐにはコリウスをコリウスだとわかってくれない彼女に状況を呑み込ませるのは無理だ。コリウスに会ったトゥイーディアが記憶を取り戻すまで、まだもうちょっと、俺たちだけで頑張らないと。

俺が頑張らないと。

俺のせい――これは全部俺のせいなのだ。

俺は咄嗟に船を振り返り、槌を下から上へ振っていた。その仕草が合図になって、船に降り注ごうとしていた光弾を阻む、硬化した空気の盾が幾つも出現する。銅板に金属の雨を降らせたような、凄まじい音がして歯の根が震える。船を庇う空気の盾に亀裂が走る様が見え、それはまるで、空中に稲妻が静止しているかの如き異様な光景。硬化した空気が震え、その向こうの景色も震えて見える。

船上で上がる悲鳴は絶叫の域。それを半ば以上聞き流して、俺は無我夢中になって自分から海面へジャンプしていた。凍った海面に上手く着地し、どこよりも確実に船を守れる場所、すなわち船の近くへと走る。海面になおもじわじわと氷が拡がり、分厚い氷が遂にリリタリスの船にぶつかり、大きく船が揺れた。

兵器の傍に留まるのではなく、船に向かって走る俺を、仲間たちはどういう目で見ていただろう――まず間違いなく、こう考えていたはずだ。兵器にとどめを刺すことは難しいから、最優先で守るべき、軍人ですらない人たちがいる船を守ろうとしているのだ、と。

そして今、船の上で――あるいは船室で、悲鳴を上げている人たちに俺の姿が見えていたとしても、同じように考えるはずだ。俺が彼らを助けようとしていると。

それは、トゥイーディアにも、また。記憶が戻っていようといなかろうと、彼女はこう考えるだろう――俺は、船にいる人たちを守ろうとしているのだ、と。

氷を蹴ってひた走る。船はもう目の前だ。

――そうだ、俺はこの人たちを助けに来た。そう思わせられる。

俺の代償は、〈最も大切な人に想いを伝えることが出来ない〉というもの。言葉でも仕草でも、もちろん行動でも、俺のこの思慕がトゥイーディアに伝わることがないよう縛られる。

――だが、俺の行動がトゥイーディアに誤解されるときだけは別だ。

俺がトゥイーディアではなく、他の人を助けようとしているのだと彼女が判断するとき、そう判断させるだけの状況が整っているとき、俺はあいつを助けるために動くことができる。

――トゥイーディアの誤解に感謝している。彼女が俺の行動に意味を見出《みいだ》さないことに感謝している。――お蔭で俺は毎回、あいつを助けに行ける。あいつの前に立って、あいつを守って死ぬことができる。

トゥイーディア。

この数百年の間、ただ殺され続ける現実に、俺が生きていることさえ疎みそうになったとき、必ず瞼の奥に浮かんできて、俺を引き留めてくれたトゥイーディア。目を開けることすら億劫《おっくう》に感じるときであっても、あいつの顔を見るためであれば、瞼を上げてみるのも悪くはないと思わせてくれる、唯一無二のトゥイーディア。

記憶を失っていても、あいつはあいつだ。今も、無様に狼狽《うろた》えたりはしていないだろうが、それでも動揺はあるだろう。それにあいつは優しいから。混乱に陥った人たちを気遣って、その混乱に巻き込まれて怪我とかしていないだろうか。誰かに蹴られたりしてないだろうか。

そして俺にはわかっている――ここで人が怪我をすれば、もっと悪いことに死ぬようなことがあれば、優しいあいつは悲しむだろう。あいつの笑顔は朝のいちばん眩しいところを集めたかのように明るいが、あいつの顔が曇るのは飢饉よりも悲しい。

そんな顔をさせられない、よりにもよって俺のせいで。

——もしも俺の内心の全てを見られる人がいるならば、その人はきっと気付くんじゃないだろうか。救世主として振る舞うだの何だのと言う割に、俺の行動はめちゃくちゃ利己的だ。そもそも今生において、俺に仕掛けられた暗殺で巻き添えを喰った人たち——本当に彼らのことを思うならば、俺はさっさと死んでいるべきだった。その後だってそうだ。こうやって、魔界から俺へ追手が差し向けられることを恐れる気持ちを持つべきだった。俺が本当に救世主として振る舞っているなら、勿論《もちろん》その可能性に思い当たったはずなのだ。

——白状するならば、……何と言おう。

こうやって長い間生きてきて、その間のどこかで、あるいは最初から、俺は良心だとか良識だとか、そういうもの全部を壊してしまった。今の俺にあるのは、絶対にトゥイーディアにつらい思いをさせたくないという、その意地だけだ。

——最初に会ったのは、いつなんだろう。もうそれすらも覚えていない。ただ、記憶にある限りはずっと、俺は彼女に恋をしてきた。例えばそれは、いつもはてきぱきしているのに朝に弱くて、たまに朝食に頭から突っ込みそうになるところだったり、目の細め方ひとつ、頷き方ひとつ、指先の仕草ひとつとっても滲む透明感への恋心だった。嬉しいときに大仰《おおぎょう》に躍り上がる癖だったり、怒ったときの眉の顰め方、怒るときの理由、負けず嫌いなくせに妙に俯瞰的に物事を見るせいで、「これは自分が謝らなきゃいけないな」と気付いたときの、意地を呑み下して筋を通す顔や態度への慕情だった。

自分が困った目に遭っているときは、それを大仰に表現して笑い話にしてしまおうとするのに、仲間の誰かが困っていると、顔色を変えてすっ飛んでいくような誠実さへのあこがれだった。悲しいときは涙ひとつ見せないのに、嬉しいときや悲しみの出口に至ったときにようやく涙を零すような、彼女の性質への愛おしさだった。俺の生まれに運がなくて、剣奴として見世物にされていたときに、俺を見付けて嬉しそうに手を振ってくれたときにも見えた、躊躇いなくいつだって俺を助けに来てくれる、そういう頼もしさへの信頼だった。寒いときにそっと毛布を掛けてくれるような優しさがあって、その優しさが誰に向けられているのであれ、俺は何度も何度も恋に落ちてきた。その全ての感情が余りにも大きくて、見つめる彼女が眩しくて、時が経つに従って俺はどんどん盲目になって、もう彼女しか見えていない。俺が彼女以上に感情を割く相手を見付けられれば、それで代償は変質して、彼女に気持ちを伝えられる――そうわかっていても駄目だった。トゥイーディアの嫌いなところを見付けようにも可愛いところばかりが見付かるし、嫌なところを見付けたとしてもそれすら愛おしく思えてしまって、もうこの恋心が、俺の良心の髄になっている。

だから、こんなところで死なせられない。

彼女がいなくなってしまった世界の空気なんて、俺は一瞬だって吸いたくはない。俺が望む明日という日は常に、彼女に何かいいことが起こる、そういう日であってほしいから。

兵器が震え、今度は俺の足許に熱閃。俺を狙って的を外したのか、あるいは俺の足許を狙ったのかはわからない。走る俺の足許に熱閃が突き刺さり、衝撃で氷が溶けて砕け、靴の中に海水が滲む。衝撃で俺は船の方へ吹っ飛んだ。上手く着地できず、背中から倒れ込むようにして、俺は船のすぐ傍に落っこちた。幸運といえば幸運。これでもはや船と俺は一蓮托生、船がやられるよりは俺がくたばる方が早いだろう。全身がずきずき痛むが、堪えて跳ねるように立ち上がる。

「ルド！」

カルディオスの声が聞こえた。幾筋もの熱閃が、別方向から兵器に着弾する。堪らず傾いた兵器は、だがそれでも傷を負わない。ばちばちと音を立て、まるでただの火花を浴びているかのように、熱閃全てを受け流している。

ディセントラが兵器の動きを止めたようだが、それも一瞬。すぐに弾けるような音と共に兵器は自由を取り戻し、巨大さを感じさせない素早さで宙を旋回しつつ、倍の勢いで衝撃波を吐き出し続けた。俺が最も脅威になるということを認識したのか、全ての攻撃が俺に集中し始めている。硬化させた空気が次々に砕けていき、硝子《ガラス》が砕けるような音で耳の中がいっぱいになる。周囲は夥しい数の硝子《ガラス》片が舞い落ちていくようで、光が変な風に屈折しているのか、景色そのものが大きく見えたり小さく見えたり、歪んで見える。魔王《おれ》だから踏ん張れているこの状況、カルディオスたちの方向に一発撃たれるよりはよっぽどいい――そのはずだ――

だが今は駄目だ。

俺の後ろには船がある。――トゥイーディアが乗っている船が。

あいつはまだ、たぶん記憶を取り戻していない。記憶を取り戻していれば、誰が引き止めようがどんな困難があろうが、颯爽と登場してくれているはずだ。もしかしたらコリウスが、もうあいつに会ったかも知れない。でも俺たちは代償のことを口に出せないから、あいつが全部を思い出した後ならともかく、今あいつに直接、「思い出せ」と呼び掛けることは出来ない。だから、この兵器には俺が応戦して、俺が片付けないといけない。そうじゃないと、また――

――前世で死ぬ寸前に見た、トゥイーディアの顔が瞼の裏に蘇った。

歯を食いしばる。

――嫌なんだよ。あいつが怪我をするのを見るのは、あいつが辛そうにしているのを見るのは、あいつが死ににいく顔を見るのは。いつもだ。いつも、もう絶対にこんなのは見たくないと思って俺は死ぬんだ。次こそ絶対に守ろうと、心に決めて死ぬんだ。それなのにもう何十回も、俺はあいつを守り切れずに死なせている。その度に、次こそは、今度こそはと思って、でもそれも果たせずに――

――今回はさ。

今回はさ、大丈夫なはずなんだよ。

俺が魔王として生まれたことは本気で嫌だし、不運としか思ってないよ。でも、その反面、俺は魔王として生まれたことで、トゥイーディアを「魔王討伐」の運命から救えたんじゃないか？　だからさ、今回はさ、今回だけはさ、トゥイーディアは自由で、ちゃんと、長く、幸せに、生きていけるはずなんだ。

――こんなところで死なせられない。怪我だってさせるもんか。

俺はあいつの人生にいなくていい。時々顔を見られれば、それでいい。あいつが幸せに生きてるんだって、知ることができる立場なら何でもいい。

だからさ、今、ここで、守り切らなきゃ意味がないんだよ。

——そう思って必死に歯を食いしばる。硬化させた空気が視界に積み上がっていく。手にした槌を兵器に向けて、兵器が吐き出すものとは比較にならない高温の熱閃を撃つ。楕円体を囲む輪に火焔が直撃する。一発、二発。俺たちが疲弊しているように、どうか兵器にも稼働の限界があってくれ——

足許に熱閃が突き刺さり、右足の下の氷が砕けたのか、俺は体勢を崩した。アナベルも、もはやあらゆる視界への障害物が積み重なる中で、俺の足許をいちいち修復してくれたりはしない——そして俺はそれを望んでもいない。アナベルとディセントラも、ここぞとばかりに凄まじい猛攻を兵器に掛けている。船の近くに攻撃が及ぶに至って、後がない思いは全員同じだったらしい。

——そして、とうとう。

爆音とともに兵器が炎に包まれ、ちょこまかと動いていた兵器の動きが不自然に止まった。

もう嘔吐感を催すほどに限界を迎えていた俺は、霞む視界の中でそれを見て、怒鳴った。

「——カル、やれ!!」

カルディオスが兵器を見上げ、躊躇いなく、すうっと片腕を前へ伸べた——

彼が、見えない大きな掌に身体を握られたかのように、棒立ちになった——そして、彼の魔法が始まった。

準救世主の地位にあるときですら絶対法を超える魔法。俺が知る限り最も幻想的で、滅茶苦茶な魔法。

俺は船のすぐ傍で氷の上に立ち、ぜぇぜぇと喘《あえ》ぎながらそれを見ている。海風の、むせるほどの潮の匂い――

そのとき、船が大きく揺れた。ざばり、と、俺の足許の氷にも波が打ち寄せる。フジツボが一部にびっしりと張りついた、滑らかな船の筐体の下部が見えたほどで、俺は船の中の被害を思ってどきりとした。船室に固定されていない物があれば、今の揺れでその全てが床に散乱したことだろう。

海中から巨大な影が近付いてくる。それによって波が立つ。アナベルが凍らせた海水が、一秒と経たずに融解していき、辺りには流氷が漂うような光景が残される。俺の足許の氷も堅固さを失い、頼りなく波に翻弄され始めた。はっとして目を向けると、この魔法を行使した本人であるカルディオスが海に落っこちていかないように、ディセントラとアナベルが別の氷の上で、二人掛かりでカルディオスの、身長に恵まれた身体を支えていた。

氷が溶けたのは、海水が沸いたとか、そんな理由ではない――カルディオスが描いた夢想の光景に、氷がなかったから、ただそれだけだ。

そして、海中から近付いてきた影――その正体は、絶句するほど大きな樹冠だった。

ざばりと海を割って、有り得べからざることに、捻じくれた巨木の枝が出現する。葉の無い枝が、まるで意志を持つかのようにするすると伸びて兵器に絡みつく。ただでさえ態勢を崩していた兵器が、いっそう傾いた。

――だがすぐに、爆裂音と共に熱波を放って巨大な枝を焼き切ってのける。

しかしそのときには既に、無数の枝が海中から出現していた。波を立て、飛沫を上げながら、次々に木の枝が出現する。さながら、巨木が樹冠から海上に上がってこようとしているようにも見えた。

船上は完全に沈黙。港の方からも、もはや咳《しわぶき》一つ聞こえない。巨木が海面を割る音がいっそシュールに耳を打つ。

細枝が絡まり合いながら、兵器にするすると纏い付く。その度に焼き切られ散らされても、次から次に枝が伸びる。

——息を整えながらそれを見ていた俺は、ぞっとした。救世主の地位にない、準救世主でしかない今のカルディオスにとって、これだけの魔法の行使は負担すぎる。

今や、枝葉の繁る巨木が、海上に出現しようとしていた。船と兵器の間に、船のすぐ傍までをも埋め尽くす勢いで、するすると枝が伸びていく。枝と枝が絡み合い、もはや通り道にすらなりそうだ。俺は実際にその枝に足を掛けた。絡み合う枝は百日紅《さるすべり》に似て滑らかな樹皮を持って、海の中から出現したくせに、一滴たりとも濡れてなどいない。

木の枝で出来たトンネルをくぐるようにして、俺は右手に握った槌を杖代わりにしつつ、左手で枝に掴まり、足許を確かめながら進んだ。そうする間にも、兵器が光弾を吐いて樹木を焼き切ろうとしている音と衝撃が、絶え間なく全身を襲ってくる。一度は足を踏み外し掛けたほどだ。

しゅるしゅると音が聞こえるほどに、まだ樹木は生長している。絡み合う枝のあちこちで新芽が芽吹き、黄緑色の葉が広がり始めている。カルディオスの負担を思って、いよいよ俺は眩暈がした。

間もなく俺の視界は船の高さと並ぶ。そうして船を振り返ってみると、甲板にはかなり多くの人がいた。船室に籠もっていれば船もろとも沈没する危険がある以上は、甲板に駆け出す人がいるのも納得できる。俺が察知できていなかっただけで、もしかしたらパニックの余りに甲板から海に飛び込んだ人もいたんじゃないだろうか、と思って心配になる。有り得ない事態のオンパレードに、目と口を大きく見開く船上の人々は、今や声もない。西の大陸のレイヴァスは、北方にある雪や霧の多い寒い国だ。そこから来たとあって、乗船している人々の多くが、雪のように白い肌をしている。服装も、このアーヴァンフェルンのものとは少し違うように思えるが、アーヴァンフェルンに来て日の浅い俺には、どこがどう違うとは言い切れないところがある。

俺が、船のすぐ傍の太い枝の上で立ち止まったとき、向こうからこちらへ進んでくるアナベルとディセントラが見えた。俺は槌を掲げて合図する。二人がカルディオスを両脇から支えて担ぐようにしていて、二人がかりとはいえ、上背《うわぜい》のあるカルディオスを運ぶのはしんどいだろうとは思うが、俺としてもそっちに走って行ってディセントラを引き受ける元気はない。

ようやく俺の傍まで辿り着いたアナベルとディセントラは、まだ暑いとはいえないこの春の日にあって、額に薄らと汗を浮かべていた。アナベルの薄青い額髪が、汗でぺたりと額に張りついている。考えるまでもなく、兵器の熱閃を受け続け、自分たちも熱の魔法を使い続けたためだ。

俺がようやく前に出て、カルディオスのぐったりした身体を引き受けようとすると、ディセントラがうるさそうに首を振って俺を下がらせた。

「ふらふらじゃないの。カルディオスごと海に落ちる気？」

アナベルの方は、もう無理だと思ったのか、ディセントラに合図して、カルディオスをその場に横たわらせている。そして薄情にも、「清々《せいせい》した」というように息を吐き、なおも絡みつく樹木を焼き払おうとしている兵器を振り返った。そして、真顔で言った。

「――で。ディセントラ、あなたとコリウスの考えでは、この状況を作れば、後はイーディが何とかしてくれるはずだったけれど？」

「イーディが鈍いのは私のせいじゃないわ。お嬢さま育ちのあの子が臆病に育とうがどうしようが、私に責任はないわよ」

ディセントラがきっぱりと答え、俺は代償がなければ鼻で笑っているところだった。――どんな育ち方をしようが、トゥイーディアが臆病になることだけは絶対にない。しかしながら実際の俺は、トゥイーディアには何の信頼もないと言わんばかりの無表情で、カルディオスの傍に膝を突いて、彼の首許に手を当てて、脈を診ていた。――脈がかなり速くなっている。

暴れ狂う兵器は、俺たちから見れば細い枝葉に搦《から》め捕《と》られ、頑丈な籠の中に閉じ込められているように見えている。その籠を焼き切ろうとしているが、的が兵器そのものに絡みついているために、光弾を撃つたびに兵器そのものも被弾しているようだ。

俺はようやく落ち着いてきた息を吸い込んで、立ち上がりながら尋ねた。

「――こいつが出てきて、どのくらい経った？　俺の体感では五時間くらいだけど」

「馬鹿言わないでよ」

ディセントラに冷ややかな目で見られた。

「まだほんの十分程度よ」

「嘘でしょ」

アナベルががっくりと項垂れる。俺も相当がっくりしつつ、堪えて更問《さらとい》した。

「コリウスがこの馬鹿でかい船の中を駆け回ってるとしたら――」

「十分で捜索完了するようなら、私がコリウスを称えて騎士に叙勲しちゃう」

ディセントラが真顔で言った。さすが、王女さまとして実際に叙勲の儀式もこなしたことのある奴は違うね。

「この船の人たちの身になってみてよ、お嬢さまを連れて異国に来てみたら、いきなり訳のわからないことが沢山起こってるのよ。下手したら、ガルシアの者ですって言ってもコリウスからイーディが隠されちゃう」

確かに。これ、リリタリス家からすれば、帝国が策を弄して、彼らの大事なお嬢さまを謀殺しようとしているように見えるのでは。

そのとき、兵器が遂に枝葉で出来た巨大な籠の一部を焼き切った。怒り狂ったような甲高い音を立て、兵器が立て続けにカルディオスの樹木を焼いていく。本体の楕円体を囲む同心円の輪が、不吉な軋みを上げて激しく回転している。

――俺は槌を握り直した。

「あの役立たずが出て来ないなら、俺たちで何とかしないと」

「イーディが出て来てくれるより、あたしたちが全滅する方が早そうだものね」

アナベルが、ユーモアの欠片もない真顔で言い切った。そして、慎ましく言い足す。

「船の人たちはあたしたちの後かしら。そうするとコリウスには逃走の時間くらいはあるわね」

こいつ、マジで、次から次へと不吉なことばっかり……。

「言ってろ。――絶対守り切る」

アナベルが首を傾げた。薄青い髪が揺れて、薄紫の瞳が無感動に瞬く。

「出来る？　――全滅まで秒読みって感じだけど」

俺は息を吸い込んだ。

「させない、守る。――魔王《おれ》なら出来る」

振り絞れば、まだ余力はある。体力も魔力も尽きてはいない。ならば尽きるまでは諦めない。

槌を握り、絡みつく細枝を薙ぎ払おうとしている兵器を睨み据える。

「出来たら船に上がってってくれ。俺がおまえらまで吹っ飛ばしたら洒落にならない」

「もしそんなことになったら、次の人生でも仲良く出来ると思わないで」

――ご尤も。

俺は辛うじて苦笑して、絡み合う木の枝を蹴って駆け出した。

――俺がトゥイーディアだったら。

そう思いながら槌を振る。放った熱閃は他とは格が違う高温。爆音と共に兵器の脳天に着弾し、カルディオスが生い茂らせた枝葉をも燃え上がらせながら、兵器に何とか破壊に足る衝撃を与えようとする。

届かない。まだ足りない。

全力で走りながらもう一発。白熱した高温の塊が、光景を歪ませながら迸り、実体があるかのように兵器の脳天を打擲する。ぎぃぃ、と兵器が軋み――脳天が少し凹んだように見えた――でも破壊には至らない――

歯噛みした。

――俺がトゥイーディアだったら、それならもう少し何とか出来ただろうに。純粋に、理論も何もかもを素通りして、ただの破壊を貫くあいつの能力なら。救世主の地位にある今なら、よりいっそうその威力は凄絶だろう。俺にはそんなことは出来ないから、あいつの真似事をするしかない。

走る。足許はそれほど揺れず撓《しな》らず、木を組んで造った床のようですらある。新芽が芽吹くその床の端が見えた――その先に、なおもびっしりと枝葉に絡まれ動きを封じられた兵器がある――

大きく最後の一歩を踏んで、俺は空中に飛び出した。

構えた槌は熱を纏ってしゅうしゅうと音を立てている。普通の鉄だったら溶けているレベルの高温。

「おぉ――らぁっ！」

気合の声が口から出た。同瞬、槌を叩き付けた兵器の脳天が確かに凹んだ。痺れるような衝撃が掌に伝わる。足場を作り出し、すかさず二撃目。凹みが大きくなる。槌と兵器の間で火花が散る。陽炎纏う槌の熱で、兵器の表面を覆っていた枝葉が燃え上がり始めていた。

俺が自分で、このカルディオスが造り上げた枷を焼き切る前にとどめを刺さなくては。いつもの俺の炎なら、カルディオスが生む樹木は耐え切ることが多いが、今は俺とカルディオスの魔力量の差が如実に出てしまっている。

――そう思い、三度《みたび》槌を振り上げた瞬間だった。

遂に兵器が枝葉を振り切った。その瞬間、俺は間近からどてっぱらに衝撃波を喰らって文字通り吹っ飛んだ。ばきばきと枝葉を折りながら吹っ飛び、走って来た道からは少し逸れ、船のすぐ手前、船首近くに生い茂る木の枝に叩き付けられる。枝が刺さった背中が痛い。

目がちかちかする。咳呵切った直後にこれとは。とはいえ撃たれたのが俺でまだ良かった。

俺は槌を杖にして立ち上がりながら、口の中の血を吐き出す。頭が結構揺れたからか眩暈がした。思わず頭を振り、ちょっとよろめきながら槌を両手で構え直す。離れた所からディセントラが何かを叫んだようだったが、声は聞こえても言葉が聞き取れない。その余裕がない。

――まずい。後がない。文字通り、船に背中を預けている状態だ。

カルディオスが生い茂らせた枝の上に立つ俺の、肩あたりに甲板の手摺がある状態。もう絶対に、一歩たりとも下がれない。

兵器が再び衝撃波を撃った。紛うことなく俺目がけて、途中の木の枝をばきばきと粉砕しながら飛来する衝撃波。防ぐというより押し返す意識で防衛。二度三度、防ぎ切る。

船の上は再び阿鼻叫喚。訳のわからない事態が続いてそりゃあ怖いだろう。申し訳ない限りだ。

――態勢が悪すぎる。反撃なんてもう出来ない。もう、船さえ守り切ればあとはいい。いっそ兵器の消耗を待つか。トゥイーディアが俺たちのことを忘れたままならば、コリウスが気を利かせて、船にいる人たちを避難させてくれるかも知れない。船の人たちがいなくなれば、なりふり構わず周辺一帯を大火事に出来る――勝機も見える。

光弾が撃たれた。白熱した光の塊。撃たれた光弾から熱を速やかに奪う。あちこちで生木の燃える臭いがした。

いつの間にか枝葉の生長は止まっている。カルディオスが指示しておいた大きさに育ったからか、あいつに限界がきたからか。

息を吸い込む。まだいける、守るだけならばまだ。船の人たちの安全を確保して、それから反撃について考えればいい――

衝撃波。防ぐ。心臓が早鐘のように打つ。

守りたい、守りたい、守り切りたい。

今度こそは。

衝撃波、防ぐ。歯を食いしばって耐える。ここを譲るわけにはいかない。耐えてみせる。背中はもう船体に触れているのだ。一インチであろうと譲って堪るか。

ここには、この船には――

――俺の肩を、誰かが掴んだ。

俺は息を止めた。

硬い掌だ。しかし男性のものにしては小さい。これは女性の、守られるばかりでは絶対に済まさない誇りを持った掌だ。

衝撃波。防ぐ。防ぎながら振り返る。

甲板の手摺越しに身を乗り出し、トゥイーディアが、夢にまで見たその飴色の瞳で俺を見ていた。

声も出なかった。唖然として彼女を見つめる俺に、トゥイーディアが苦笑した。

俺にとっては、目から摂る万能薬にも等しいその表情。霞んでいたはずの視界が一気に明瞭になった。その視界のど真ん中に、――トゥイーディアがいる。

長く伸ばし、額の真ん中で二つに分けられている額髪。優しい朝の陽射しみたいな蜂蜜色の髪は背中まで伸ばされて、半ばを白い絹のリボンで結い上げて残りを流している。身に纏うのは薄紅の絹のドレス。ここまで走って来たのか、裾も髪も乱れている。だが、怪我はない――そう、怪我をしている様子はない。

無意識に、俺はトゥイーディアの形のいい頭をじっと見ていた。そこに髪飾りを探したのだ。

――通常は、婚約とともに男性は女性に髪飾りを贈るものだから。そして結婚すると、女性は髪型を項《うなじ》を見せるものに切り替えるのが作法。けれども、トゥイーディアの素敵な蜂蜜色の髪には、髪飾りは光っていなかった。

――兵器が衝撃波を吐く。反射的に防ぐ。トゥイーディアが来たんだぞ、馬に蹴られてろ。

トゥイーディアの飴色の瞳が、俺から兵器へと移った。

――その眼差し。生まれてから今日まで、俺が何度思い描いてきたかわからない、揺るぎない視線。

トゥイーディアが兵器に視線を向けていたのは、ほんの一瞬だったと思う。それでもその間、俺は時間の経過に無頓着になっていた。

――トゥイーディアだ。俺にとっての、朝のいちばん眩しいところを集めたような、この雰囲気。しかも、この瞳。この眼差し。この表情。

――もしかして、という予想に、俺の胸は震えた。顔には寸分も出なかったと思うけれど。

船の傍に枝葉を広げる大木を見たトゥイーディアが、す、と視線を滑らせた。そこに、船のすぐ傍

――ここよりは船尾寄りの位置でカルディオスを守る、ディセントラとアナベルを見たはずだ。

それから視線を翻し、もう一度俺を見て、トゥイーディアが微笑んだ。

――この数百年の間、俺が決して表に出せないながらも尊敬し、頼りにしてきた、その微笑。

優しく、力強く、陽が照るようなその表情。

「――……」

名前を呼ぼうにも声が出ない。今、俺が彼女の名前を唇に昇らせれば、その声音に明々白々と俺の思慕が透けるに違いないから。

トゥイーディアが唐突に、つい、と手を伸ばして、俺の唇の辺りを撫でた。俺はびくっとしたが、何のことはない。トゥイーディアの指を見ると、血が付いていた。口許にくっ付けていた俺の血を、指先で拭ってくれたらしい。

――やばい、このことは夢に見られる。

確信する俺と対照的に、俺の反応を拒絶と取って、トゥイーディアが眉尻を下げる。

――だが、その表情も一瞬だった。

すぐに、決然とした面差しに変わる。俺の好きな、俺の尊敬する、救世主の顔。

そして、言った。

「ありがとう、ルドベキア。もう大丈夫よ。後は任せて」

少しハスキーな声。数え切れないほど焦がれた声。

「……え？」

俺は間抜けな声を出し、瞬き。トゥイーディアの後ろに、息を弾ませたコリウスが見えた。この期《ご》に及んでまだ心配そうな、不安そうな顔をしている。

「……おまえ、――」

続く言葉を悟って、トゥイーディアは控えめに微笑んだ。綺麗な飴色の目が細められた。

「きみのことがわかるわ。――だから、もう大丈夫」

繰り返して大丈夫だと告げて、トゥイーディアは身を乗り出して手を伸ばし、槌を握る俺の手に自分の手を重ねた。

こんな場合だが、俺は内心大いに慌てた。

だがすぐに、トゥイーディアの意図するところを悟って俺は手指から力を抜く。

トゥイーディアが俺の手の中から槌を取り上げた。

今生の正当な持ち主の手の中で、その武器が薄らと輝いた。黝く輝き、溶けるようにその姿を変える。

俺は船体に完全に背中を預け、深く息を吐く。その俺が見守る先で、すぐ傍で、トゥイーディアは武器を構えた。

その武器を、何と表現すればいいだろう。小型の砲台のような、大砲のような。手摺に砲筒を乗せられ、トゥイーディアの硬く小さな手の上で、唸りを上げて狙いを定める。

潮風がトゥイーディアの髪を乱した。船上の混乱も、このときだけは俺の意識の外だった。

トゥイーディアの飴色の目が、非情なまでに冴え冴えと、なおもこちらを攻撃しようとしている兵器を映した。

そして、彼女が呟くように宣告する。

「――くたばれ」

トゥイーディアの手の中で、彼女の魔力を以て、大砲が火を噴いた。

実際の火ではない、それよりも凝った破壊の意志。冷たく、強烈に、余儀を許さず使い手の意志を徹す、俺が知る限り最も破壊に特化した光。

真っ白な光弾が兵器に向かって飛び、――着弾。

――音は無かった。

着弾した光はその瞬きすら消して、一瞬、何の効果ももたらさなかったかのように見えた――

その次の刹那。

兵器が耳を劈く軋みを上げた。まるで悲鳴。兵器の脳天が幾度が光り、末期の攻撃を警戒した俺は身構えたが、それすら不要。どのような仕組みであの兵器が動いているのであれ――、その仕組みが壊され始めている。

凄絶な不協和音が耳朶を打つ。兵器がのたうつように空中で横転した。同心円を成す輪が、全て上下ばらばらに動き出す。その影響で、兵器が空中で痙攣するように小刻みに動いた。

――舌打ちが聞こえた。トゥイーディアが、不機嫌極まりない飴色の瞳で兵器を見据え、その断末魔が長いことに苛立っている。

いま一度、彼女が大砲を構えた。

二度目の真っ白な光弾が、断末魔に震える兵器に着弾した。

――長く長く、軋むように耳障りな、兵器の断末魔の絶叫が海上に轟いた。

そして、今度こそその形を留めること能《あた》わず、兵器が上部から下部に向かって、内側に向かって崩れるように壊れ始めた。全ての接合部がばらけ、塊ごとに海へと落ちていく。その様は、内部から崩壊したことをありありと物語るが如く。

今までトゥイーディアが、同じ対象を二度以上撃つことはそうなかった。彼女の力の勁烈《けいれつ》さが、一撃必殺を可能にしていた。そして撃たれたものは、原形を残さず、それこそ塵となって吹っ飛んでいくところしか見たことがなかった。その点をとれば、既に打撃を受けていても、この兵器はさすがと言うべきか。

ばらばらにはなったが、それでも原形を留め、高く飛沫を上げて海中へ沈んでいく。落ちゆくものの質量を物語るが如く、飛沫が俺にまで届いた。波立つ海に、船がまたしても揺れる。

――これがトゥイーディアの真骨頂、約束された固有の力。〈ものの内側に潜り込む〉能力。物質的なものであれ精神的なものであれ、内側から破壊することを最も得意とする、あらゆる防御を無いものとして片付ける圧倒的な力。俺の知る限り、精神に働きかけることが出来る唯一の魔法。――〈あるべき姿からの変容は出来ない〉という絶対法を超えた、破壊のみに特化した力。

固有の力が強力過ぎて、防御のつもりの一撃が攻撃に転ずることさえあるほどだ。相手に怪我をさせるのが嫌だからという理由で、攻撃してくる相手に何の抵抗もせずに大怪我した経験だって、過去のトゥイーディアにはある。涙が枯れるほど泣くディセントラを宥めた一言が、「だってあの人じゃ私を殺せないと思ったから」。あそこまで愕然としたディセントラ、そして身内に対して本気でぶち切れたカルディオスを、俺はあのとき以来見ていない。

そのトゥイーディアが、二度撃って壊滅させた兵器である。俺が同じ結果を得ようとすればどれだけ時間が掛かったか、想像するだに恐ろしい。

最後の破片が海面を叩いて落ちていき、周囲はしばし、息を呑むような静寂に包まれた。全員が息を止め、声を慎み、目の前で起こったことを理解する――

――そして、歓声が弾けた。あるいはその中に、今になって噴出した疑念や、過ぎ去った後になってまざまざと自覚できたのであろう恐怖ゆえの悲鳴も混じっていたかも知れない。船上で安堵の余りに泣きじゃくる声、九死に一生を得たことを認識したがゆえの歓声が爆発する。枝葉を透かし、ちらりと見遣るに港も同じような様子だった。ただその中でも、少なくない人数がこちらを――というよりも、船を――指差して、何かを叫んでいるのが見えた。

兵器の終焉を見届け、周囲の人の反応を聞き、ふ、と息を抜いたトゥイーディアが、黝く輝く武器を撫でた。しゅん、と小さな音がして、大砲は瞬時にトゥイーディアの左の小指に品よく収まる指輪と化した。

「……相変わらず、えげつねぇな」

トゥイーディアを称賛したいのに、助けるはずが逆に助けられたことに対して礼を言いたいのに、俺はそんな皮肉めいたことしか言えない。

けれどトゥイーディアは、それはいつものことだとばかりに受け流して、少しだけ苦笑した。

「きみ、本当に嫌味っぽいね。懐かしい限りよ。――それはそうと、」

飴色の瞳が俺を見た。透き通った橙色の双眸が、心からの賞賛を籠めて俺を映す。

「頑張ってくれてありがとう」

「――――」

俺は言葉が出なかった。

――俺のせいなのだ、あれは俺に差し向けられたものなのだ、と言うべきなのに声が出ない。

俺の顔を覗き込み、トゥイーディアは今度は顔を顰めた。俺は出来るものなら真っ赤になっていただろう。

「久しぶりに会ったんだから、ちょっとは喜んだ顔を見せてよ。――ばかもの」

「…………」

俺は声が出なかった。胸中には色んな感情が渦巻いているのに、その全てがトゥイーディアへの恋慕に基づいた感情だから、俺はそれを欠片も表に出すことが出来ない。ただ憮然として、トゥイーディアの顎の辺りを見ていることしか出来ない。

「――ああ、もう。きみはほんとに……」

無言のままの俺の目の前で、トゥイーディアが大きく息を吐いて、船の欄干を握り締めた。――記憶を取り戻して、形振《なりふ》り構わずここへ来て、そうしてやっと、全部を思い出した状態で今生を振り返っている――という風だった。今、間近で彼女の飴色の瞳を覗き込んだら、そこに走馬灯のように映り込む記憶が見えそうになるだろう。

それを後目に、俺はとうとうその場に座り込んでいた。安心したら一気に力が抜ける。コリウスが、「あ」みたいな顔で船の欄干から顔を出し、俺を見下ろして顔を顰める。いや、そんな顔してないで、助け起こしに来てくれよ。

俺の挙動を見たトゥイーディアが、はっとしたように欄干から身を乗り出す。咄嗟だったのだろうが、彼女が口走った。

「手当てを――……」

――そこまで言ったそのとき、トゥイーディアが大きく息を吸い込んだ。

ついさっきまでの落ち着きが嘘のように、ぎゅっと欄干を握り締め、さあっと彼女が蒼褪めていく。走馬灯が現在に追い着いて、その結果、とんでもないことに思い至ったかのように。

「きみ――」

その顔色の変化が余りにも顕著だったので、俺はすわ、海中から兵器が復活してきたのかと思ったほどだ。だが、違った。トゥイーディアは、今にも落っこちそうになるほどに欄干から身を乗り出して俺を見てから、傍のコリウスの肩をばんばん叩いた。

「コリウス、ちょっと、すぐにルドベキアを引っ張り上げて！　どう誤魔化すか考えなきゃ、知られちゃったら大変！」

――ん？

「は？」

俺が違和感を覚えて顔を上げると同時に、コリウスもとんでもないものを見る目でトゥイーディアを見ていた。

「トゥイーディア、おまえ……」

コリウスの訝しげな声に、トゥイーディアがますます真っ青になった。

「……どうして知っている？」

どう誤魔化すか考えなきゃ、までは、わかる。世双珠を経由した魔法が主流になっているこの時代に、明らかに世双珠を使っていなかった俺たちは、どこからどう見ても不審だから。

――だが、知られちゃったら大変、とは？

それは、俺が魔王だということを知らなければ、咄嗟には出てこない言葉では？

トゥイーディアは真っ青だし、俺とコリウスは訳がわからないし、出来ればその場で膝を突き合わせて色々話したいところだったが、如何《いかん》せん状況が状況。船の甲板は大混乱で、数秒後にはトゥイーディアが、甲板の上でパニックになった数人に、詰め寄られるような勢いで捕まり、もう質問の体《てい》も成していないような支離滅裂な質問攻めに遭っていた。さすがにそこに割り込んで、「なんで俺が魔王だって知ってるんだよ」とは言えない。色んな意味で。

俺は座り込んだままぽかんとしていたが、ぽかんとするほど頭の悪くないコリウスが、素早く船の欄干を乗り越えて傍に下りてきて、俺を助け起こしてくれた。

「――どうあれ、目立ち過ぎたのは確かだ」

コリウスが低い声で言った。「どうあれ」の前段を省略しているが、さすがにわかる、「トゥイーディアがどうしておまえが魔王だと知っているのか、その理由はどうあれ」だ。

コリウスがそのまま、絡み合う木の枝を踏んで、俺を連れたままディセントラとアナベル、そして昏倒したカルディオスの方へ向かう。

トゥイーディアは船上で、彼女らしい思い遣りに溢れた表情で、「もう大丈夫」と、パニックに陥った人たちに言い聞かせているようだ。同時に、どうやら怪我人の有無も尋ねているらしい。彼女が心配そうに周囲を見渡している。そうこうしているうちに、甲板をわき目もふらずに走ってきた女の人がトゥイーディアに飛びついて、わっと泣き出し始めた。

遠目にそれを見るともなしに見つつ、俺はコリウスに支えられたままディセントラたちのところへ。ディセントラもアナベルも、「助かった」という以上に嬉しそうにしていた。トゥイーディアの魔法は、二人からもよく見えたことだろう。旧友が晴れて記憶を取り戻したとあって、早く会って話したいのが丸わかりだ。二人とも、伸び上がるようにして船の上を見ようとしている。女王様気質のくせに泣き虫のディセントラが頻りに目許を拭っているのがわかる。

コリウスが、自力で歩けとばかりに俺を離して、駆け足になって三人に近付いた。俺がよろよろとその後に続き、ようやく傍に辿り着いたときには、コリウスが限界まで声を低めて、トゥイーディアがどうやら俺の今生の素性を知っているらしい、というようなことを話し終えていた。驚きに、ディセントラの涙も引っ込んだ様子。

アナベルが顔を顰めて俺を見るや、「イーディィに刺されるかも知れないわね」と。俺は倍くらい顔を顰めてその悲観論への返答として、こちらもこちらでぶっきらぼうに尋ねる。

「なんで船に上がってってくれなかったんだよ」

「カルディオスがいたからよ。引っ張っていけなかったの」

「世の中には魔法というものがあるだろ」

「それに、あなたが吹っ飛んでいったから、こっちでじっとしている分には大丈夫かなって」

「おまえらな……」

俺ががっくりと項垂れたところで、ディセントラが「ああ」と声を出した。

顔を上げて、船を見る。トゥイーディアが甲板の欄干から身を乗り出して、こちらに向かって手を振って、こっちに来いと合図していた。

「イーディィがお呼びだわ」

馬鹿でかい船は、当然だが、内部も相当に広かった。

兵器が片付いたとはいえ、この船が前進を続けて問題ないかどうか、船の機能に異常を来《きた》していないかどうかの確認は入るだろう。その間に落ち着いてトゥイーディアと俺たちは話す必要がある――

ということは一致した意見だったが、まず俺たちだけになるのが大変だった。再会の挨拶をする暇もない。四方八方から質問攻め。トゥイーディアを取り囲む勢いであれこれ尋ねてくる人たち、場合によっては俺たちにも質問が飛んでくる。俺たちが船を守るために頑張っていたことは、どうやら船にいた人たちからも見えていたようで、態度は概《おおむ》ね友好的だったが、それ以上に混乱した人たちの目が痛い。ついでによろよろの俺とまだ元気なコリウスが、昏倒したままのカルディオスを両脇から支えている状況。俺は歩く度に全身のどこかしらがずきずきと痛んで、割と隠しようもなく顔を顰めてしまっていた。

もちろん、船上にいる全員が俺たちを質問攻めにしているわけではなくて、あちこちで怪我人の手当てを呼びかける声が聞こえてきている。重傷者がいたらどうしよう――と、俺は我知らず声が聞こえる方を凝視してしまったが、それに気付いたらしいトゥイーディアがそそっと俺に顔を寄せてきて、囁いた。

「きみの頑張りのお蔭で、みんな頭にたんこぶを作ったり、しりもちを突いて痣《あざ》を作った程度だって、さっき聞いたわ。だから、気にしなくていいのよ。――むしろ、一番重傷なのはきみなんだけど……」

「――――」

例によって俺はだんまりを決め込むことになり、ディセントラから頭を叩かれたが、その実、内心では崩れ落ちていた。安心よりもむしろ、俺の挙動に気付いて声を掛けてきてくれた、トゥイーディアの心遣いに悶絶して。

トゥイーディアは群がってくる人々相手に、物腰も丁寧に、人を安心させることに長《た》けた彼女の独特の口調で、危険が去ったことをいちいち説明している。十歩進むごとに同じことを繰り返しているような有様で、俺たちは遅々として進めない。

船内は豪華で、ここが船の中だと知らなければ、どこかの貴族のお屋敷かと思うような内装だった。真っ白に塗られた壁、絨毯が敷き詰められた廊下の床、揺れないように固定された金の燭台。

トゥイーディアは亀の歩みながらも廊下を進み、船の中にはあるまじきものにも見える広々した談話室を通り、ようやく彼女の船室らしき部屋に行き着いた。船室は広く、丸窓から大海原が見えるはずだったが、今はあいにくと生い茂る木の枝が景観を占領している。船室には大きなテーブルと椅子まであって、俺たちがそこに腰を落ち着け、ソファにカルディオスを寝かせ、さあ話をしようか――という段になって、トゥイーディアがとんでもないことを言い出した。

「ちょっと手紙を書きたいから、待ってね。その間にルドベキア、ちゃんと怪我の手当てをするのよ」

俺たちは思わず一斉に、「……はい？」と。

手紙？　誰に？　今この状況で俺たちを待たせてまですること？

ディセントラが、強張った顔で茫然と声を絞り出した。

「……本気？」

トゥイーディアは真顔で頷いた。本人は、全く以て当然のことしかしていないと思っている様子だった。

「もちろん」

そう言って、マジで船室の扉を開け、「メリア！」と呼ばわるトゥイーディア。すぐにすっ飛んできた女性は、俺の目と記憶が確かなら、さっき甲板でトゥイーディアに飛びついて大泣きしていた人だ。トゥイーディアと同い年くらいで、使用人のお仕着せと思しき格好をしている。だが、ただの使用人にしては、トゥイーディアとの距離が近かった。

トゥイーディアが、「お手紙を」と言い出すや、メリアと呼ばれた少女が首を傾げる。

「旦那さまに宛てられますか、ロベリアさまですか？」

旦那さま――つまり、リリタリス家の当主、トゥイーディアの今生のお父さんか。ロベリアって誰だ？　まさか――トゥイーディアの婚約者？

俺に代償が課せられていなければ、俺は握ったテーブルの縁を粉砕する羽目になっていただろう。

この状況で目の前にいる俺たちよりも婚約者を優先されるのは、なんていうか、かなり堪えるものがある。

だが、果たせるかな、トゥイーディアは無理に笑うような声を上げて、答えた。

「――お父さまによ」

そして実際に、メリアさんが手早く用意した便箋に、トゥイーディアが手紙を書き始めてしまった。

俺たちは唖然。確かに、俺たちには親子の情はわからない――そしてさっきまで、今のお父さんを唯一のお父さんだと思っていたトゥイーディアは、本物の親子の情をお父さんに向けているのだろう。

だが、それにしたって、「船が大変なことになりましたが私は大丈夫です」と書き送る前に、俺たちと話をしてくれていいんじゃないのか、トゥイーディア。いや、実際に何て書いてるのかは知らないけどさ。

だが、どうやらトゥイーディアからすれば、手紙に書いていることは火急の用事らしい。怖いくらいの顔をして手紙を走り書きすると封印して、メリアさんに手渡している。「戻ってお父さまにお目にかかったら、すぐに直接渡すのよ」と言い聞かせていて、察するにどうやらメリアさんというこのお付きの人は、ずっとトゥイーディアと一緒にいるわけではなくて、トゥイーディアをガルシアに送り届けたら、この船に乗ってレイヴァスに帰っていくらしい。

メリアさんは忠実に頷いて手紙を受け取ったあと、俺たちに胡乱《うろん》な目を向けた。俺が割と血だらけであることに気付いて若干怯んだようだったが、「令嬢を守らなければ」という使命感がそれに勝ったのか、踏ん張って俺たちを睨んでくる。

「――それで、お嬢さま？　この方たちはどなたです」

「ガルシアの方たちよ。メリア、失礼しちゃ駄目よ。船を守ってくださったのよ。お礼が先でしょう」

トゥイーディアが即答する。メリアさんが眉間に皺を寄せた。

「それはもちろん、お嬢さまを守ってくださったのですもの、感謝に堪えませんが――」

そう言いながらもメリアさんは、むしろトゥイーディアを庇うように、彼女にぴったり張り付いている。彼女がコリウスを睨んで、呟いた。

「先ほどお嬢さまに会わせろと仰《おつしや》っていた方ですよね。お嬢さまが八歳のときから一緒におりますこのメリア、お嬢さまと親交のある方のうちに、この方々がいらっしゃるのは存じませんが」

「知り合ったのはさっきだもの」

清々しい嘘を吐くトゥイーディア。さっきも何も、もう数百年来の付き合いですが。――そう思いながらも、話をややこしくしてはいけないと、だんまりを決め込んで行儀よく座っている俺たち。

「でも、大丈夫よ、信用できる人たちだから。きみはちょっと席を外して、話をさせてちょうだい」

じとっとした目で自分を見るメリアさんに、トゥイーディアが真顔で胸に手を当てる。

「本当よ。騎士として誓うわ。もしこの人たちが私に悪いことをしたら、お父さまから絶縁されても構わないわ」

メリアさんは躊躇した様子だが、「そこまで仰るなら」と折れてくれた。とはいえ船室を後にするときに、俺たちを遠慮なくすごい目で睨んできた。大事なお嬢さまに何かしたら許さないからな、という声を、絶対に俺は聞いた気がする。

――さて、ようやく俺たちだけになれた。俺たち、救世主たち、仲間たち。

トゥイーディアが俺を見て、「手当ては？」と、なおも訊いてくる。心遣いは嬉しいんだが、今はもっと大事なことがあるだろう。

コリウスがぱちんと指を鳴らして、トゥイーディアの目を自分に向けさせる。そして、懐疑的な口調で、部屋の外に誰かがいることを警戒するような小声で、言った。

「――それで。おまえ、ルドベキアが、……魔王だということを、知っていたのか？」

トゥイーディアはコリウスを見て、それから長い睫毛《まつげ》を瞬かせて、俺を見た。

トゥイーディアは、今いくつだろう――十五歳か十六歳くらいか。いつもと同じ顔立ちで、俺以外の人間が見れば彼女の顔立ちは、整ってはいるものの十人並み、という評価になるかも知れない。だが、瞬きの仕方、俺を見たときに少しだけ、あるかなきかの角度に首を傾げる仕草、そういったもの全部が、久し振りに見る俺からすれば、涙が出るほど特別で可愛らしかった。

ここに、無事で、トゥイーディアがいる。

そのことを噛み締める俺は、傍《はた》から見れば平生変わらぬ仏頂面をしているように見えるのだろうが、実際のところは喜びの余りに、この世界の全てに向かって万歳三唱をしそうになっている。

とはいえ、トゥイーディアの方は、目まぐるしく何かを考えているようだった。彼女が小さく口を開けて、息を吸い込んで、言った。

「――ルドベキアの魔法を見たから……」

「いや、違うはずだ」

と、打ち返すかのようにコリウスが断言。

「僕はおまえと一緒にいた。ルドベキアの――特有の魔法は見ていない。おまえも同じはずだ」

「…………」

トゥイーディアが黙り込み、額に掌を当てた。混乱した仕草で、俺は内心でおろおろしてしまう。コリウス、きつく言い過ぎじゃないか。トゥイーディアは今さっき、数百年の人生を思い出したところなんだぞ。混乱していないわけがない。

俺たちがトゥイーディアを見守り、沈黙したそのとき、ソファの方で「んあー」と間抜けな声がした。俺とディセントラががたんと立ち上がる。ついでに俺は、その拍子に傷が痛んで、「いてて」と身体を屈めることになった。

「――カル」

トゥイーディアも、ぱっと顔を上げていた。

――いつ頃からだったか、トゥイーディアはカルディオスに対して、弟に対するような親愛を以て接するようになっている。日常的に愛称で呼ぶ相手もカルディオスだけだ。

カルディオスが目を覚まし、ソファの上で猫のように伸びをしている。暢気に欠伸を漏らしてから、翡翠色の目をびっくりしたように見開いて、船室をぐるりと見渡す。そして俺たちを見て、慌てて立ち上がろうとして、当然ながら立ち眩《くら》みに襲われてよろめいた。

コリウスが溜息を吐いて立ち上がり、カルディオスを支えるために彼に歩み寄り、彼をソファから立たせて、俺たちと同じテーブルに着かせた。

椅子に座る前に、カルディオスはトゥイーディアに歩み寄って、親しみを籠めて彼女を抱き締めた。

「イーディ、久し振り。――えーっと、思い出してくれたってことでいいのかな？」

トゥイーディアが苦笑してカルディオスを抱き締め返し、礼儀正しく彼の肩を押して距離を取る。

「久しぶり、カル」

「すっげー豪華だね。イーディの今の家、金持ちなんだ」

カルディオスが椅子に座りながらそう言って、トゥイーディアが笑い出す。

「ううん、とんでもない。私の家は――リリタリスは、代々騎士を出す女系の家なの。生まれた女の子が武芸に秀でた人を夫に迎えて、そのお婿さんが当主になるっていうのが慣例なのよ。名門ではあるけど、最近はめっきり財政悪化で火の車。ただ、私のお父さまが、ヒルクリード公爵っていう方の実弟でいらっしゃるの。この船は、完全に伯父《おじ》さま――公爵閣下の計らいよ」

「それは今はどうでもいいから、イーディ。どうしてあなたがルドベキアの呪われた生まれを知ってるのかって話をしてるんだけど」

アナベルが冷淡に言って、途端に黙り込むトゥイーディア。

カルディオスが、「えっ、イーディ、知ってたの?」だのと騒いでいるが、ディセントラにうるさいとばかりに肘鉄を入れられて黙った。

トゥイーディアはしばらくじっと黙っていたが、俺たちも負けじと黙っていた結果、このままでは埒《らち》が明かないと気付いて根負けしたらしい。はあっと大きく溜息を吐いて額をこすると、小声で言った。

「――ヘリアンサスが……前回私を殺す直前に、そう言ってたから」

「――――」

俺は絶句する。

「は? ――じゃあ……」

――じゃあ、あいつなのか? あいつが、俺を魔王に仕立て上げたのか?

どうやって?

何度も見てきた魔王の姿が脳裏に甦る。新雪のような白髪に黄金の瞳、いつも、年齢すらも違わない、常に不変の完璧に整った姿で、愛想よく俺たちを惨殺してきた、――魔王ヘリアンサス。

トゥイーディアは俺から目を逸らしたままでみんなを見渡すようにして、「この船で、部屋の外に出たら、ヘリアンサスの名前は出さないでね」と、なんでか知らないが釘を刺してくる。

俺は咳き込むように、トゥイーディアに向かって身を乗り出していた。

「おまえ、あいつから何を聞いた――」

「今回のこれ――あの兵器が出てきたのって、ヘリアンサスが絡んでるの？」

俺の言葉に割り込むようにして、アナベルが強張った顔で尋ねた。

「ヘリアンサスが近くにいるってこと？」

みんながぎょっとした。もしもヘリアンサスが近くにいるなら、それは即ち、俺たちの寿命の残り時間の秒読みが始まっているということに他ならない。

だが、すぐさまトゥイーディアは言った。

「いいえ。ヘリアンサスはここにはいないわ」

トゥイーディアの声音に満ちる、不自然なほどの確信。

――どうしてわかるんだろう。

彼女に不思議そうな目を向けたのは俺だけではなかったが、トゥイーディアはその視線を潜り抜けてしまった。

「これが、あいつの差し金かっていうことだけど……」

トゥイーディアが、嫌々ながらという様子で俺を見て、首を傾げる。

「きみ、あっちでは……のんびり暮らしてたの？　それとも酷い目に遭ってきたの？」

トゥイーディアに心配をかけたくなくて、「大したことなかったよ」と応じようとする俺は、しかし代償のために、吐き捨てるように言っていた。

「そりゃもう酷い目に遭ったよ」

その瞬間、トゥイーディアの瞳に憤激が走ったように見えた。ぎょっとするほど冷ややかな眼差しで、トゥイーディアが頷く。

「――そう」

そして目を閉じて息を吸い込み、瞼を上げたときには、トゥイーディアは平静な顔に戻っていた。彼女は慎重な口ぶりで続けた。

「……じゃあ、今回のこれは、あいつの仕向けたことじゃないわ」

「は……？」

どういう理論だ。俺が魔界で酷い目に遭っていれば、兵器を差し向けてきたのはヘリアンサスではない？　意味がわからない。

「おまえ、何を知ってる？」

相当に険のある語調で詰め寄る俺。普段なら、俺とトゥイーディアが喧嘩になりそうなときは、大抵は俺の態度が悪いと窘《たしな》める他のみんなも、今だけは俺の味方。みんなしてトゥイーディアを凝視して、詳しく話せと無言で迫る。

トゥイーディアはぎゅっと唇を引き結んだ。眉間に皺が寄る。

彼女が飴色の瞳で俺を見た。頑固な双眸、もう決断を完了してしまっていて、何が何でもそれを変えることはないと宣言するかのような眼差し。

軽く息を吸い込んでから、トゥイーディアが言った。

「生まれについては、――あなたは本当に、気の毒だったと思うわ」

「――」

俺は目を見開いた。心臓が嫌な鼓動の打ち方をする。

――トゥイーディアは、絶対に、俺にこの生まれの秘密を教えないつもりだ。

トゥイーディア自身に自覚があるのかどうかはわからないが、彼女には癖がある――二人称の癖だ。トゥイーディアの、相手との距離感が二人称に表れるのだ。親しい相手には「きみ」と呼び掛け、嫌っていたり軽蔑していたりする相手には「おまえ」と呼び掛ける。そして、距離を取りたい相手や、あるいは自分を怒らせた相手には「あなた」と呼び掛ける――その癖。

俺とトゥイーディアは（俺のせいで）仲が悪いが、それでもトゥイーディアは常に、俺に「きみ」と呼び掛けてくれていた。それが今、無意識にだろうが「あなた」と呼んだ。

――文字通り心から、トゥイーディアが俺と距離を置いたのだ。

カルディオスが、テーブルの下で俺の脚を蹴ってきた。俺の方に、「いったん撤退」と目配せしてくる。これからトゥイーディアを問い詰めたりそれとなく尋ねたりして、彼女が口を滑らせる機会はいくらでもあるから、ということだろうが、――こうまで頑《かたく》なな彼女が口を滑らせるかどうか。俺が魔王だということを知っていると仄めかしてしまったあの一言は、トゥイーディアが記憶を取り戻した直後で混乱していたからこそ出てきただけのものだろう。

カルディオスが国宝級の顔面ににっこり笑顔を浮かべて、わざとということが丸わかりの態度で咳払いし、話題を変えた。

「——生まれといえば、イーディ。今のイーディの自己紹介をしてよ」

トゥイーディアは虚を突かれたような顔をして、鉛色の瞳を瞬かせてカルディオスを見た。そして、しょうがないなぁ、というように苦笑して、胸に手を当てて、座ったままお道化《どけ》て会釈する。

「もう……はいはい。——今生の私はトゥイーディア・シンシア・リリタリス。レイヴァス王国、騎士の名門リリタリス家の唯一の嫡出子。国一番の剣士のお父さまから、幼少期からあらゆる武芸を仕込んでいただき、十五歳で異例の叙勲。騎士としての出世街道まっしぐらと思われていたものの、この度にはリリタリス家の財政悪化を受け、まああれこれあって、ガルシアに行っておいでと送り出されました。——そういうわけで、」

俺は、興味もないという仏頂面でそれを聞いていたものの、内心でははらはらしていた。

——婚約のことを言ってない。重大事だと捉えていればさすがに一言くらいは触れるはず。ってことはトゥイーディア、記憶を取り戻した以上はもう結婚するつもりはないとか、そういう感じか……？　一言でいいからそう言ってほしい、俺の寿命に関わる。

だが、俺の願い空《むな》しく、トゥイーディアは婚約をどうするかについて一切触れないまま、にっこり笑った。笑窪《えくぼ》が浮かんだ——俺の記憶にある通りの位置に、俺の記憶にあるより可愛らしく。

その笑顔で、俺が内心でぐるぐる考えていた全てが吹き飛んだ。

ただ、ふと——今生の彼我の差を思った。

――俺は魔王で、トゥイーディアは救世主。

――俺が暗殺を掻い潜る日々を過ごしていたとき、トゥイーディアはお父さんに稽古をつけてもらっていたのだろう。

――トゥイーディアは飴細工で象《かたど》った夕陽のような姿かたちをしているけれど、俺がよく言われるのは、黒髪に暗い色の目も相俟《あいま》って、暁闇のようだということ。

――これまでの一生と比べても、余りにも彼女が遠いように思える、この差。何もかもが反対。まさしく光と影で、――背中合わせにも程がある。

けれど、俺のその感傷を、当然ながらトゥイーディアが知るはずもなかった。

彼女は、いかにも彼女らしい、明るい笑顔を顔いっぱいに拡げて、俺たちを見渡していた。

「――改めて、ただいま」

その言葉を、俺がどれほどの気持ちで聞いたか、トゥイーディアにはわかるまい。

だけど、――ああ。

トゥイーディ、イーディ、ディア。俺にとっての、朝のいちばん眩しいところ。おかえり。

再会までの長い道のりがようやく終わり、ここに俺たちは全員揃ったのだ。

魔界で殺されそうになっていた俺は、旧友たちに会えたなら、もう怖いものはなくなるだろうと思っていた。

──だが、まあ、現実というのはそう甘くない。

事態がこうなってしまった以上、俺はそっぽを向くことは出来ない。

下手をすれば、また俺は一人だ。

──そう考えながら、俺はしばらくみんなを見ていた。主にディセントラとコリウスが、「この事態をどう誤魔化すか」「明らかに不審者の俺の出自をどう誤魔化して、俺の使った魔法の言い訳をどうするか」ということを、若干焦った様子で議論している。カルディオスが使った魔法が最も目立っていることだろうが、遠目にあれを見て、即座にカルディオスと結び付けられる人はいないだろう。

ちらっとトゥイーディアが、「カルの魔法も結構まずいよね」と言及したとき、カルディオスは事も無げにそう言って、ついでとばかりに言い添えた。

「それに俺、伯爵位を持ってる将軍の息子だから。俺に何か言ってくる奴はいないんじゃねーの」

「きみ、毎回ものすごい運を持って生まれるよね」

「ほら俺、日頃の行いがいいからさ」

トゥイーディアが呆れたようにぐるりと目を回してから、俺に目を向けた。そうして、軽く肩を竦めて苦笑する。左手で俺を指差す、綿毛みたいな仕草。

「──それで、そこの無愛想な人が、何か言いたそうにしてますけど」

みんなが俺を見た。俺は、主にトゥイーディアに向かって顔を顰めてから、深呼吸した。

そして、言った。

「今日のことは、十中八九が俺のせいだ。俺が、魔界で殺されそうになってたのを、ちゃんと始末をつけずにこっちに来たせいだ。――だから、」

息を吸い込む。

「俺はあっちに戻って、二度とこんなことのないように、落とし前はつけなきゃいけない。俺の出自をどう誤魔化すかを考えてくれるのは嬉しいけど、それは、俺があっちから戻って来た後でいいんだ」


「――――」


トゥイーディアが俯いて、何かを指折り数え始めた。両手を並べて、ひいふうみぃ、と指を折っていく仕草は可愛いけど、――何を数えてる？

その仕草を見咎めたのは俺だけではなくて、アナベルが怪訝《けげん》そうにトゥイーディアを見遣って、小声で尋ねた。

「ちょっとイーディ、何してるの？」

「いえ、魔界まで行って戻って来るとなると、何箇月くらい掛かるかなと思って」

トゥイーディアが顔を上げて、けろっとして応じる。

「ほら、私の留学って、一年っていうお約束じゃない？」

「えっ、ちょっと待って？　イーディ、マジで一年経ったら帰っちゃうの!?」

カルディオスがすかさず騒ぎ始めたが、――いや問題はそこじゃなくない？

唖然とする俺を呆れたように見て、トゥイーディアが不機嫌そうに眉を寄せる。

「あのねぇ、ルドベキア。いくらなんでも、きみを一人で行かせるはずないでしょ？」

俺は瞬きして、みんなを見渡した。みんながみんなして、俺を呆れたように見ていた。俺は思わず腰を浮かせる。

「いや、これは、魔王討伐ってわけじゃないんだぞ」

これまで俺たちが一緒に魔界まで向かってきたのは、それが魔王討伐のためだったから——そのはずだ。

「今度のは、俺が悪い——俺のせいだから——」

「ルドベキア」

トゥイーディアが、テーブルの向こうで身を乗り出した。飴色の双眸が、躊躇いのない真っ直ぐさで、少し怒ったように俺に向けられて、細められる。

「どうせきみは私の言うことだから、うるさいなぁって顔で聞くんでしょうけど。——いい、きみが酷い目に遭っているのは、断じてきみのせいじゃないわ。きみに酷いことをして、あまつさえこっちの人たちを巻き込もうとした側が悪いの。きみのことだから、そんなことが起こるなんて考えつきもしていなかったんでしょう？——きみは悪くないわ。気にすることはないのよ、ばかもの」

「——」

俺は無言のまま、無関心にトゥイーディアから目を逸らした。コリウスが手を伸ばして、俺の肩を強めに掴む。

「——ルドベキア。気遣ってもらったときくらいは、その子供じみた振る舞いをやめろ」

「別に頼んでねぇもん」

「おまえ……」

コリウスにものすごい目で睨まれたが、俺だってこの態度は心外だ。トゥイーディアが、「ああ、もう」と、両手をばたばたと振る。

「もういいから。その人に礼儀を求めるのはもう諦めたから」

うっ……。

胸を押さえて蹲《うずくま》りたいくらいの気持ちは当然ながら顔に出さず、俺は平然とみんなを見渡していた。

若干遠慮がちに尋ねる。

「――とにかく、これは俺のせいで、魔王討伐ってわけでもないんだ。それでも――」

「うるさいわね、仕方ないでしょ」

ディセントラが赤金色の髪を肩から払ってそう言って、脚を組んで椅子の背凭《せもた》れに体重を預けた。

「一人が行くならみんな行かなきゃ。――これまでだって、ずっとそうしてきたでしょう。もう何があろうと、私たちは一緒よ」

みんなが目を見交わして、それぞれに肩を竦めたり、わざとらしく溜息を吐いたりし始めた。

「腐れ縁だもんな。死なば諸共」

「多少の時間を使う程度の仲ではある」

「まあ、あなたに付き合わずに、やりたいことがあるわけでもないし」

「きみが行くなら、もちろん行くわよ」

「…………」

俺は、これを堂々と認めることは終生ないだろうが、みんなに再会したときと同じくらいには泣きそうになった。

――今生の俺は魔王だ。なぜか知らないが魔王に生まれて、本来ならばみんなに討伐されても仕方のない立場。それを、それでもまだ、俺を仲間と認めて一緒にいてくれようとするみんなが、心から有り難かった。嬉しかった。一緒にいて当然というみんなの態度が愛おしかった。

「……ありがと……」

俺が俯いて唇を噛み、込み上げてくるものを堪えていると、はあっと溜息が聞こえてきた。

「それで、魔界に向かうにせよ、とにかくここをなんとか誤魔化さなきゃいけないことに変わりはないでしょう？　ついでに、あたしたちがガルシア部隊で休暇を貰う何かの言い訳が必要になると思うけど？　特に、わざわざ留学に来ているイーディが、どうやってガルシアを抜け出すのよ」

アナベルが、なんだかうんざりしたようにそう言って、俺を見ている。俺は口籠《くちごも》ったが、トゥイーディアが事も無げに応じた。

「あら、それなら、私たちにはぴったりの肩書があるじゃない」

今度は、みんながトゥイーディアを見た。コリウスとディセントラが、なんだか嫌な予感を覚えた様子で顔を強張らせている。それを無邪気に見渡して、トゥイーディアは宣言した。

「私たちは救世主よ」

コリウスとアナベルが何か言おうとして、ぐっとそれを呑み込み、揃ってがくっと項垂れた。トゥイーディアはむしろ、きょとんとしてそれを見ている。彼女がちょっと首を傾げた。白い額の下で瞬く飴色の瞳。

「そう宣言してしまえば、どんな魔法を使ったとしても妙には思われないし、ガルシアを襲った兵器を調査しますと言えば、誰も私たちを引き止めたりはしないでしょ？」

ね？　と微笑むトゥイーディア――その、俺たちに伺いを立てるような、遠慮がちな眼差しと口調。

――輪番制で救世主を担当してきたのに、今回の俺は魔王だった。

だが、それでもなお、トゥイーディアは俺を救世主だと認めてくれているらしい。

そして、その承認があるだけで、俺は己に救世主としての自負を持つことが出来る。

――俺の、〈最も大切な人〉がそう言ってくれる限りは。

さあ、これから、俺が魔界で生まれてしまった、その生まれの後始末が始まる。

これまでの人生において、魔王の玉座に座っていたのは、いつでも白髪金眼の魔王ヘリアンサスだった。そして奴は、どの人生においても、義理のように大陸の方に要らぬ手出しをしてくることが慣例だった。海風に乗せて毒の瘴気を送り込んできたり、遠洋に出た大陸の船を残らず撃沈したり、一年に亘《わた》る長雨を降らせてくれたり、――巨大な兵器を送り込んできてくれたり。

そんなわけでいつの人生でも、救世主は待望の存在だった。俺たちも、一人で魔界まで送り込まれるのは恐怖でしかないから、とにかく六人が集まるまでは息を潜めておくことが多かったが、揃ってしまえばもう逃げられない。「俺が救世主です」と名乗りを上げた瞬間の、お祭り騒ぎと嘆願と哀願の嵐は、思い出す度に胸焼けしそうになるほどだ。あれにまともに対応していたのは、トゥイーディアとディセントラくらいのものだ。あとのみんなは、あらゆる手を使ってお祭り騒ぎから逃走していた。ついでに自分が救世主に当たっていないときは、高笑いしながら貧乏くじを引いた奴を遠目に眺めているのが通例だった。

だが、今回は。

「今回は、僕たち全員が救世主だということにしないと拙い」

コリウスが溜息を吐きながらそう言って、端正な仕草で額を押さえた。

「ルドベキア――おまえは言わずもがな。出自が怪しい――というか、提示できる出自がない。救世主のありがたみでごり押すしかない」

　ご迷惑をお掛けしてすみません、と、俺は神妙に頷く。ほんとにごめん、ありがとう、と口に出すものの、「うるさい」とコリウスの濃紫の目で睨まれた。

「トゥイーディアも救世主ということにしないと、とてもではないが留学に来ている身分でガルシアを離れられないだろう。——僕たちも、」

　自分と、ディセントラとカルディオス、そしてアナベルを示して、コリウスが言う。

「救世主だとでも言わなければ、ガルシアは離れられないだろうね」

「あと、絶対に黙っていないといけないのは、あの兵器が魔界から来たことを、私たちが知ってるんだってことよ」

　ディセントラが素早く言って、ちらっと俺に目配せした。

「私たちが魔界に行くんだって知られちゃったら、ぜひとも魔王の首を獲って来てくださいって言われちゃうわ。だから行先は伏せて、あくまで、あの兵器の調査をしますっていう格好にしないとね」

　俺とカルディオスが異口同音に「危なかったー……」と呟いた。

「俺、口を滑らせるところだったよ」

　コリウスが溜息を吐く。

「だろうと思った」

　そのとき、船室の扉が遠慮がちにノックされた。すかさず口を噤むコリウス。トゥイーディアが慌てて立ち上がって、ぱたぱたと扉の方へ走っていく。そこで扉を半ばだけ開いて、外にいる誰かと何事かを遣り取りした。最後に礼を言って扉を閉めたトゥイーディアが、笑顔で俺たちを振り返る。

「そろそろ船が動くって」

さて、船が無事に埠頭に停泊してからの大騒ぎは語るに及ばず。

リリタリスの令嬢が無事で良かった、そこの黒髪の奴（つまり俺）は誰だ、さっきのあの異様な兵器は何だ、でかい木がいきなり生えてきたのはどうしてだ――と、港はそれこそ蜂の巣をつついたような大騒ぎ。

俺は、人に取り囲まれてあれこれ問い詰められてしまうと、ぼろを出さない自信はなかったので、出来る限りコリウスにくっ付くようにしていた。コリウスは薄情にも、めちゃくちゃ嫌そうな顔を俺だけに見せたが、外交用の爽やかな態度で乗り越えてくれた。こいつは、仲間内以外の相手には年齢も立場も問わず敬語で話すほど、他人との距離を置きたがる奴だが、こういうときは本当に頼りになる。

俺がそうやって小さくなっているうちに（いや、この一連の騒ぎは俺のせいなので、自分で何とかしなければという意識もあるにはあったのだが、俺が前に出ると馬鹿なことをしでかして、後からコリウスやディセントラに大目玉を喰らいかねない）、リリタリスの令嬢の歓迎のために港に出ていたガルシアの偉い人――階級や名前は、俺は知らない。ただ、アナベルがぼそっと言ったところによると、カルディオスの遠い親戚に当たるらしい――を、トゥイーディアが捉まえた。そして、すかさず何事かを耳打ち。途端に顔色が変わり、何回かトゥイーディアに訊き返す偉い人。トゥイーディアが、人生経験の滲む説得力満点の笑顔で頷く。

たちまちのうちに、俺はガルシアの軍服を着た年嵩の数名に取り囲まれ、「さあさあこちらへ」と、丁重極まりなく砦の方へ案内され始めていた。みんなから引き離されるとは思っておらず、俺はびっくりして振り返ったが、ディセントラがすげぇ怖い顔で俺を見て、「そのまま行け、余計なことは話すな」と指示する頷きを寄越してきたので、もう流れに身を任せることにした。

かくして俺はガルシアで客人としての立場を得た。取り敢えず、無口で神秘的な人柄を演じようと思いつき、実際に概ねはそれで上手くいった。伊達に長生きはしていない、芝居の一つや二つはお手のものだ。ついでに、客人扱いのお蔭で堂々と湯殿を使わせてもらえたのは嬉しかったね。俺は恵まれない生まれが多いせいか、他のみんなより食い意地が張っている自覚があるし、風呂は好きだ。

――とはいえ、さすがの俺も、のんびり休みたいわけではなかった。

魔界からいつ次の一手が送り込まれて来るかと思うと、冗談抜きに動悸がする。今すぐにでも魔界に向かいたい俺に待ったをかけたのは、例によってコリウスとディセントラだった。兵器が出現した日の夜に会ったときに、「いつものように、権力者からの勅命は貰いたい」と釘を刺されたのだ。

「なんでだよ！」

と、周囲にばれないように小声で喚く俺。確かに毎回、俺たちは時の権力者から、「魔王を討伐せよ」という勅命を貰って動き始めていたけれど、どうして今回も。なんなら俺一人だけで先に行く。

そんな俺を可哀想なものを見る目で見て、ディセントラがきっぱりと告げた。

「なんでもへちまもありません。いい、権力者からの勅命があるのとないのとでは、私たちの行動がどう見られるかが変わるのよ。可及的速やかに行動するためにも、お墨付きは必要なの。ついでに、魔界から数日置きにこっちに手を出してこられるわけがないでしょう。距離を考えなさい、距離を。わかったら一人で勇み足を踏んでないで、のんびりしてらっしゃい」

——というわけ。

俺よりもせっかちな性格のトゥイーディアも、さぞかし苛々していることだろう。彼女は、まさかのリリタリスの令嬢が救世主だったという知らせに騒然とするリリタリスの船（いや、正確には、リリタリス家の当主の兄公爵の船だったか）を、ケツを蹴飛ばすような迷いのなさで国へ帰していた。どうにも、メリアさんとかいったか、あの侍女さんに託していた手紙を、さっさとお父さんに渡したかったみたいだ、というのは、そのときトゥイーディアの傍にいたアナベルの言。

救世主の出現に、ガルシアはもちろんお祭り騒ぎ。やっぱりと言うべきか、史上初の救世主の扱いだ。ついでに騒ぎはガルシアを飛び出して、国中に広まったらしい。

「新聞にも載ってるぜ」

と、カルディオスが笑いながら言ったのは、兵器の出現の翌日だった。奴は、生来の放蕩気質が顔を出し、救世主だと名乗った瞬間にガルシア隊員としての全ての責務が免除されたと快哉《かいさい》を叫びながら、俺に貸し与えられている部屋に遊びに来てくれたのだ。ちなみにこの部屋は砦のかなり上階にあって、部屋の窓からは大海原が望める。つまり、カルディオスが生やした正体不明の大木が波に洗われているのも、ばっちり見える。

カルディオスは「新聞」と呼ばれるものを手に持っていて、「救世主現ル」と大々的に記事になっていると、嬉しそうにはしゃいでいた。俺と違ってこいつは、目立つのが大好きだからね。

俺の方は、記事が云々ということよりも、そもそも新聞というものは何か、新聞にびっしりと文字を並べている技術（カルディオス曰く、活版印刷というらしい）はどういうものか、そっちの方に気を取られていた。俺が好奇心旺盛にそれを聞いていると、カルディオスは笑い出した。

「あの兵器が現れると同時に救世主さまが来てくれて、すっげー運が良かったですね、って、俺たちがおまえのこと必死に誤魔化したけどさ、このままじゃ、救世主の中でおまえだけ世間知らずだって噂になっちゃうな」

俺も記事に目を通したところ、救世主六人がガルシアに現れ、云々……と書き立てられてはいたものの、さすがに救世主の名前までは並んでいなかった。良かった……。個人が特定されてしまうと、カルディオスやコリウスは貴族の出身だからいいけれど、平民出身のディセントラとアナベル、この二人の今の家族がものすごい騒動に巻き込まれそうだ。

カルディオスも記事を改めて読んで、ちょっと不満そうに、「せめてさ、救世主の一人は絶世の美男子だってことくらい書いても良くない？」と言い出した。こいつの、この一点の曇りなき自己肯定感と自惚《うぬぼ》れはどこから来るんだろう、鏡の中からかな。

俺は取り敢えず、カルディオスの肩に一発入れておいた。

俺たちに正式な勅命が下るまで、それから九日掛かった。

帝都ルフェアはガルシアから、汽車を使えば一日で着くらしい。

ガルシアから出発したのは、ガルシア砦を管轄する貴族、テルセ侯爵の使者。彼がルフェアに着くのに一日。そこから登城の許可が下りるのに二日。更に使者が事情を説明し、斯く斯く然々《しかじか》と用件を話し、俺たちの登城を命じる勅命が作成されるのに二日。で、使者が帰って来るのが六日目、その翌日に俺たちが帝都に向けて出発、帝都に到着したその日は皇城の外で待機、そしてやっとのことで皇帝に謁見して、陛下御自《おんみずか》ら俺たちに勅命を下す、という流れである。皇帝の正気を疑うレベルの亀の歩みの手続きだが、今回は喫緊の魔王討伐に向かうわけではないから、ということもあるかも知れない。それに、俺たちの大多数はアーヴァンフェルン帝国の国民だからいいけど、トゥイーディアは他国の――レイヴァス王国の名門の娘だから、国家間での調整も必要だったんだろう。俺については触れられていないことを祈る。

で、やっとのことで帝都へ出発と相成るわけだ。使者が戻って来たその日の夜に、俺たち六人全員が召集され、登城を命じる勅命の読み聞かせ。この辺はちょっと意識が飛んでた。何しろ何十回目かって感じだから。こういうときの勅命の文面って、時代が移り変わっても国が変わってもあんまり変わり映えしないもんだな。

帝都に向かう俺たちに同行するのは、まず、勅命を持って帰って来てくれた使者さん。往復の仕事になってお疲れだろうが、使命感溢れる顔をしていた。次に、護衛の人たち数名。普通に考えて、力量的に、俺たちが護衛の人たちを護衛することになると思うんだけど、半分は見栄えのためだろう。

見栄えのためといえば、俺たち全員、ガルシアの軍服での登城を念押しされた。俺は隊員ではないけど、そこは目を瞑られた。俺にもトゥイーディアにも、新品の軍服が支給されるらしい。みんなとお揃いだ、とトゥイーディアが目を輝かせていたのは余談。新品の軍服は誰かの予備として仕立てられたものであるようで、俺とトゥイーディアは簡単な採寸を受けて、軍服の寸法直しをしてもらうことが出来た。救世主の採寸をする経験は人生計画の中に入っていなかったのだろうお針子さんは、俺に触れている間、ずっと小動物のように震えていた。本当に申し訳ない。

翌朝、予定と寸分の違いもない段取りで、恙《つつが》なく俺たちは出発した。砦の前に用意されたでかい黒塗りの馬車に乗り込み、騎馬の護衛の人たちに囲まれての仰々しい出発だ。立て続けの任務になる使者さんも騎馬。お疲れが出て転落しないか心配である。

見送りも盛大だった。けれども、前世ではパレードを組まれてしまったという記憶は、まだまだ新しい。そんなわけで、「今回は地味で良かった」と、俺たちは胸を撫で下ろすこととなった。

帝都ルフェアは帝都の名に恥じぬ、華やかで広大な都市だった。汽車で一夜を明かした俺たちは、翌日の夕方にルフェアに到着した。生憎《あいにく》の雨で、時刻の割に空は既に暗く、敷石の上で飛沫を上げるほどの雨が水溜まりを広げており、世双珠《せそうじゅ》を使った街灯の明かりが雨に煙《けぶ》って見えていたが、俺たちが濡れる暇は殆どなかった。駅を出るや否や、そこで待機していた馬車で運ばれたのだ。そして連れて行かれた先は、この国の宰相閣下の邸宅。そこで一夜を過ごすようにという計らい。

正直、俺は貴族や高官が苦手である。特に今生《こんじょう》は。

今までは、言葉は悪いが、俺たちは刹那的に生きていけた。だからカルディオスがふらふら遊んでいても、ディセントラがどっかで結婚しようと、みんな何となくそれを流していた。魔王討伐に向かって、生きて帰って来られるかわからない――っていうか記憶にある限り、百発百中で返り討ちに遭っている。だから、たとえそれまでに何をしようがどうせ一緒だ――と思っているところがちょっとあった。でも、今回は違う。今回は長い人生になる予定なのだ。だから、いつも以上に行動には気を配って、あとあと面倒に巻き込まれないようにしなければならない。そう考えると気が重い。アナベルも貴族が苦手なので、俺のせいでこんなことになって本当に申し訳ない。

――そう考えていると、それが顔に出ていたのか、アナベルにそっと足を踏まれた。

「イーディも言ってたけど、別にあなたのせいじゃないわよ」

素っ気ないながらも柔らかい声音でそう言われて、俺は「ごめん」と目顔で謝る。アナベルは溜息を吐いて、「もう仕方ないわ」と。

だが、俺も回数は少ないとはいえ貴族の生まれを引き当てたこともある男。気合を入れれば、一晩くらいを乗り越えることは造作もない。

実際、俺が宰相の邸宅で招待された晩餐において最も肝を冷やしたのは、礼儀作法云々《うんぬん》のところではなくて、如何《いか》に酒を勧められるのを断るかということだった。トゥイーディアとカルディオスは酒豪だが、俺は何回生まれ直しても酒に弱くて、酒を使った菓子を口にするだけで爆睡してしまうほどなのだ。

なんとか醜態を晒さずに晩餐を乗り越え、乗り切った、と俺が額の汗を拭い、他のみんなが「よく頑張った」と俺を犒《ねぎら》う、貸し与えられた部屋へ戻る道中。壁一面が硝子《ガラス》になっている回廊を通り、その硝子《ガラス》越しにこの邸宅の広い庭園が見えたとき、トゥイーディアが「わあ」と無邪気に声を上げた。

ちらりと見ると、硝子《ガラス》の向こうに広がる庭園は、緻密に計算されて配置された明かりに照らされ、美しく映えていた。トゥイーディアが注目したのは、その一点に見える藤棚のようだった。今しも、風変わりな葡萄《ぶどう》がたわわに実るが如く、繊細でいながら壮麗に薄紫色の花が咲き誇っているところで、明かりに照らされ、その花はいっそ幻想的なまでの陰影を纏って浮かび上がっている。

「綺麗ね」

トゥイーディアが微笑んで、嬉しそうに言った。

「藤の花って、なんだか懐かしい感じがして、私は好きだわ」

翌日、煌びやかに広い皇城の大広間で、壁際にずらりと並んだ重臣たちに見守られながら、俺たちは勅命を受けた。横一列に並んで硬い床に跪《ひざまず》き、頭《こうべ》を垂れる俺たち。対するは玉座から降り、宰相を従える皇帝。

出自も不明な俺が、碌《ろく》な調査も何もなく皇帝の前に出ることを許されているのだから、救世主が如何に有り難がられる存在かわかろうというもの。いつの時代も、救世主だと名乗りを上げるだけで不自然なほどの大歓迎を受けられるのだ。とはいえ、ここで俺が怪しいと言われたらどうしようと、内心で俺はどきどきし続けているが。

皇帝は真紅の毛皮のガウンを床に引き摺りつつ（いつの時代も、布地は高級品だ。身分が高いことを示すには、たくさん布を使った衣装を身に着けるのだ）、豪華絢爛なお飾りの大剣の剣脊《けんせき》を俺たちの肩に当て、勅命を一人一人に下す。それを五回繰り返したあと、最後のトゥイーディアに対してだけは対応が違った。

傍に立つ宰相が捧げ持つ銀盆から、くるくると丸めてあった羊皮紙の書状を二通取り上げ、一度トゥイーディアを立たせる。書状はレイヴァス王国国王からの勅命を記したもので、それをトゥイーディアの目の前で読み上げ始めたのだ。

レイヴァスとアーヴァンフェルンの距離を思えば、この短期間でレイヴァスの国王と書簡の遣り取りが出来たはずがない。恐らくこれも世双珠の恩恵の一つだろうが、妙だ――遠隔地と連絡を取ることが出来る魔法は存在しない。いや、正確には、存在はするけど機能はしない、と言うべきか。何しろ、距離に関する法《のり》を変えたとして、その距離をどこからどこまでを基に算出するんだって話になるわけで。話したい相手がどこにいるか、インチ単位で正確な距離がわかっていれば、理論上は遠隔地とも話が出来るはずだが、相手が一歩でも動いた瞬間に全てがおじゃんになるのだ。だが、この時代は俺の知らないこともいっぱいあるので、世双珠を使えばその辺のことも何とかなるのかも知れない。

あとでコリウスにでも訊こう。

皇帝が読み上げたレイヴァス国王からの勅許状に、自国民であるトゥイーディアに対して、救世主として役割を果たすよう求める文面だった。最後に、アーヴァンフェルン帝国皇帝から役目を命じる勅令を受けることを許すことが明記されている。トゥイーディアはその文書を自分の目で見て、御璽《ぎょじ》が押印されていることを確認し、承認の意を籠めて血判を押さねばならなかった。国境を超える救世主の扱いが、如何に繊細かを示している。もっと言えば、トゥイーディアは生国で叙勲された、れっきとした騎士であるらしい。騎士の忠誠心の取り扱いが繊細であるところもご承知の通りだ。トゥイーディアも徹底的に内容を検《あらた》めていた。自分のせいで戦争になれば取り返しがつかないからだろう。

レイヴァス王の書状は同じものが二通あり、一通は皇帝の手元で、そして二通目はこれから海を渡り、レイヴァス王国で保管されることになる。つまり、トゥイーディアは二回血判を押さねばならなかったということだ。痛かったかな。

その一連の流れが終わってから、トゥイーディアも俺たちと同じように跪き、その肩に剣脊を当てられて皇帝の勅命を受けた。曰《いわ》く――救世主として、不遜にも帝国の要衝ガルシアを侵攻せんとした兵器について調査し、二度と同じことのないように云々。

翌日、俺たちは盛大に見送られて出発した。格式ばった移動ばっかりでさすがに疲れてきたが、これが最後だ。あとは自由だ。

――ようやく、俺が片を付け損ねていた、魔界との因縁を絶ちに行くことが出来るのだ。

それから俺たちは汽車に乗り、順調に旅をした。汽車の中でカルディオスが落ち着きを失ってはしゃぐので、俺としては、おまえは汽車くらいは乗り慣れているんじゃないのか、と思うわけだが、どうやらカルディオスほどの身分ともなれば、汽車にはがっちがちに護衛された状態でしか乗ったことがなかったらしい。聞けば、領内では専用の車両すらあったとか。仲間と自由に汽車に乗っているという状況に、どうやら年甲斐もなくはしゃいでしまったようで、遂にはアナベルが「うるさい」と心底迷惑そうに言って、カルディオスを落ち着かせていた。

目指す港町はアミラット。俺にとっては思い出深い港町ルーラの、六十マイルほど東にある町である。規模としてはルーラの方がでかいらしいが、海賊と鉢合わせする危険を考えてアミラットを目指すこととなった。

今までは、勅命と同時に船の手配まで国がしてくれることが多かったし、今回だって頼みさえすれば、ガルシア港から船を出してくれたんだろうが、そうするわけにはいかない。だって行先を知られてはならないから。というわけで、俺たちは勅命と同時に過分な旅費を頂戴してはいるものの、移動手段そのものは自分たちで調達をする必要があるのだ。

というわけで船の手配が必要だ。魔界行きへの定期船なんて存在しない。

アミラットは長閑《のどか》な港町で、海へ向かって傾斜する高低差のある土地に築かれていた。汽車の軌道は町の中腹を走って横断し、駅は町のほぼ中央にある。

俺たちがアミラットに着いたのは、帝都を出発してから数えて半月後のことだった。汽車って偉大だ。

季節はすっかり初夏に移っている。

「――うわぁ、いい眺め！」

駅を出るなりトゥイーディアがはしゃいだ声を上げた。というのも、駅を出た目の前に、広大な海辺の景色が広がっていたからである。眼下に広がる町並みと、その向こうに開ける海。本日の晴天を映し、眩しいくらいに青々と光る海の上を、何隻かの蒸気船が航行しているのが豆粒のような大きさで見える。港に停泊している船も何隻かあるようだ。誰か、遥か南まで航海してもいいって言ってくれる船乗りがいればいいんだが。

日差しに漂白されたかの如く白い建物が軒を連ねる町並みが、延々と海辺まで続いている様は圧巻だった。

ディセントラが、コリウスを振り返って悪戯《いたずら》っぽく笑った。

「――で、これからどうします、隊長？」

わざとらしくも溜息を吐き、コリウスは額を押さえた。

「おまえたち、船の手配も僕に任せるつもりだろう……まったく」

今回の件については完全に、みんなが俺に付き合ってくれているのだ。そこで俺は「俺がやるから……」と申し出たが、コリウスに鬱陶《うっとう》しそうにあしらわれた。「おまえに任せたら、どんな交渉をしてくるものか、目も当てられないことになる」とのこと。頼りなくてごめんよ……。

取り敢えず、海の方へと道を下っていく俺たち。今日中に船が見つかればいいが、見つからなければ、この町に何泊かすることになる。

傾斜した道や下り階段を進み、いつの間にか駅は俺たちの頭上遥かに去っていた。道は細かい砂利を固めたようになっていて、その両側には宿や食料品店、装飾品の店が並んでいる。店の多くが、一階部分は店、二階部分が店主の自宅であろうという造りになっている。港町だけあって、並んでいる品物には異国のものも多い。髪飾りを並べている店もあって、俺は――そんなことは絶対に有り得ないとわかりつつも――もしもトゥイーディアに求愛の髪飾りを贈ることがあるとしたら、絶対に金細工にするだろうな、というようなことを考えていた。銀より金の方が、なんていうか彼女っぽい。

道行く人も多く、なかなかの人混みだ。俺たちの後ろで、誰かが大量の果物をひっくり返したらしい。わあっと悲鳴が上がり、ころころと道を転がってくる緑色の丸っこい果物。コリウスとアナベルがさっと道の端に寄る一方、俺もトゥイーディアもディセントラも、なんか反射的に果物を拾い始める。カルディオスが傍の女の子に声を掛けて、「一緒に拾わない？」と誘った瞬間に、果物を拾う手が倍増したのはご愛敬。果物の落とし主はぺこぺこと周り中の人に頭を下げ、拾い集められた果物を回収していった。俺はコリウスに、「おまえが魔法を使ってたら一瞬で解決したのに」と笑いながら言ったが、コリウスは無表情のまま、「盗みの疑惑を掛けられたくはない」と。なるほど、果物の落とし主さんが、改めて商品であるところの果物の数を数えて、あるいは重さを量って、万が一にも足りないぞとなったときに、疑いを掛けられるのが嫌なわけね。――こいつの懐疑主義は一本筋が通ってるな。

と、そんなことを考えていたら。

「――え？　あっ、兄貴！　兄貴じゃないですかっ！」

俺の耳が、聞いてはならない声を聞いた。

ガチで時間が止まったかと思った。さあっと自分の顔から血の気が引くのがわかったが、冷静な部分は残っていた。そして、その冷静な部分が、採るべき最善の行動を弾き出す。即《すなわ》ち無視。

――この声、そしてこの呼び掛け方。両方合わさって思い当たる節《ふし》は一つしかない。俺がド田舎諸島から大陸まで密航するのに使い、かつレヴナントから救うことになってえらく船員から懐かれた、キャプテン・アーロの海賊船。あそこにいた海賊の一人だ。なんでこんなところにいるんだよ。

勘違いであってくれ、俺に向かって呼び掛けたのではないと誰か言ってくれ――と、こっそり祈る。

何しろ、海賊である。堂々たる犯罪者である。そんな連中に甘えて、かつ金まで貰ってガルシアまで行っただなんて、絶対にみんなに知られたくない。百歩譲って、海賊船に乗ったことはバレてもいいが――何しろ状況が状況だったんだし、みんなもわかってくれるだろう――、金を貰ったのはバレるとやばい。千歩譲って、トゥイーディア以外にはバレてもいい。言い訳すれば許してくれるだろう。でも、トゥイーディアだけにはバレたら駄目だ。ただでさえ地に堕ちている俺の評価が地底を突破してしまう。犬猿の仲ゆえ、そして代償があるゆえ、俺は彼女にまともな言い訳も出来ないだろう。あの飴色の目が、軽蔑を湛えて冷ややかに俺を見て、それからぷいっと逸らされるのを想像して、俺は内心で震えた。駄目だ、絶対だめだ。

幸い、今の声には誰も反応していない。そりゃそうだろう、誰も弟なんていないんだし、兄貴と呼び掛けられたのが自分たちのうち誰かだなんて、想像だにするはずない。

このままそーっと歩き去れば勝ちだ。大丈夫だ。大丈夫、大丈――

「兄貴っ！　俺のこと忘れたんですかっ⁉」

がっ、と腕を掴まれ、俺の喉から「ひぇっ」と声が出た。

恐る恐る振り返る。そしてそこに、俺の左腕をがっしり掴み、垢に汚れた顔に喜色を湛える、あの海賊の顔を見て表情を強張らせた。海賊の目印ともいえる眼帯はしていないものの、柄の悪そうな服装はそのまんま。気弱そうな印象も、今は尻尾があればぶんぶん振っていそうな雰囲気に上書きされていた。

今度は何だとばかりに振り返る周囲の人たち。訝《いぶか》しそうに足を止めるみんな。俺は穴があったら入りたかった。

しかしまあ、目敏《めざと》すぎるだろ、こいつ。なんでこんな、そこそこ人出のある通りで俺に気付くんだよ。しかもこんな嬉しそうな顔で。白《しら》を切ろうにももう無理じゃん。

思いっ切りぎこちない笑顔を、どうにかこうにか俺は浮かべた。

「あ？　えー、気付かなかった、はは……」

このまま余計なことは言わずに立ち去ってくれ……！　まともな商売であっても、船乗りというのが割と乱暴者が多い職業なのは周知の事実。なんとか誤魔化せる今のうちに、空気を読んで立ち去ってくれ……！

必死な俺の祈りも届かず、気弱そうな海賊は俺の腕を掴んだまま、たいへん元気よく言った。

「お久しぶりです！　人捜し上手くいったんですかっ？」

「え？　ああ、まあ、お蔭様で……」

「そりゃ良かったです！」

ははっと笑う海賊に、俺は本気で殺意を抱いた。こいつ、俺に恨みでもあんの？　なんで絡んでくるの？

一撃でこいつを火葬してやろうかと半ば真剣に思案していると、ぱち、と目を瞬かせたディセントラが首を傾げた。

「――ルドベキア？　知り合い？」

俺は泣きそうになった。海賊は海賊で、びっくりしたようにディセントラの方を見て、それから足を止めているトゥイーディアたちに目を遣って、俺に視線を戻して素《す》っ頓狂《とんきょう》な声を上げる。

「びっくりしたぁ、お連れさんいたんスね！　気付きませんでした。兄貴しか見えてなかったっすよ」

たはは、と笑う海賊に、俺はもう発火寸前。

「ああ、まあ、うん……」

「え、もしかして捜してたのってこの人たちっすか!?」

「うん……そうだな……もうあっち行ってくれ……」

「ひどくないっすか？　っていうか、すっげぇ美人ですね！」

俺は顔を押さえた。ディセントラは真顔で、「あらありがとう」なんて言っている。どうしたらいいんだ。どうしたらうまい具合に切り抜けられるんだ。

みんな、俺の反応の理由が理解できないでいる。そりゃそうだろう。如何に付き合いの長いこいつらでも、俺がまさか海賊船に潜り込んで密航したなんて、そんなの想像にも及ばないだろう。

カルディオスが、翡翠色の目を大きく見開いて俺を見ている。

「どーした、ルド？　知り合いなんだろ？」

「いや、まあ……知り合いというか」

口籠《くちごも》る俺に、海賊くんは元気よく助け船を出した――本人は助け船のつもりだったんだろうが、俺にとっては沈没船だった。

「俺たちの船を、兄貴がレヴナントから助けてくれたんっす！」

「船？」

コリウスが眉を寄せた。濃紫の目にありありと、「お友達価格」と浮かぶのが見えて、俺の胃袋がきゅっと痛んだ。

「船乗りですか？」

ほらぁ！　こうなるじゃん！

俺が内心でどんどん蒼褪める一方、海賊くんは力いっぱい首肯した。

「はい！」

「――――っ！」

俺は思わず、海賊くんの足を踏み掛けた。が、それより早くコリウスの一言。

「ちょうど、僕たちは船を探しているんですが……」

大きく目を見開く海賊くん。そして、言った。

「えっ、マジっすか。ちょっと船長に相談してみないとわかんないっすけど、兄貴のためなら多分大丈夫っすよ！　どこへなりとお送りしますよ！」

「──あんた、この人たちに何したの？」

余りの懐かれっぷりに、ディセントラに驚きの目を向けられた。俺はもう耐えかねて、海賊くんの肩をぐっと掴むと、

「ちょっと来い！」

そのまま近くの、店と店の間の路地に引き摺って行く。みんなが目を丸くして俺を見送った。

「えっ、なんスか!?　俺、なんかまずいことしました？」

目を白黒させる海賊くんを壁際に追い詰め、俺はもはや呻くように。

「──おまえな、なに安請け合いしてんだよ！　見たか？　ちゃんと見たか？　連れには女もいるんだよ！　おまえらは普通、女は船に乗せねぇだろうが！」

女を船に乗せると不幸が起こる、というのが海賊の間の通説のはずだ。

が、海賊くんはきょとんと瞬きすると、彼よりも上背《うわぜい》のある俺を見上げて、

「え？　それって海賊の間のことですよね？」

「え？」

俺もきょとん。しばし無言で見詰め合ったのち、海賊くんがめちゃめちゃ訝しそうに言い出した。

「……あのー、兄貴。俺たちのこと、ちゃんと覚えてます？」

その言い振りに、俺は思わず考え込んだ。あれ？　顔が似てるだけで、もしかしてあの海賊の一味ではない？　でもそれ以外に、今も生きてる船乗りの知り合いなんていないし……。

心当たりがないので、こっちもめちゃめちゃ訝しそうに答える。

「……キャプテン・アーロんとこの奴だろ……？」

「覚えてるじゃないっすか」

やっぱり海賊じゃねえか。

「ちなみに、俺の名前覚えてます？」

「――ごめん忘れた」

「もうっ、ハーヴィンっすよー」

へらへら笑うハーヴィン。俺は思わず額を押さえ、

「……おまえらって、海賊じゃなかったっけ？」

「兄貴、なに言ってんすか」

ハーヴィンが真顔で首を傾げた。首傾げたいのはこっちだよ。

「レヴナントから助けてくれたとき、真っ当な商売に転向しろって、兄貴が言ったんじゃないっすか」

俺は思わず、あんぐりと口を開けた。

「……マジでおまえら、あれを真《ま》に受けてまともな商売に転向したの……？」

目を見開くハーヴィン。

「……真に受けなくて良かったんすか？」

俺は思わず、深々と息を吐いてその場にしゃがみ込んだ。「どうしたんスか！」と傍に膝を突くハーヴィンを見上げ、俺は肺の底から、

「良かった……」

安堵の声を絞り出した。

真っ当な商売へ転向するための元手は、恐らく間違いなく犯罪の末に得られた金銭であるとか、そういうことは一切頭の隅に追い遣った。

「良かった……マジで良かった……」

俺のこの台詞は、「あいつらを案内した先が海賊船だったりしたらやばかった、命拾いした、本当に良かった」という意図だったが、ハーヴィンには別の意味に響いたらしく。

「……兄貴、そんなに俺たちのこと心配してくれてたんっすね……」

感銘を受けたような顔をしている。いや、海賊の心配なんてしてない。とはいえ良かった。

俺は顔を上げ、次いで立ち上がりながら、安堵の溜息交じりに言った。

「――いや、あいつらに、俺が海賊から金貰ったなんてバレたらやべぇことになるからさ」

「ああ、だから慌てて引っ張ってきたんすね！」

表情を明るくし、ハーヴィンは、どんと胸を叩いた。

「任せてくだせぇ！　ボロは出しませんよ！　ついでに船も任せてくだせぇ。船長次第ですけど、船長も兄貴からぼったくろうなんて、露《つゆ》ほども思いませんぜ」

ありがてぇ。

と、俺はのこのことみんなのところに戻ったわけだが。

めちゃめちゃ不審そうにこっちを見るアナベルの視線を躱し、俺はしれっと言った。

「――急にどうしたの？」

「あっちから大陸に渡るときに世話になったんだ。こいつはハーヴィン」

一気にみんなの顔が親しげになった。特にトゥイーディア以外は、俺がどれだけ悲惨な状態になってガルシアに辿り着いたのかを見てるから、「きみたちがルドベキアを助けてくれたのか！」と言わんばかりの顔。愛されてる、俺。

ハーヴィンはへへっと笑って、

「船をお探しとありゃあ、船長んとこにご案内しますよ！　航海の腕は確かっす。何しろちょっと前まで、キャプテン・アーロといやあ巷《ちまた》で恐れられた海賊でしたからね！」

…………。

俺は目を閉じた。

ああ、こいつ、馬鹿なんだ……。金を渡したことだけ黙ってればいいと思ったんだ……。

「――海賊？」

トゥイーディアの低い声が聞こえ、俺は心の中で棺桶を用意した。見なくてもわかる、みんな身構えてる。

「以前はそうだったんスよ。でも、俺たちもう海賊じゃありませんぜ？」

ハーヴィンは空気を読まず、ははっと笑った。

「兄貴がレヴナントから助けてくれたときに、ここを生きて乗り越えたら真っ当な商売に転向しろって言ってくれたんっすよ。なんで俺たち、今は普通に海運やり始めたところっす」

「――――」

沈黙。俺はそろりと目を開けた。

そして、びっくりしたような顔で俺を見ているトゥイーディアを視界に入れた。トゥイーディアは飴色の目で俺を見て、ハーヴィンを見て、そしてまた俺を見て、言った。

「海賊を改心させたの？　すごいじゃない、ルドベキア」

ハーヴィンくん、ありがとう。この恩は一生忘れない。予想を裏切って、俺の評価が急上昇。助かった……。

ディセントラとコリウスは微妙な顔をしたものの、トゥイーディアがハーヴィンの船――即ち、キャプテン・アーロの船を当たることに乗り気になってしまったため、俺たちは彼の船が停泊している場所を目指して歩き出した。

俺たちを案内しながら、ハーヴィンの喋ること喋ること。相手をするのもちょっと疲れる。

そうこうしているうちに港に着いた俺たちは、カモメの声を聞きながら、船着き場にずらりと並ぶ船を横目に見つつ、キャプテン・アーロの船を目指した。やがて俺の目に、見覚えのある黒い船が見えてきた。海賊をやっていたときと船の様子は変わらないが、掲げられている旗はもはや髑髏《どくろ》の旗ではなかった。白地に海燕《うみつばめ》の影を染め抜いた旗を、はたはたと潮風にはためかせている。船の下から船着き場へ伸びる桟橋には二人連れがいて、何やら言い争っている様子だった。喧嘩かな。ハーヴィンが駆け出して船の前にいる二人組に走り寄って、そして、大仰に手を振って二人を止める。

「はい、やめ！　やめてくださいって、ちょっとちょっと！」

「あ？」

「お？」

ハーヴィンに対して凄む二人。ぎろりと光る眼光は海賊そのもので、俺は不安になって、桟橋の手前で足を止めた。別に身の危険は感じないけど、下手なことしたら誰かが暴れ出すぞ……。

そんな俺に、斜め後ろから念を押すように囁くコリウス。声音がめちゃめちゃ疑わしげ。気持ちはわかる。あと、アナベルの視線も痛い。


「――ルドベキア。大丈夫なんだろうな？」

「――の、はず……。俺が乗せてもらうことになったときは、特に身の危険は感じなかった……」

自信なげに呟く俺の視線の先で、どうにかこうにか二人を宥めたハーヴィンが、破天荒なまでに明るい声で発表していた。

「聞いて驚いてくださいよ！　次の仕事っすよ！　誰を連れて来たと思います!?」

顔を顰める見張りの二人組。

「あ？　知るか……よ……」

そう言いつつ、ハーヴィンの背後を辿って俺を視界に入れた二人の表情が、見事なまでにがらりと変わった。

俺は取り敢えず愛想笑いを浮かべた。

途端、尻尾を振り出す忠犬の如く、桟橋の上を俺の方へ走り出す二人。競走じゃねえんだぞ。二人に押し退けられ撥ね飛ばされたハーヴィンが、危うく海へ落ち掛けたところでたたらを踏み、「ひどくないっすか!?」と叫んでいる。

その叫びを完全に無視して俺の前に辿り着いた二人組が、眩しいほどの笑顔を浮かべた。そして、綺麗に声を揃えて叫んだ。

「――兄貴じゃないっすかーっ！」


「……なあ。おまえ、ホントにこの人たちに何したの？」

上を下への大騒ぎになっている海賊船――もとい、アーロ商会の船の上を見渡しつつ、カルディオスがこそっと囁いてきた。

熱烈に歓迎され、すぐに船上に案内された俺たちを迎え、船上の居残り組たちはお祭り騒ぎだった。船長を呼び戻しに行って来い、船室の清掃を、と指揮する声に、甲板の上では下っ端たちが右往左往。慌ただしく誰かが町へ走って行った。船長を呼びに行ったんだろう。

甲板の隅っこで取り敢えず立ち尽くしつつ、俺はあるがままの事実を答えた。

「――漂流してたときにこの船を発見して、密航させてもらってたところでレヴナントに襲われたんで、俺が撃退して助けた」

「いや絶対それだけじゃないだろ」

食い気味に言って、カルディオスは立ち働く元海賊たちを、奇異なものを見る目で眺めた。

「懐かれ過ぎだろ……」

「俺もそう思う」

真顔で頷く俺。何しろ一回助けただけで、顔を合わせていたのは一日。忘れられていても不思議じゃないと思うんだけどな。

そこに、陸を見た誰かの声。

「――船長のお戻りだ！」

俺たちも振り返って、船着き場を悠々とこちらに向かって歩いて来る一団を見た。見覚えのある船長の傍に、船から彼を町まで捜しに行ったのだろうひょろりとした男が張り付き、あれこれと話し掛けている。事の経緯を説明しているものと思われた。船長は「わかったわかった」と言わんばかりに手を振って、目を上げた。

ちょうど俺と目が合った。

船長はちょっと面白そうに笑って、俺に向かって片手を上げる。俺も取り敢えず同じようにして、遠目から挨拶を交わした。

「――ははあ、船を探してると」

船の上に戻って来た船長は、ずらりと並んだ元海賊を従え、コリウスと俺を先頭にした俺たち六人組を見渡しながら腕を組む。

「はい、ガルシアの任務で南まで行かなくてはならないもので」

冷静極まりない顔で頷くコリウス。

俺たちが救世主であると暴露した場合、既にお祭り騒ぎになっているこの船の上が、取り返しのつかない大騒ぎになりかねない。わざわざ救世主の威光を振り翳《かざ》さずとも、多分こいつらは南の海への航海を引き受けてくれそう――ということで、一言も交わさずとも俺たちは、自分たちの身分を黙っておこうという暗黙の了解を共有していた。

「南、なぁ」

が、予想に反し船長は難しい顔。がりがりと頭を掻く彼に、「どうしたんですか船長!」「行きましょうよ船長!」と声が掛かる。それに、「うるせぇ!」と返したのち、船長は俺たちに向き直って渋い表情を見せた。

「南っつったら、あれだろ。魔界だろ」

途端、ぴたりと押し黙る元海賊たち。しばしの沈黙ののち、ハーヴィンが愕然とした顔で俺を見てきた。

「……え? 諸島までじゃなくて、そこまで行くんすか?」

その声を皮切りに、今度は、「やめときましょう船長!」「さすがにやばいです船長!」と声が掛かる。

コリウスがちらりと俺を見た。他を当たるか打診する顔だったが、同時に、この船を確保した方が無難であると考えている表情でもあった。

魔王《おれ》が魔王らしい活動を一切していない今の時代であっても、船乗りの反応はこれである。魔界には近寄りたくないというのが、いつの時代の船乗りにも共通している考えだ。今まで、俺たちの魔王討伐に付き合ってくれた船乗りたちも、その時代の権力者の直接の勅命があったからこそ——そして、救世主を乗せているという自覚があったからこそ、そこまで船を出してくれていたのだ。今回、俺たちは自分たちで船を探さなければならないわけだが、だからこそ、「自分たちは皇帝の勅命を受けている」ということを説明することしか出来ない。

一押しすれば頑張ってくれそうな、この船で魔界まで行って帰って来るのが理想的なのだ。あと、相手が元海賊だと思えばこそ、他の人たちを魔界まで連れて行くのに比べて罪悪感が少ない。

だが、さて、どう説得したものか。

おまえたちは俺に命の借りがあるよな？　と迫ることも出来るが、恩着せがましいことはしたくない。元海賊たちに悪いからというよりは、俺がそんなことをする奴だとトゥイーディアに思われたくない。もうこれ以上なく悪くなっている俺の心証を、なお落とすような真似はしたくない。

船長は困った様子で、後ろの船員たちと何か小声で遣り取りしている。意外にも、独断専行の姿勢ではないらしい。

ややあって船長が俺に向き直り、指を一本立てた。

「おい坊主」

「なんだ船長」

どうやら元海賊たちの間で議論が決着を見たらしいと、俺もやや警戒しながら応じる。その俺に、船長はちょっと顔を顰めつつ。

「魔界のどの辺まで行くんだ。まさか上陸しろとは言うまい？」

俺はちらっとコリウスを見た。今度の目配せの意味は、「いつも通りでいい？」だ。何しろ船で魔界に行くのは何十回と経験のあることなので。いつも船からは魔界から少し離れた所で下りて、その後はアナベルに道を造ってもらうなり、コリウスに運んでもらうなりして上陸していた。俺の視線を受けて、コリウスが振り返ってアナベルを見遣る。二人で頷き合っているのを見て、俺は船長に視線を戻した。

「いや、上陸までは要らない。近くまで行ってくれればいい――あと、帰り道に拾ってくれるように、その辺で待機してくれていれば」

帰り道を想定して船乗りと交渉するのは久し振りなので、俺は漠然とした違和感を覚えた。今までは、勅命を受けた船乗りと打ち合わせするときも、「復路は何とかするから、取り敢えず魔界からは引き返していい」という指示を出すことばっかりだった。一度だけ、復路もお願いしたことがあるが、結局そのときも、生きて帰ることは出来なかったし。

俺の返答を受けて、再び船長が船員たちと小声で遣り取りする。

しばし手持ち無沙汰で待った俺たちに向き直った船長が、偉そうにふんぞり返って言い放った。

「――いいだろう、乗せてやる。魔界の手前までなら行けねぇこともなかろう。坊主、命の恩に免じてやらぁ」

「マジ？　やった」

思わず素《す》で喜ぶ俺を後目に、コリウスがさっさと船賃の交渉に入る。その局面に入ると俺は役に立たないので、無言で一歩下がっておいた。代わってディセントラが、コリウスが押し切られそうになったときの保険として一歩前に出たが、心配は無用だった。ものの数分で、たいへん良心的なお値段で交渉は決着をみた。

前金として三分の一を、そして魔界到着時点で残りのうち三分の一を、そして俺たちが魔界から戻ってきた際、改めて復路にて乗船したときに最後の三分の一を支払う。旅程で必要となった経費は、当座はアーロ商会側が立替え、精算はここまで無事に戻ってきた後、最後に纏めて支払う——というところまでを決定した。ちなみに前金で五百アルアだ。アルアというのがこの国の通貨単位で、三百アルアあれば一箇月余裕で暮らせるかな、という相場。危険を呑んであの距離を航海してもらうのだから、総額千五百アルアの船賃は格安といえた。「C《100》」の表記のあるアルア紙幣を、無造作に五枚数えて渡すコリウス。受け取った船長が指先を舐めて枚数を検《あらた》め、頷いてコリウスと握手を交わした。

コリウスが金を取り出した瞬間、この時代の貨幣が紙であることに愕然としていた俺を思い出したのか、元海賊連中が微妙に生温かい目で俺を見てきた。俺はそっぽを向いておいた。

話が纏まり、俺たちは一旦下船の流れとなった。さすがに元海賊たちも、長期に及ぶ航海となれば準備があるし、今から船を出していてはすぐに日が暮れてしまう。そんなわけで、本日はアミラットで一泊することになる。明日の朝九時にここに来い、と、金の懐中時計を見ながら船長が宣《のたま》うのに、俺たちが頷いて今日は解散。

船長が物資の調達の音頭を取るのを背中に聞きつつ船を下り、俺たちは桟橋を渡って陸に戻った。

宿を探しに歩き出しながら、コリウスが至って真面目な声音で俺に向かって言った。

「今生のルドベキアに人脈があって良かった。予算を大幅に下回ったぞ」

あれを果たして人脈と言えるのか。微妙な顔で苦笑いするしかない俺に、カルディオスが大笑いした。


ぐぅらり、と船が揺れて、俺は目を開けた。覚えず、眉間に皺を寄せてしまう。

――ここは、アーロ商会の船の上だ。恙《つつが》なく出航したこの船が、最初の夜を迎えている。

俺たちは綺麗に整頓された船室を貸し出されていて、ハンモックを吊るして眠るようになっている。床で雑魚寝《ざこね》をするよりは揺れも感じにくくなっているはずだが、今日は波が高いのかな。目が覚めてしまった。二度寝の気配を待ったが、どうやら眠気はどこかに去ってしまったらしい。

起き上がって、同室で眠るコリウスとカルディオスを起こさないよう、そっと床に下りる。ぎぃ、と床が軋んだが、それほど大きな音でもなく、二人とも反応を示さなかった。

船室の扉を開け、外に出る。そのまま足音を忍ばせて甲板に向かった。途中、船員たちが雑魚寝している部屋も通ったが、爆睡している者ばかりで、俺が通っても起きる気配はない。

階段を上がり、格子の上げ戸を開いて甲板に出る。さすがに甲板は無人ということはなくて、不寝《ふしん》番《ばん》がちらほらといるようだった。海面から突き出す岩山に気付かず衝突すれば座礁してしまうし、それこそ海賊船なんかにも気を付けなくてはいけないからね。甲板上には、要所要所にカンテラが置かれたり吊るされたりして、夜であってもほんのりと明るい。

俺に気付いた不寝番の一人が、忠犬の如くに駆け寄って来た。

「兄貴、どうなさいました？」

「目が覚めただけだ。気にすんな」

見張り頑張れよ、と肩を叩いてやると、不寝番の彼はぴんっと背筋を伸ばし、小走りで持ち場に戻って行った。可愛いとこあるじゃん。

そのまま俺は甲板を端まで歩き、欄干に寄り掛かって、暗い海をぼんやりと眺めた。黒々と続く水面は、時折船上の明かりを弾いて橙色がかった白い光を受けて翻《ひるがえ》る。延々と続く暗闇を眺めていると、漂流生活の間のことを思い出した。あのときはつらかったな……。

しばらくそうしていたが、ふと背後から足音が聞こえて、俺は振り返った。そしてそこにアナベルの姿を認めて、ちょっと目を見開く。

「よう、アナベル。どうした？」

「あなたこそ」

アナベルは素っ気なく言って、俺に並んで欄干に肘を突いた。

「あたしは起きちゃっただけ」

「俺もだよ」

応じて、俺は口を閉じた。元来が無口で無愛想なアナベルが相手だと、そんなに会話は続かない。でもそれがこいつとの呼吸になっているから、別に居心地が悪かったりはしない。もう覚えてもいない昔から、こいつはそういう奴だった。

しばらく沈黙が続いた後、アナベルがぼそりと呟いた。

「ここ、どの辺りかしら」

「さあ」

肩を竦めて、俺は憶測を口にする。

「諸島の辺りじゃね？」

アナベルは小さく頷いたのみで相槌すら寄越さなかったが、こいつにとっては頷きすらも返答の一種である。俺はそのまま、「そういえば」と言葉を続けた。

「漂流中に、諸島のどっかに漂着したな」

「あら、そうなの」

アナベルの声色からは、話題に対して興味があるのかどうかすら判然としない。こいつの声色や表情の機微を察することが出来たのはたった一人だけで、もうその人はいない。

「多分、諸島の中でも南の方の島だと思うけど。以前は人がいたっぽくて、地下になんか大広間みたいなのがあってさ。そこに落っこちて危うく死ぬかと思ったよ」

愚痴っぽく続けた俺に、応じるアナベルの声は平淡だ。

「運が無かったわね」

「ほんとになー」

溜息混じりに言葉を吐いた俺は、ぐっと欄干を押し出すようにして伸びをしながら、何の気なしに呟いた。

「今度は行きも帰りも船に乗れそうで安心だ」

そう言った直後、俺ははっとした。そして、続いたアナベルの台詞に息を止めた。

「……帰り、ね」

俺は息を吸い込んだ。――アナベルにとっては、今回の俺たちが魔界から大陸に帰れるだろうということは、皮肉な朗報なのだ。わかっていたはずなのに、どうして口を滑らせたんだろう。

「――今回は、あそこから帰れるかしら」

「……………」

俺は返答が出来なかった。

アナベルが、持ち前の悲観論以外に未来のことを話すことすら非常に稀《まれ》で、しかも話題が話題だ。

――本音を言えば、恐らく、今回の俺たちは魔界から大陸に帰ることが出来るだろう。魔界にヘリアンサスはいないなら、俺たちを殺せる奴はいない。

でも、それは遅すぎる。

黙り込んだ俺をちらりと見て、アナベルは強張った微笑みを浮かべた。彼女が微笑むことすら珍しいのに、こんな顔なんて、本当に数えるほどしか見たことがない。

「……本当に、魔王になるなら、――もっと早くになってくれれば良かったのに」

小さな声で――隣の俺にすら、届くか届かないかといった程度の声で、冗談めかしてそう言ったアナベルに、俺は思わず頷いていた。

「――うん、そうだな」

アナベルは薄紫の目を俺から逸らして、早口に言った。

「いいえ、ごめんなさい、冗談よ。今回のあなたの生まれは、本当に気の毒だった」

――いや、きっと、さっきのがアナベルの本音だ。ずっと我慢して隠していたのだ。それが、このタイミングで漏れてしまったんだろう。

こいつにとって、魔王討伐よりもずっと大切にしなければならないことが人生にあったとき、アナベルはそれを選べなかった。絶対に、アナベルだけは生かして帰すと誓ったのに、俺たちはそれを守れなかった。

「あたしたちは、今回はきっと――」

アナベルが言い差して、そして思い留《とど》まったかのように口を噤んだ。

なんだよ。珍しく、アナベルから明るい未来予想が聞けるかと思ったのに。

小さく首を振って、アナベルが自嘲気味に呟く。

「最低ね、あたしは」

「アナベル？」

思わず語尾を上げて呼ばわった俺の声に、アナベルは欄干から離れながらひらりと手を振った。

「いいえ、何でもない。——おやすみなさい、ルドベキア」

「おい、大丈夫か」

咄嗟に、アナベルを追うように欄干に半ば背を向けながら、俺はそう訊いていた。アナベルの纏う雰囲気に危ういものがあることを、微かに感じ取っていたがゆえに。

もう既に俺に背を向けていたアナベルが、薄青い髪を揺らして振り返った。薄紫の大きな目を軽く瞠《みは》って、彼女は儚《はかな》いばかりの微笑を浮かべた。

「——もちろん、大丈夫よ」

あの人でなくても、それが嘘だと明確にわかる声音で言って、アナベルは素っ気なく肩を竦《すく》めた。

「もう何十年も前のことよ」

違うだろ、と俺は言い掛けた。

確かに客観的に見ればそれほど前のことであっても、おまえにとっては違うだろ、と。未だに毎晩思い出しているだろう、と。

けれど、そう言ってしまうことがアナベルの傷を抉ることになるとわかっていたから、俺は言葉を呑み込んで頷いた。

「……そっか」

ええ、と頷きを返して、アナベルは今度こそ、ひらひらと手を振って踵《きびす》を返した。

それを見送って、再び欄干に肘を乗せて暗い海を眺めながら、俺はぼんやりとあの人のことを思い出していた。

アナベルの、唯一無二の最愛の人を。

船旅の間に俺がやるべきことといえば、そもそも誰が熱心に俺を殺そうとしているのか、という犯人捜しである。だが、これについては、俺は自分で自分の頭をかち割りそうになった。何しろ情報が足りない。

なんでだよ！　とカルディオスには盛大に突っ込まれたが、これに対しては俺も言い訳がある。

「生き延びるのに精いっぱいだったんだよ！」

抑えた声で絶叫。ここは船室だが、さすがに元海賊たちに堂々と聞かせていい話ではないからね。大陸にいるときも、魔界の一言が周りに聞こえるのが怖くて、こういう作戦会議は出来なかったわけで。

俺の抑えた絶叫に、トゥイーディアの顔が明らかに険しくなった。俺は内心で大いにびびったが、それが表情に出ることはなく。

ただ、いかに俺が馬鹿でも仮説は立てられる。

「――ただ、俺が知ってる限りでも、俺の護衛のはずの連中は買収されたか、最初っから俺をぶっ殺そうとしてる奴に付いてるか、どっちかだった」

知ってる限りで何回か、暗殺者を親切にも俺の部屋に入れてやってたしね。

トゥイーディアの表情が、また険しくなった。カルディオスがそれをちらっと見て、なぜか困ったような顔をする。

コリウスは淡々とした表情で、俺の言わんとするところを汲み取ってくれた。

「つまり、誰にしろそれなりに権力のある者が、おまえを殺そうとしている、というわけだね」

「そう」

俺が頷くと、トゥイーディアが軽く息を吸い込んでから口を開いた。声が、普段に比べて低い。荒らげそうになる声を、無理に抑え込んだみたいだった。

「――一番権力があって偉い奴は誰なの？」

俺は顔を顰める。嫌味なジジイの顔が脳裏を過《よぎ》った。

「……魔王輔弼《ほひつ》だな。魔王が即位するまでは、国政の全部を取り仕切ってるのはあのジジイだって話だった」

「じゃあ、そいつから当たるのが筋《すじ》じゃないの？」

トゥイーディアが苛立ったように言ったが、俺はますます顔を顰めてしまった。

「いや、あのジジイが俺を殺そうとしてるっていうのは、ないと思う」

「なんで」

いささかつっけんどんにトゥイーディアが尋ね、俺とトゥイーディアの声音が、二人して不穏なものになってきたので、ディセントラが喧嘩の仲裁に備えるように、じりじりと俺たちに近寄ってきていた。彼女の顔色が少しばかり悪いのは、こいつが船酔いしやすい性質《たち》だからだ。とはいえ、高貴な生まれを引き当て続けた女王様気質の意地が為せる業《わざ》なのか、人前で嘔吐しているところは見たことがない。

俺は息を吐く。心臓に鮮烈な痛みが走った。

――はっきりと覚えている。解毒が間に合わず、握った手が冷たくなっていく毒見役。呼び掛けてもぴくりとも動かない毒見役。お腹に子供がいる状態で、俺から夫の死亡を聞かされ、愕然とした顔をする奥さん――

「俺の……巻き添えみたいな形で亡くなった人もいるんだ」

声が震えそうになったので、俺は咳払いで誤魔化した。とはいえ指は震えたので、それをぎゅっと握った拳に隠す。

「さすがに為政者が、自国民にそんな真似をすると思うか？　それも七年間も。するわけねぇだろ」

トゥイーディアは俺をじっと見た。船窓から射し込む陽光が、彼女の、潮風を受けて少し癖が強くなったように見える蜂蜜色の髪を煌めかせている。それから、彼女は言葉を選ぶように言った。

「きみの……きみのせいじゃないわ」

俺はそれを無視して、殆ど言い掛かりに近い切り返しをしていた。

「――それとも、おまえ、ヘリアンサスから俺を殺そうとする奴が誰かってことまで聞いてたのか」

その瞬間、トゥイーディアの頬が微かに強張った。俺が思わず目を見開くと同時に、トゥイーディアが素早く顔を伏せる。俺とカルディオスは顔を見合わせ、「今の見たか？」と言わんばかりに目配せしてしまう。

しかしトゥイーディアは、何事もなかったかのように呟いた。

「そうね、でも、きみが言うなら、その一番偉い奴が犯人っていうわけじゃないのかもね。でも、それならそれで、いいんじゃない？　犯人じゃないなら、きみを主君として歓迎してくれるはずでしょう――情報提供でもなんでもしてくれるんじゃないかしら」

俺に、「何か知ってるのか」と尋ねる隙を与えず、トゥイーディアは立て板に水でそう続けた。ついでに、俺がトゥイーディアを問い詰めて喧嘩が勃発するのを回避したいのだろうコリウスが、それに言葉をくっつけるように議論を引き取ったので、俺はますます口を挟む隙を失う。

「あるいは――望み薄だろうが――あの兵器の、何と言うのかな、整備を担当していた連中を見付けられれば、そちらから話が聞ける。あの兵器は、動くときでも魔力の気配はなかっただろう――何かの機械仕掛けで動いていたはずだ」

「それにしては、あれを動かしている人がいなかったけれどね」

ディセントラはそう言ったものの、「まあ、お勤め内容が、あの兵器のお手入れだった人もいるはずよね」と言葉を零《こぼ》し、俺を見た。

「あんたは絶対にあの兵器には近付けなかったんでしょう？　どこか、絶対に近付いちゃ駄目だってはっきり言われてたところはある？　そこを覗いてから、……なんて呼ぶんだったかしら、その、今の権力者のところに顔を出すのでもいいんじゃない？」

ものすごく軽い語調で他国の王城への侵入計画を立てているわけだが、これには所以《ゆえん》がある。

ヘリアンサスには敢《あ》え無く惨殺されてきた俺たちでも、あいつ以外に殺されたことはない。コリウスだけは別の奴に殺されたこともあるけれど、現場を見ていたわけではないが（見てたら止めてる）、あれは状況が悪かった不意打ちに違いなかった。というわけで、ヘリアンサスがいないことが確定している魔界において、六人揃っている俺たちの行動に制約がかかることは、人命がかかる場合を除いて殆どないだろう。

——入ってはいけないと明言されていた場所、ね。

俺は腕を組んで、答える。

「——機織《はたお》り塔」

みんながみんな、「はたおり塔？」と首を傾げたが、「いつも魔王の城に乗り込むとき、近くに高い塔があるだろ、それ」と言うと、みんな納得していた。あの城、殴り込みをかけてきた回数だけは半端じゃないもんで。

「あそこだけは近付くなって言われてたな」

「なるほどね。——機織り、ねぇ」

とディセントラが腕を組む。

「名前からして外れっぽいけど、そこもちょっと覗いてみましょうか……——ちょっと失礼」

ディセントラが立ち上がり、よろめきながら船室から出ようとする。気分の悪さが限界に達したのだろう。カルディオスが慌てた様子で続いて立ち上がり、ディセントラの手を取って、「だいじょーぶ？」と声を掛けながら、甲板に連れて行った。

それを見送ってから、トゥイーディアが俺に向かって微笑みかけた。

「ほんと――きみって、考え方が善良だよね」

「考え無しって言ってるのか、それ？」

ドスの利いた俺の声に、トゥイーディアは心外そうに目を瞠ってみせた。

「違う違う。褒めてるのよ、ばかもの」

「あ？」

「はい、そこ、喧嘩しないで」

アナベルが素早く俺たちの間に割り込んで、深々と溜息を吐いた。

「ディセントラがいないんだから、喧嘩するなら後にして」


それからおよそ二箇月後、俺たちは魔界の島影を遠目に見ていた。

魔界の最北端に上陸するとなると、あの峻険な崖を登らなければならなくなる。コリウスがいるので大丈夫だろうが、俺たちはもはや癖のように、魔界の西側の漁港付近に上陸のポイントを定めていた。

途中、レヴナントを見掛けることはあったものの、俺たちが苦戦するはずなかった。というか海の上であれば、アナベルが最強といって差し支《つか》えない。何しろ周りは水だらけ。〈状態を推移させること〉を得意分野として持つ彼女ならば、海水を如何ようにも変容させてレヴナントを片付けることが可能なのである。一度、余りにも鮮やかに彼女がレヴナントを始末して以来、元海賊たちがアナベルを「姐《ねえ》さん」と呼ぶようになった。

海賊船らしきものも見かけることがあったが、こちらは交戦まで発展せずにほっとしたところ。むしろ一番船上がぴりついたのは、俺とトゥイーディアが大喧嘩をしたときだ。とにかく俺はトゥイーディアに無礼に接することしか出来ないので、俺たちは犬猿の仲と言われる通り、喧嘩が多い。そんな喧嘩が船上で勃発したときは、さすがにコリウスに怒られた。「船を沈める気か」と説教され、トゥイーディアはディセントラに説教され、その後は十日間に亘って俺と口を利いてくれなかった。

その間、俺の世界は真っ暗だった。

――遠目に見える魔界の影に、元海賊たちはいつもの元気はどこへやら、びびり上がって身を縮めている。俺としては心的負担で腹が痛い。何しろあそこは、俺のとばっちりで死んでしまった人の家族がいるところだ。合わせる顔がない。俺がさっさと死んでさえいれば、あの人たちは死なずに済んだのだ。

呼吸も難しくなりつつある俺を後目《しりめ》に、コリウスがてきぱきと停船の指示を出した。アナベルと何やら相談して、アナベルが俺たちを振り返って、「歩いてね」と念を押してくる。今回はどうやら、アナベルが道を造るということで落ち着いたらしい。

復路において、この船とどうやって合流するかが大問題だが、そこもコリウスが話を纏めた。半月に一回この周辺に来い、沿岸まで戻っていれば必ず合図する――と、力業すぎる提案をしていて、トゥイーディアとカルディオスが、ずっと肩を震わせていた。

約束の五百アルアを支払い、縄梯子を下ろしてもらって、アナベルが造り出した氷の足場に六人揃って降り立つ。さすがアナベル、滑らないように氷の表面に小さな凹凸を作るところまで余念がない。もうすっかり季節は真夏だが、その暑い日差しの中にあってなお、溶ける気配すらない強固な氷である。

荷物は最低限。コリウスは路銀を手元に持っているが、魔界で大陸の通貨は使えないことは俺が保証する。単純に、有り金をこの船に置いて行ってしまえば、復路の約束が守られず、元海賊どもがとんずらする可能性があるからである。

まあ、その危険性は薄そうだけど……。

「兄貴ーっ、お気をつけてーっ！」

「姐さんもご無事でーっ！」

「待ってますからねーっ！」

欄干に鈴生《な》りになって手を振る元海賊たちに手を振り返しつつ、俺は思わず半笑いでアナベルに向かって言った。

「懐かれてるじゃねえか、アナベル」

「あなたほどじゃないわよ」

極めて素っ気なくアナベルは答え、薄青い髪を靡かせながら行く手に向き直った。す、と手を伸ばして、繊細な仕草で前方を指差す。

――途端、ぱきっ、と高い音がして、進行方向に氷の足場が広がった。

白い冷気を纏って伸びる氷結の道に、船の上からは暢気な大歓声が上がった。

救世主の一人、コリウスの固有の力は、〈動かすこと〉。つまり、こいつがいれば移動も楽ちん。勢い余って殺しちゃいそうだからという理由で、さすがのコリウスも自分以外を瞬間移動させることは出来ないが、ただ運んでもらうのでも、俺とコリウスでは段違いにコリウスが速い。俺が一人で魔界を脱出したときとは雲泥《うんでい》の差。思わず、「あのときもおまえがいたら楽だったただろうな」と独り言《ご》ちると、曖昧な顔で肩を竦められた。

大陸の方では、もう夏の盛りは過ぎただろうか。だが、南の魔界においては、今も夏真っ盛り。目に映る山々は眩しいほどに青々としており、夕立の後には肥沃な土が香る。大陸北方出身のトゥイーディアとカルディオス、そしてアナベルは、この暑さに完全に白旗を揚げていた。コリウスの今の生家の領地は、どうやら大陸の南海岸に接しているらしく、彼はまだ耐えていたものの、決して居心地がいいとは思っていない様子だった。ディセントラは極端に暑いのも寒いのも嫌うので、若干辟易としている様子。俺としてはいい季節だった。寒いよりは断然マシ。川のせせらぎを聞きながら緑の草原に寝転がって小休止を取っているときなどは、平和なこの時間が永久に続けばいいのに、とさえ思う。とはいえ、強烈な夏の日差しは、トゥイーディアには深刻な問題であるようだった。北国出身の彼女は、どうやら日焼けすると皮膚が赤くなってひりひりするらしい。「痛い……」と、赤くなった鼻の頭を庇ってつらそうにするトゥイーディアの肌を、何度かアナベルが冷やしてやっていた。魔王だけに許される権能に治癒が含まれるということは、俺たちにとっては周知の事実なので、カルディオスが何度か、「イーディを治してやれば？」と俺に言ってきたが、俺は断じてそのためには動けなかった。

——そんな旅程も、コリウスのお蔭で、僅か半月で終わりを迎えた。魔界への上陸から半月後の夕方、俺たちは魔界の王都を前にしていた。

いよいよこの場に至って、嫌な思い出が走馬灯のように駆け巡り、俺は冷や汗が止まらない。脳裏に過るのは、解毒が間に合わず、握った手が冷たくなっていく毒見役。呼び掛けてもぴくりとも動かない毒見役。お腹に子供がいる状態で、俺から夫の死亡を聞かされ、愕然とした顔をする奥さん——。

動悸がする。顔色が変わっている自覚がある。みんながめちゃくちゃ俺を心配してくれるが、大丈夫だと言い置いて、しばらく一人になって気持ちを切り替えた。

体力と魔力の回復のため、早々に眠り込んだコリウスを置いて、俺たちは熾《おこ》した火を囲んで暢気な雑談に興じた。王都の前で小休止を挟むのはいつもの慣例だ。とはいえ、いつもはここまで来ると、いよいよ死期を悟った気持ちになって、緊張と諦念が綯交《ないま》ぜになったような心地で、みんな無言になることが多かったから、

「なんか、新鮮といやぁ新鮮な気持ち」

と、カルディオスがそっと言ったのが、みんなの気持ちの代弁になっていた。

いよいよ、俺が魔界で生まれてしまった因縁と禍根を絶つときがきた。

さて、真夜中になってコリウスを揺り起こし、俺たちは魔王の城を目指して王都へ足を踏み入れる。

魔界は、完全に外界から隔絶された環境にある。ついでに、温暖な気候の恵みを受けて、大陸のどこよりも肥沃な大地を持っている。魔族の人口もさほど多くなく、つまりどんな社会かというと、非常に牧歌的な民族風土を持っているのだ。辛うじて唯一の外的と言えるだろう救世主——俺たちも、用があるのは魔王一人だし、魔王へリアンサスは周囲に護衛を侍《はべ》らせているなんてこともなく（というのも、あいつが異常に強過ぎるからだが）、俺たちは大抵、何の邪魔もなく玉座の間への殴り込みに成功していた。

そんなわけで、大陸では信じられないほど、王都に入り込むのは簡単だし、慎ましい規模の王都を進んでいくのもわけない話だ。ここが大陸であれば、まず王都には市壁が巡らされていて門は堅く閉ざされているはずだし、深夜であっても警邏《けいら》隊が巡っているはずだから、その差はまさに雲泥。ただ、さすがに、本丸である魔王の城まですんなり入っていけるかというと、そんなことはない。いつもは白昼堂々、救世主として名乗りを上げて正面突破を試みれば、肝を潰した魔族たちが道を開けてくれるが、今回はそうするわけにもいかない。

だが、世の中には魔法というものがあって、俺たちには世間一般でいうよりも更に、その恩恵がある。

目くらましの魔法というものがある。

これは文字通り、周りから姿を隠す魔法だ。消費魔力がかなり大きいので、俺たちは自分たちの他にこの魔法をひょいひょい使える人を知らない。この魔法があれば、松明《たいまつ》が煌々と夜陰を照らす魔王の城にも潜り込めるという話だ。そしてこの魔法は、同じ術者が掛けた魔法の中にいる者どうしはお互いの姿が見えるという特性を持つ。全員がばらばらに自分をこの魔法で覆ってしまうと、お互いに衝突しまくる未来は目に見えている。そこで、誰かが代表して全員をこの魔法で覆うことになるが、

「おまえらのどっちかな」


と、カルディオスが俺とトゥイーディアを指差した。まあ、俺たちの魔力は、それぞれの立場があって、他のみんなより頭一つ抜けているから、その判断は妥当。

というわけで、公明正大なコイン投げの結果、俺が魔法を使うことになった。斯くして姿を隠して、俺たちは魔王の城に潜り込む。

さすがにここで迷子になる奴はおらず、巡回している見張り番に見つかるようなヘマをする奴もいなかった。一番ヘマをしそうだったのは俺とアナベルだ。アナベルは言わずもがな、不安定な場所では割と足を滑らせそうになるからで、途中からトゥイーディアが彼女にぴったり張り付いていた。さすが、今生の彼女は騎士というだけあって、トゥイーディアの足取りは誰よりも確かだった。俺の方は心情的な問題である。巡回している見張り番にも、顔を見たことがある人はいるわけで、俺は始終どきどきしていたのだ。

数十分後、俺は恙なく機織り塔の下で魔法を解いた。みんなが暗い中で機織り塔を見上げている。細い蔦の絡む、灰色の石造りの塔である。近付いてはならんと言われていたこともあり、そしてその言いつけに背く特段の動機もなかったので、俺が間近でこの塔を見るのは初めてのことだった。入ってはならんと言い渡すからには、周囲に見張りでもいるのかと思いきや、そんなこともなかった。まるでこの塔のある一画だけが忘れ去られてしまっているようで、塔は丈高く繁った雑草に囲まれており、塔そのものの石のブロックにも、一部に苔《こけ》がびっしりと生えていたり、頼りなげな野草が石の間から顔を出していたりする。そして、この塔には窓がない。塔の中から漏れてくる明かりもなく、遠くの篝火《かがりび》の明かりだけが頼りになっている。

「なんかもう、見るからにここは外れっぽいわね……」

アナベルが呟いた。確かに、と各々《おのおの》頷きつつ、それでも義理のように、俺たちはぐるっと塔の周りを回る。塔の基部には他より黒っぽい石が使われていて、扉は一箇所で、鋲を打った木材で出来ている。扉はよくあるアーチ形をしているが、妙に小さい。俺が潜ろうとすれば、膝立ちにならなければならないだろう。トゥイーディアが扉に耳を近付けたが、何も聞こえなかったのか、首を振ってすぐに離れた。

俺が、「一応中も見ておく？」と、みんなに向かって合図したときだった。

――ぎっ、と、軋むような音がした。

そして、機織り塔の小さな扉が、内側に向かって開いているのを見た。

「――」

俺は黙ってそれを見たあと、コリウスを振り向いた。手振りで、「おまえ？」と訊いてみる。こういう扉をこじ開けるのが得意なのはコリウスだからね。だが、コリウスは眉を顰めて首を横に振った。他のみんなの顔も見たが、みんなが訝しそうにしている。

俺が、そっ、と、意味もなく足音をひそめて開いた扉に足を向けると、アナベルが彼女らしい悲観論者っぷりを発揮して、「まずいことになるんじゃない」と言ってきた。カルディオスが呆れたように息を吸い込む。

「アナベル、おまえさぁ」

「カル」

トゥイーディアが窘《たしな》めた。珍しいといえば珍しい。トゥイーディアはこれまでの人生だと、常軌を逸するアナベルの悲観論者っぷりを宥める方だったから。カルディオスのみならず、アナベルもびっくりしたようにトゥイーディアを見た。アナベルに至っては、何かを疑うような顔をしている。

それを後目に、ディセントラが警戒ぎみの声で呟く。

「——まあ、最初から、ここは見ておこうっていう話だったものね。扉が動いたとき、私は魔力を欠片《かけら》も感じなかったんだけど、みんなはどう？」

「俺も感じなかった」

カルディオスが申告し、さっきアナベルを咎めた口で、心配そうに俺に向かって言ってきた。

「ルド、中を覗くのはいーけど、気を付けてな」

俺はこくんと頷き、扉の小ささゆえに地面に膝を突いて、内側に開いた扉の奥を覗き込んだ。

――途端、感じたのは涼やかさ。塔の中の空気が、夜とはいえこの真夏には信じられないほどに冷えているのだ。

――ぎぃ、ばたん、ぎぃ、ばたん、と、規則的な音が聞こえてきた。機織り塔の名の通り、中で誰かが機を織っているかのような。

扉の内側に半身を入れるようにして、俺は塔内部を見た。

――中は暗い。この塔には明かり取りの窓もなく、灯火の一つも点《とも》されていない。そんな中で誰が機を織っているのか疑問だが。――だが、完璧な闇ではなかった。塔の天井部分が、丸ごと天窓になっているのだ。透き通った玻璃《はり》を透して、月光が降り注いでいる。灰色の石を積み上げただけの、素っ気ない塔の内側に、白く月光が差し込む光景はいっそ神秘的だった。

――ぎぃ、ばたん。ぎぃ、ばたん。

そして内部で、何よりも目を引くのは織物だった。床に幾重にも折り重なり、積み重なるほどに、織物が塔の内側で溢れ返っているのだ。その織物は、塔の上部から垂れ下がり、床に達している。奇妙なことに、一枚一枚決まった大きさの――あるいは必要な大きさの――布地を織るのではなくて、ずっとただひたすらに機を織り続けたかのように。積み重なる織物は真っ黒で、俺はこれほど黒い布地を見たことがなかった。

――ぎぃ、ばたん。ぎぃ、ばたん。

垂れ下がる布地を追って視線を上げる。塔の壁際に、螺旋《らせん》階段が設けられていた。壁を巡って上へ上へと続く、手摺も何もない、幅の狭い螺旋階段。見上げれば塔は吹き抜けになっており、螺旋階段は塔の最上部まで続いている様子だった。

――ぎぃ、ばたん。ぎぃ、ばたん。

誰かいる。螺旋階段の果て、天窓の近くに誰かがいる。さすがに明かりが足りず、仔細《しさい》は見て取れない。だが影になっているからわかる。

――ぎぃ、ばたん。ぎぃ、ばたん。

影になって見えるのは、螺旋階段の頂上が、どうやら小さな踊り場のようになっているということ。螺旋階段の最後の数段が、奇妙なことに、何の支えもなく中空へ伸び、塔の最上部中央の、小さな踊り場へ続いている形だ。そして、そこに一台の機《はた》が置かれている。その機《はた》を、誰かが全身を使って動かしている――

――ぎぃ、ばたん。ぎぃ、ばたん。

踏木を踏み込み、杼《ひ》を滑らせるように通し、筬《おさ》を手前にぐっと引く。規則正しいその動きを繰り返している人影。どうやらかなり小柄らしいと、塔の高さ分の距離が開いていてなお見て取れた。その人物が織った布地が、塔の中に垂れ下がって床に積み重なっているのだ。

――ぎぃ、ばたん。ぎぃ、ばたん。

扉が開いたことにも気づいていない様子で、一心に機《はた》を織っているらしい。あるいは、日々の食事の差し入れと思って気にもしていないのか。何にしても奇妙なことだ。この大仰な塔が、たかが機織りのためだけに――しかも、一人のためだけに機能しているとは。そもそも機織りならば、城内部にそのための部屋があったはずだ。それに、ただの機織りを、魔王の目から隠そうとしていたのにも納得がいかない。

膝で滑るようにして、俺は塔の中へと入った。塔の中には、一種独特な、異様な空気が満ちていた。なんと喩えればいいのだろう、もしも万人が共通して神聖なものだとして扱うものがあれば、そのものがある空間はこういう空気に満ちるかも知れない。その空気のために俺は、気付けば息を殺していた。

——ぎぃ、ばたん。ぎぃ……。

途端、機織りの音が止まった。気付かれたことを確信して、俺は立ち上がり、最上部で機を織る人物の影を見上げた。

「……誰かいる」

俺は、扉の外に向かって囁いた。直後、トゥイーディアが、俺に続いて塔の中に入ってきた。膝立ちで扉を潜った彼女が、素早く立ち上がりながら、俺と同じく視線を上へ向ける。——そのとき、彼女も俺と同様、機を織る誰かに注意を持っていかれたことがわかった。彼女が息を呑んでいる。

続いて、みんなが次々に中へ滑り込んでくる。扉が余りにも小さいため、俺のように膝で滑って入って来て、素早く立ち上がった。——そして、俺とトゥイーディアと同様に、上を見て身動きを止める。この塔の中の異様な空気に、全員が打たれたかのように。

機を織っている人影はこちらを見下ろさなかった。声すら出さず、動きを止めている。

みんなと目を合わせる。戸惑った表情が、全員に共通していた。が、ここで最速の判断を下したのはトゥイーディアだった。躊躇《ためら》いなく、壁際を巡る螺旋階段に足を掛けようとしたのだ。

それを、後ろからカルディオスが止める。そして俺に無言の目配せ。何が起こるかわからないから、防御に突出した俺が先頭に立てという意味だ。

頷いて、俺は階段に足を掛けた。

ぱき、と、陶器が罅《ひび》割れるような甲高い音が聞こえた。空耳ではない——実際に、微かにではあったが聞こえた。

——なんだ？

奇妙に思いつつ、俺は早足で階段を駆け上がった。織機から目を離さず、ぐるぐると壁を巡る螺旋階段を上がる。俺のすぐ後ろにトゥイーディアが、その後ろにディセントラがいるようだった。

誰かが傍へと上がって来ていることには気付いているだろうに、織機の前に座る人物は、なおもこちらを振り返らない。近付くにつれ、その人物が小柄であることに加え、織られた布地の如く黒い肌をしていることもわかってきた。長い髪を見るに女性だろうか。

——ようやく螺旋階段を登り切り、俺は慎重な足取りで最後の数歩を踏み出そうとした。中空の踊り場へと伸びる最後の数段。そこまで来れば——ここからは織機の置かれた踊り場まで数段の段差があるから、俺たちからすれば見上げるような格好になるとはいえ——、織機の前に座る人物の後ろ姿は目の前だ。

後ろ姿の印象の、殆どを占めているのはその髪だった。長い、黒真珠のような黒髪。癖ひとつなく艶やかに、結われることもなく背中を流れ落ちている。余りにも長いので、腰掛けの上を流れ落ち、踊り場の端から零れているほどだった。滝のようなその、どこまでも黒々としているのに煌びやかな髪。

そっと、俺は中空に伸びる最初の一段に足を掛けた。

途端、今まで微動だにしなかったその人物が、ぱっとこちらを振り返った。艶やかな黒真珠の色の髪が、さざめくように波打ってその動きを彩った。

――俺は全身の動きを止めた。呼吸も詰まった。

そこにいたのは、年端《としは》もいかぬ少女だった。まだ十か、十一か。黒檀《こくたん》を彫り抜いたかのような美しい黒い肌をしていて、実際、彫刻かと思うほどに整った目鼻立ちをしていた。いっそ恐ろしいほどだった。面と向かって立つ者に、自分自身の不完全さを思い知らせるかのような、暴力的なまでの美しさ。眉の位置で切り揃えられた額髪の下で、長い漆黒の睫毛《まつげ》に囲われた大きな瞳が俺たちを見ていた。その色は銀――鏡のような色で――盲目の者の眼窩にあるべき色にあって、なおはっきりと俺たちを捉えていた。彫り抜いたかのような鼻梁の下、熟れた無花果《いちじく》の実の色の唇が、完璧に整った形で、何の感情も表わさずに結ばれている。

非常な美しさだったが、俺が動きを止めたのはそれゆえではなかった。一種の衝撃、おぞましさすら伴う驚きのために、俺は目を見開いてその場で硬直したのだ。

少女の皮膚には、およそ人のものとも思えぬ、陶器に走る罅割れのような傷が、夥《おびただ》しい数でぱっくりと口を開けていた。

顔貌こそ無事だったものの、彼女が身に纏う、質素な造りの白いドレスから覗く首筋や腕が悉《ことごと》く、まるで彼女が陶器の人形であるかのような傷に覆われている。

そしてそれでいて、痛みも全く感じていないかのような、少女の無表情。

全てが奇妙で不自然で、バランスが取れていない。

——俺だけではなく全員が、気を呑まれて少女を見詰めた。ディセントラが息を呑む気配。トゥイーディアが、反射のように両手で口許を押さえている。

少女は俺たちを順に見下ろして眺め、それから織機の方へ視線を戻した。俺たちの存在などには何の影響も受けないと言外に告げるような、極めて自然な動きだった。もしも彼女の中に拍節器《メトロノーム》が備わっているとすれば、その針が告げる拍子は、俺たちが現われる前と後とで、寸分の違いもあるまいと確信できるような。

——奇妙な点は、織機にもあった。どこからも糸が引かれていないのだ。まるで何もない空中から糸を生み出し織っているかのような、有り得べからざる光景が展開されている。

「……糸、切れちゃった」

不意に少女が呟いた。高い、水晶の笛を鳴らしたかのような声だった。

俺たちのうちの、誰も何も言えないでいるうちに、少女はもう一度俺たちを眺める方向へ視線を下ろした。

「あなたたちが来たから、切れちゃった。——嫌い」

思わず俺はみんなを振り返った。

義務感を振り絞ったらしきトゥイーディアが、恐る恐るといった様子で声を出した。

「あの——急に入って来てごめんなさい。糸はまた繋がるの？」

「もうつながらない。直らない」

打てば響くように少女が答えた。言葉の割に、口調には悲しさも悔しさも怒りもなかった。トゥイーディアは、どうしたらいいかわからないといったように瞬きをしたものの、辛うじて言葉を返した。

「……ええっと……ごめんなさい」

少女は瞬きした。彫刻に命が宿ったかのような動きだった。トゥイーディアは困惑した様子で口を噤み、俺を見た。俺は口籠ったものの、なんとか言葉を捻り出した。

「えっと——ごめんな。扉が開いたから、入って来ちゃったんだけど——」

尻切れとんぼに終わる俺の言葉を受けて、少女は瞬きする。長い睫毛が頬に影を落とした。

「もちろん、扉はひらく。ここをつくったあの子が、いつも待っているもの。ルドベキア、カルディオス」

「——なんで名前を知ってる？」

俺は呟いた。——百歩譲って、俺の名前を知っているのは、まだわかる。俺は一応、魔王だから。けれど、カルディオスは。カルディオスを振り返ると、さすがの奴も顔を強張らせていた。そして小さく首を振る。「会ったことはない」と、そういう意味だ。

少女は銀色の瞳を俺に向けた。俺は背筋がざわめくのを感じた。

「もちろん知っている。あの子が言っていた」

「あの子……？」

俺は茫然と呟く。少女は静かに睫毛を上下させた。

「ここにあの子はいないわ。なにをしにきたの」

「悪い、『あの子』って、誰だ？」

俺は尋ねた。少女はゆっくりと首を傾ける。朝が夕暮れに落ちていくような仕草。

「あの子。わたしのためのもの。――ヘリアンサス」

息を呑んだのは全員が同時だった。――ヘリアンサス。魔王ヘリアンサス。俺たちの宿敵。

だが、おかしい――この子は見たところ、まだ十か十一だ。つまり、この子が生まれたときには既に、俺が魔界にいたはずで、そのときヘリアンサスの姿は魔界にはなかった。

――どうしてこの子がヘリアンサスのことを知っている？　いや、そもそも、この子の言うヘリアンサスは、俺たちが知っているヘリアンサスと同一人物か？

「その、ヘリアンサスって、」

俺は呟くように尋ねる。

「魔王のことか？　あ、いや、少なくとも、先代の魔王のことか？」

少女は黙って俺を見つめた。鏡のような銀色の瞳に見つめられて、俺は喉が詰まるような心持ちを覚えた。

しばらくしてから、少女は静かに言った。

「ヘリアンサス。ヘリアンサスは、ひとりしかいない。――魔王じゃない」

「……まあ、今は、そうだな」

俺は思わず、そう呟いた。少女はまた首を傾げた。

「違う。ずっと違う」

その言葉を聞いた瞬間、俺のすぐ後ろにいるトゥイーディアの眼差しの温度が確実に下がった。それをまるで感知せず、少女は抑揚のない声で言い切った。

「魔王の権能があの子のためのものだったことはない」

「…………？」

俺も思わず首を傾げた。トゥイーディアも、予期した言葉と違う言葉を聞いたかのように瞬きしている。「どういうこと？」と呟くディセントラの声に、俺も内心で同意した。

――どういうことだ？

「――どういう意味だ？」

尋ねる俺の言葉に、少女は棒読みで繰り返した。

「魔王に許した権能が、あの子のためのものだったことはいちどもない」

――いや、だから、どういう意味。

俺の知る限りずっと、魔王はあいつだったし、あいつは守護において絶対法を軽々と超えて俺たちと戦ってきた。それだけでは説明がつかないほどに強かったことはさておいて、魔王の権能は間違いなくあいつのために機能してきたのだ。

それが、あいつのためのものではない？　それとも本当に、この子の言う「ヘリアンサス」は、俺たちが思い描いているあいつとは別人？

困惑した俺の横から、コリウスが慎重な声音で尋ねた。

「きみと、――きみの言うヘリアンサスは、どういう関係だ？」

少女は瞬きし、無感動に告げた。

「あの子はわたしのためのもの」

「つまり、きみの言う『ヘリアンサス』は、きみの……召使いか何かか？」

コリウスの困惑したような問いに、少女はゆっくりと首を横に振った。

「いいえ、いいえ、ちがうわ。わたしが許して、あの子を守らせているのよ。おねがいもたくさん聞いてあげたわ」

コリウスが困惑したようにこちらを振り返ったので、俺はその視線をそのままカルディオスに振り向けた。カルディオスも困った様子で、両手の指先をそれぞれ合わせ、そのうちの人差し指だけを互いにくるっと回す、例の困ったときの手癖を見せたが、身を乗り出して、子供に接するとき特有の辛抱強さのある声で、尋ねた。

「お願い？　きみがここで機を織ってるのも、そのヘリアンサスって奴のお願い？」

「これはわたしのため……」

少女は答え、カルディオスを見た。

「つくってあげたの。あの子のお気に入り。そっくりにつくって贈ってあげたの。わかるでしょう？」

「へえ、いいね」

カルディオスは微笑んで相槌《あいづち》を打ったが、その微笑も強張りがちだった。

「えーっと……何を作ってあげたんだ？」

少女は首を振った。その仕草でさえ、少女の全身に走った異様な亀裂が広がるのではないかと思え、俺は怖かった。

「もうない……こわされてしまった……トゥイーディア」

突然名前を呼ばれ、トゥイーディアが軽く跳び上がった。どきどきした様子で彼女が胸に手を当てる。

「な——なに？」

「あなたがこわした。嫌い。ほんとうに嫌い」

「私が……？」

トゥイーディアがぽかんと口を開け、俺たちを見渡した。ゆっくりと、彼女の頭の中に仮説が芽生えていくのが見えるかのようだった。トゥイーディアは息を吸い込み、驚きに瞠った目を少女に向けた。

「私が……壊した？　——ねえ、待って。それ、あなたが造ったっていうそれは、ここから海を渡って大陸の方まで来てしまった……とっても大きくて危険なもの？」

半信半疑という声音の問いに、少女は美しい眉をそよとも動かさず、淡々と応じた。

「わたしがあの人に贈った。もうない。壊された。——嫌い」

「あなたが——贈った？」

トゥイーディアが、言葉に詰まりながら復唱した。そして、飴色の目を大きく見開いて少女を眺める。

「あれを？　あの兵器を？　——あなたが作ったの？」

少女は微動だにせず、ただ唇だけを動かした。

「わたしがつくってあの子にあげた。正しいことをする機械」

トゥイーディアが目を見開いて、俺たちを振り返った。そして声を低める。

「——どういうことだと思う？　そんなことある？」

「この子が何か、誤解してるってことはないかしら……」

ディセントラも小声で、薔薇色の瞳で少女を見つめながら応じた。

「ほら、小さな子供って、自分が何かとってもすごいことを成し遂げたんだって気になっちゃうこと、あるじゃない……」

「——この子がそんな風に見えるか？」

と、俺。ちらりと振り返る。——少女の静かな銀色の瞳。この異様な雰囲気。

ディセントラも息を引いた。

「——……そうね……」

「この子、何かの病気なんじゃない？」

アナベルが気味悪そうに言った。両腕を抱くようにしている。

「もう行きましょう――」

「でも、あれを造ったって自分で言ってるこの子を、何も訊かずに素通りするのは違うんじゃない？」

トゥイーディアが遠慮がちに言った。一方でコリウスが首を振る。

「――いや、おかしいだろう。僕たちが最初にあの兵器を見たのは、百年以上も前なんだぞ。その時代にこの子がいたと思うか？　今も居続けているわけがあるか？」

俺は振り返り、少女をじっと見つめた。頼りない月明かりの中であっても、さすがに少女が幼さを残す顔貌をしており、腰の曲がった老婆ではないことは見て取れた。

「――この子が嘘を言ってるか……何か勘違いしてるか……この子も俺たちと同じか」

「この子もずっと生まれ変わり続けてるって？　そんなことあるかしら」

アナベルが懐疑的に言って、鼻に皺を寄せる。トゥイーディアが、辛うじて冗談を言おうとしたような口調で呟いた。

「どうしましょう……この子が、ヘリアンサスと交代制で魔王を担当してたら」

「馬鹿か」

コリウスが一刀両断したので、論の正誤はともかく対応として、俺はトゥイーディアの代わりにかちんときた。

「それなら僕たちが、もっと早くにこの子に会っていたはずだろう」

「それに、俺たちが殺すべきなのはヘリアンサスだろ」

俺が、トゥイーディアの案なら何でも支持したい気持ちを代償に殺されて、冷ややかに言っている。

トゥイーディアが、「まあ、そうだけど」と言いながら、ちょっと悲しそうにした。

答えの出ない議論を見守ってから、カルディオスが軽く息を吸い込み、果敢にも再び少女に話しかけた。

「きみ、ずっとここにいるの？」

「そうね」

「どのくらい長く？」

「ずっとよ」

少女の答えが要領を得ないので、カルディオスは肩を竦めて質問を変えた。

「――きみさ、もしもう一回お願いされたら、同じものってまた造れるの？」

少女が瞬きし、無邪気に首を傾げ、応じた。

「いいえ、つくれないわ。カルディオス、あなたにもできない」

俺は思わず安堵の息を漏らした。

「俺に出来ないのはわかってんだけどね」

カルディオスは苦笑しながら言って、ちらっと俺たちを見てから、思い切った様子で続けた。

「つい最近、あの兵器――ええっと、きみの造った機械が使われて、そのときに壊されちゃったと思うんだけど。きみ、誰のためにあの機械を動かしてあげたの？　ヘリアンサスのためじゃなかったんだろ?」

少女はまた、無表情に首を傾げた。そして、頷いた。

「そうね」

「誰のためだったか覚えてるかな? 俺に教えてくれる?」

カルディオスが窺うように尋ねた。俺たちはカルディオスと少女を見比べて、息を潜める。

少女は少し考える様子を見せ、——そして、唐突に機織りの腰掛けから立ち上がった。

黒真珠の彩りの髪が揺れ、白い質素なドレスの袖が翻る。ドレスの裾は引き摺るほどに長かった。

足許は素足で、やはり罅割れに覆われていた。

立ち上がった少女が、ゆっくりと、まるで水中を歩くかのような挙動で、踊り場から階段へ踏み出した。

俺は思わず、息を呑んでそれを見守った。まるで壊れ物が歩いているかのような——精巧な硝子《ガラス》細工が動いているかのような——そんな危うさのある挙動だった。

ゆっくりと、少女が段差を順に下って、俺の目の前にまで進む。足許から後ろへ、黒真珠の髪が段差を覆って打ち広がる。目の前まで来ると、彼女が非常に小柄で、身長はおよそ四フィート三インチほどであることがわかった。

鏡のような瞳で俺を見上げて、少女は水晶の笛の音のような声を出した。

「ルドベキア、カルディオス、トゥイーディア、アナベル、ディセントラ、コリウス」

全員の名前を諳《そら》んじるように呼ぶ少女に、数百年の人生経験がある俺たちが、完全に怯《ひる》んで後退《あとずさ》った。少女の――この、なんと言おう――底知れない異様さは、殆ど俺たちを圧倒していた。

そんな俺たちの表情を――その所以たる感情を、まるで理解していないような顔で俺たちを見て、少女は小首を傾げる。

「――糸が切れちゃった」

「それはごめん、わざとじゃなかった」

口早に述べ立てた俺をじっと見て、少女は更に一歩、段差を下りる。

「もう、機《はた》を織れない」

「ごめん、本当に。わざとじゃなかったんだ。来たらいけないって知らなかった」

捲し立てる俺を、なおもじっと見て、少女はさらに一歩足を踏み出す。

「あなたたちが来た。糸が切れた。あの子に会わないといけない」

俺はもはや、考えることもなく口走った。

「ごめん、俺たちはヘリアンサスに会わないんだ」

少なくとも俺は今生一度も、ヘリアンサスに会ってはいない。

「あの子がいないとしても、あなたたちといなければ。糸が切れた。機を織れない」

無感動に呟く少女が、ふ、と、泳ぐような仕草で首を傾げる。そして、出し抜けに言った。

「カルディオス、教えられる」

カルディオスが、は、と呟いたあと、ややあって咳き込むように尋ねる。

「えっ――誰のためにあの兵器を動かしたか、教えてくれんの？」

コリウスが激しくカルディオスの袖を引く。勢い余って、カルディオスが階段から落ちそうになった。わっ、と声を上げて踏み留まったカルディオスに、コリウスが激しい猜疑の表情で囁く。

「――こんな得体の知れないものの言うことが、欠片でも信用に足ると思うか？」

「そりゃそーだけど……」

口籠るカルディオス。俺は彼を見てからコリウスに目を遣り、囁くように言った。

「でも、容疑者を絞れば鎌は掛けられる。――頼む」

ディセントラを窺うと、ディセントラは、警戒ぎみの表情ではあったものの、頷いた。それを見て、カルディオスは腰が引けた様子ながらも、こくりと頷いた。

「まー、確かに、得体が知れないからこそなんか真実味あるもんな。――この子がどっかの鶏舎とかに俺たちを連れてくようだったら、ルドが俺らに謝るってことで」

コリウスは眉間に皺を寄せたが、カルディオスの袖を離した。カルディオスが段差を上がって進み出て、少女の前に膝を突く。少女は無感動な眼差しでそれを見た。

「ありがとう。怪我してんね、痛くない？」

「とてもいたい」

少女が余りにも恬淡と答えるので、カルディオスは面喰らったようだった。俺たちは訳もわからず、その背後ではらはらしている。アナベルが呟いた。

「あの子が何かの拍子でばらばらに割れちゃったら、あたしたちって人殺しになるわけ？」

「アナベル！」

ディセントラが悲鳴じみた小声でそれを咎め、トゥイーディアが慌ててディセントラを止める。

カルディオスは背後の遣り取りは無視して、少女ににっこりと微笑み掛《か》けた。

「痛いなら、俺が抱っこして連れてってあげるからさ。――きみの造った機械を誰のために動かしたのか、そいつのところに連れていってよ」

少女は首を傾げた。そのまま数分が経過したので、カルディオスがもう一度同じことを繰り返そうとしたときになってようやく、彼女は頷いた。

「わかった」

「良かった」

カルディオスが本気の声音で言って、繊細な硝子《ガラス》細工に触れるような手つきで少女の手を取りつつ、尋ねた。

「ありがとう。――きみ、名前は？」

少女は瞬きした。そして、水晶の笛が鳴るような声で、一本調子にカルディオスの言葉に答えた。

「ムンドゥス。最初に訪ねたひとたちがそう呼んだ」


塔の階段を降りるムンドゥスを、俺たちははらはらしながら見守った。見れば見るほど、この子の全身に走る亀裂は人の肌にあるものとは思えない。明るいところで見れば、よりはっきり状態がわかるのかも知れないが――

階段を降りて、頼りない、泳ぐような足取りで塔の外に出たムンドゥスは、しばらくその場で立ち止まって、ぐるりと周囲を見渡した。コリウスとアナベルが、「上手くいくはずがない」と三回くらい呟いた頃になってようやく、彼女はゆっくりと歩き出した。余りにも周囲に無頓着に、ただ淡々とゆっくりと足を運ぶので、俺たちは内心とは裏腹に、ひたすらにのんびりした歩調でそれについて行くことになった。

ムンドゥスは迷いなく、魔王の城の中枢である宮殿を目指して、ゆっくりと進んだ。彼女の、長過ぎるほどに長い黒真珠の色の髪が、世界で最も美しいガウンのように、その後ろ姿を彩って、足許に長く引き摺られていく。その髪が何かの拍子に絡んでしまわないかと、俺は随分気を揉んだ。

俺たちは見張りに見咎められることを何より恐れた。普通の子供であれば抱え上げて進んで行けるものを、ムンドゥスには、手を触れることとすら躊躇わせる、一種独特の、雰囲気というのも違う――強制力のようなものがある。

――余談になるが、本来ならば、トゥイーディアがいる限り、人に見られることは恐れなくて良いはずなのだ。彼女は、人の精神に干渉できる唯一の魔術師だ。だから言ってしまえば、傍にいる人間の注意を強制的に他所《よそ》へ向けたり、あるいは見られたという事実そのものを、相手の記憶から抹消してしまうことも出来る。あるいは俺たちを味方だと思い込ませることだって出来るはずだ。――だが、トゥイーディアはそんな自分の能力を、それこそ蛇蝎《だかつ》の如く嫌っている。固有の力を使って昏倒したカルディオスに対しても、トゥイーディアの能力があればたちどころに目を覚まさせることは出来るのに、相当な緊急事態でもない限り、彼女は絶対にそれをしない。ならば今夜、俺たちが誰に見られようが、それを誤魔化《ごまか》すために彼女の禁忌を犯すことはあるまい。

だが、篝火の明かりの中を巡回する兵士たちは、俺たちを見咎めても、即座に捕縛に動くことがなかった。むしろ唖然とした、驚愕に近い表情で俺たちを見るばかりで、これは俺が魔王だと気付いたためか、あるいはムンドゥスの異様な格好を目の当たりにしたがゆえか。あるいはもっと根本的に、牧歌的な風土ゆえ、侵入者だという考えそのものが浮かんでくることに、ある程度の時間を要すのか。

「その子、ちょっと急がせた方がいいんじゃない？　このままどんどん人が集まってきて、袋叩きにされたらどうするの？」

アナベルがひそひそと囁いているが、カルディオスが困惑顔で、「どうやって？」と。

「この子、俺らの話は都合のいいところしか聞いてねーって」

宮殿の扉は、当然ながら堅く閉ざされていたが、これはもう背に腹は代えられないと決意したらしきコリウスが、すっと手を翳すだけで巨大な閂《かんぬき》を取り除き、重い扉を触れることもなく押し開けてみせた。軋みながら開いていく巨大な門扉を見て、当然ながら、扉を守っていた兵士たちが絶句し、俺たちに槍を向ける――が、中の一人が息を呑み、素早く仲間たちに合図して、槍を下げさせた。今にも飛び出していきそうだったトゥイーディアが、それでほっと息を吐いている。トゥイーディアが止まってくれて、俺はもっとほっとした。

今度は間違いなく、兵士たちは俺の顔を見分けていた。目を丸くした兵士たちの視線をひしひしと感じる。俺が魔界において顔と名前を一致させているのは、乳兄弟と、あとは俺のせいで家族を亡くした人たちくらいだが、顔を知っていて話したことのある人は、さすがにもっといる。俺は兵士たちの顔を順番に見ていったが、明確に関わりのあった人はいないようだった。

　この人たちが今この場で俺を殺そうとしたらどうしよう——と不安に思ったのも束の間、兵士たちが、敬意というよりは驚愕から、一歩下がって道を開けてくれた。幽霊を見たような顔をしていたので、俺は魔界においてはとっくに死んだものという扱いをされているのかも知れない。ともかくも無益な殺し合いを避けられて、俺は本気で安堵した。

　奇妙な巡礼のように、俺たちは宮殿の中を進んだ。宮殿の中も明かりが落とされ、真っ暗に近い。だが、魔界の城は防衛のための砦《とりで》というよりは、ただ権威を象徴しているといった方がよく、堅固とはほど遠い間取りの大きな窓から、夜風とともに月光が射し込んでいる場所も多かった。とはいえ、それだけでは十分な明かりとはいえず、俺が掌の上に小さな火を灯して掲げた。ちらちら揺れる火影《ほかげ》に、壁に掛けられた絵画や、剥製にされた鹿や猪の頭が照らされている。

　それにしても、ムンドゥスが進む足取りには全く迷いがなかった。明かりが足りなくてまごつく様子もなければ、大陸のものに比べて慎ましい規模とはいえ、十分に広い宮殿の中で迷う様子も少しもない。

　ムンドゥスはたどたどしい足取りながらも迷うことなく、廊下を進み、広い階段を昇り、さらに廊下を進んだ。列柱のように彫刻が並ぶ広い廊下を通ったときには、細工物や芸術品をこよなく好むカルディオスが、それらをよく見ようとしてぐるっと身体を回転させていた。この数百年、この城に来るときは目的地は玉座の間で、途中をよくよく見ている暇もなかったから、もの珍しいんだろう。

ムンドゥスはさらに奥へ奥へと進んだ。そうなってくると、なんだかんだで十七年間ここで暮らした俺としては、なんとなく目的地がわかってくる。

募る嫌な予感。

どんどん強張る俺の顔に気付いたのか、トゥイーディアが俺の顔を覗き込んできた。

「ルドベキア？　大丈夫？」

「…………」

俺は無言で顔を背けた。トゥイーディアが溜息を吐く。そしてそのとき、俺たちの行く手に最初の邪魔が入った。槍を構えた衛兵が十数人、さすがにここから先への侵入を許すわけにはいかないという覚悟の決まった顔で、廊下の奥から走り出てくる。俺たちの後ろからもざわめきが聞こえてきている。

俺たちは足を止め――ようとして、面喰らった。ムンドゥスが、まるで行く手の魔族たちが見えないかのように、淡々と足を進め続けようとしたのだ。泡を喰ったカルディオスがムンドゥスの肩を押さえる一方、トゥイーディアが目をきらきらさせながら前に出る。左手の小指の青黒い指輪を、半ば抜こうとしていた――言うまでもないが、救世主の変幻自在の武器だ。トゥイーディアの意思ひとつで、剣にでも槍にでも姿を変える武器。

「ちょっとイーディ、人を殺す気？」

アナベルが、トゥイーディアの正気を疑うといった様子でつい口調で尋ねたが、トゥイーディアは得意そうだった。

「そんなはずないでしょ。ねえ、今の私が騎士だって忘れた？　お父さまから手解《てほど》きを受けたのよ、一騎討ちだって慣れてるわ。無傷で制圧してみせるわよ」

コリウスが、全く信用していない目でトゥイーディアを見て、それからすっと手を前に伸ばした。

「その辺の壁に穴でも開けようか。怯えて道を開けるかも知れない」

「乱暴者」

アナベルが責めるように呟いたが、そのときにはもう、トゥイーディアがムンドゥスも追い越して前に出ていた。待ってくれ、おかしい……トゥイーディアはいつもは、もうちょっと慎重というかあれこれ考える間を取るというか、そういう人だったはずだけど。この猪突猛進さは何だ、誰だ、今のトゥイーディアに変な影響を与えた奴は。

「あの暴力女……」

俺が呟いて彼女を追おうとしたときには、トゥイーディアが立て続けに三人を床の上にひっくり返していた。彼女の手の中で、救世主の武器は黝《あおぐろ》い細剣《レイピア》に姿を変えている。とはいえトゥイーディアは、それを相手の槍を受けるときにしか使わなかった。硬質な音が立て続けに上がったかと思うと、一人はトゥイーディアに鳩尾《みぞおち》を蹴られ、一人は顎を左手で殴られ、もう一人は当身を入れられて、三人がくたくたと床の上に倒れていたのだ。まさに瞬く間の早業。残る兵士たちが後退《あとずさ》る。

俺は走り出て、トゥイーディアの肩を乱暴に掴んで後ろに押し遣った。トゥイーディアが不機嫌な声を上げる一方、俺の顔を見分けた兵士たちが一気に蒼白になる。

この時点で、俺の嫌な予感は確信に変わっていた。

――衝撃と突発的な怒りに言葉が出ず、俺は一瞬、まじまじと兵士たちを見つめることになった。

兵士のうちの一人が、意を決した様子で槍を握り締めて前に進み出ようとしたが、傍の同輩に腕を掴んで止められている。

「駄目だって、この方は……」

止めた方の兵士が小声で囁いた。敬意のある口調ではなかったから、「この方は魔王だぞ」と言おうとしたのではないことはわかる。止められた方の兵士が怯えた様子で息を呑み、進み出た一歩を戻ったことで、俺にも大体わかった。

――死ぬ気で暗殺を潜り抜け続けた俺は、どうやら傍から見ると、不死身といっていい得体の知れない印象という評判を獲得しているらしい。七年に亘って、殺しても殺してもまだそれを回避し続ければさもあらん。

兵士たちが動きを止めたそのとき、カルディオスの手をすり抜けて、ムンドゥスが再び、淡々と足を進め始めた。悪態を堪えた様子で、カルディオスが彼女を追い掛ける。当然、兵士たちの傍を通ることになる。

俺は思わず、兵士たちを牽制してムンドゥスをカルディオスを庇うように動いた。

兵士の一人が、全く反射的な動きで片手を上げて、俺の軍服の裾を掴もうとするような仕草を見せた。彼が怯えたように囁いた。

「駄目です……駄目です」

俺は息を吸い込んだ。彼の言わんとすること、彼の不安を、おおよそ正しく理解した。礼儀正しく彼の手から距離を置いてから、俺は呟くように応じた。

「――悪いようにはしないよ。約束する」

兵士たちが顔を見合わせて一歩下がる。死んだはずの魔王がここにいては、どのみち踏ん切りはつかなかっただろう。俺は足早にカルディオスに並んでムンドゥスを追い掛け、その後ろからみんなが続く。コリウスはめちゃくちゃ疑わしそうに、「気絶もさせなくて大丈夫か？」と呟いていたが、ディセントラが若干の高慢さの滲む声音で応じていた。

「何かあっても、私たちなら大丈夫でしょ」

ムンドゥスは暗い廊下を真っ直ぐに進み、やがて大きな両開きの扉の前に辿り着いた。そこは既に緊迫した空気に包まれており、俺たちの到達に先んじて、城内に侵入者ありという知らせが入っていたことを窺わせる。扉を守る十数人の兵士、分厚い扉の向こうから、慌ただしい物音がここにまで届いている。

――さて、ここが誰の居室か。

まあお察しだろう、魔王輔弼――魔王がいない間の、この国の最高権力者である嫌味ったらしいじいさんだ。

そしていみじくも、トゥイーディアは言っていた――『犯人じゃないなら、きみを主君として歓迎してくれるはずでしょう――情報提供でもなんでもしてくれるんじゃないかしら』。

兵士の中にも、俺の顔を見分けていた人はいた。

つまり、急を知らせる情報がこの部屋に届いていたとして、その情報の中身はほぼ間違いなく、

「魔王がここまで来ている」という内容だったはずだ。

それで、歓迎の欠片もないこの空気。

加えてムンドゥス。――大陸にあの兵器を差し向けるに当たって、誰のためにあれを動かしたのか――そいつのところへ俺たちを連れて行くと、信じられるかどうかはともかくとして明言していたムンドゥス。その彼女が真っ直ぐに歩いていった先がここだった。

嘘だろう、信じられない。

まさか一国の実質的な最高権力者が、自国民を殺し続けてまで、俺の命に手をかけようとしていたとは。


俺たちが居室に押し入ったタイミングで、魔王輔弼は逃走の準備を着々と整えつつあった。着替えを終え、周囲を護衛に固められている。そこで俺たちが扉を突破したのだから、このジジイの落胆は想像に余る。だが、騒々しい物音に気付いて振り返った彼が最初に見たのはムンドゥスだった。ムンドゥスを見て、彼が驚愕に目を見開く。

「――どうして外に……」

彼がそう口走った。護衛の兵士たちからすれば、ムンドゥスは未知の存在だったのか、驚きの声が小さく上がっている。

ムンドゥスは、無表情のまま、しかし無邪気に右腕を上げた。輔弼の居室には煌々と火が入れられていたが、その明かりを受けても、ムンドゥスの全身に走る傷は、やはり異様なものとして目に映る。ムンドゥスが真っ直ぐに魔王輔弼を指差して、カルディオスを振り返った。水晶の笛のような声が静かに言った。

「このひと。このひとよ、カルディオス」

「どーも」

カルディオスが小声で答えて、ちらりと俺を見る。魔王輔弼もそのときには俺を見ていた。俺を見て、驚愕と衝撃に顔色を真っ白にしている。

「……どうして生きている――」

俺は息を吸い込んだ。

――解毒が間に合わず、握った手が冷たくなっていく毒見役。呼び掛けてもぴくりとも動かない毒見役。お腹に子供がいる状態で、俺から夫の死亡を聞かされ、愕然とした顔をする奥さん。――全員の顔と名前を俺は覚えている。

激情を堪え損ねて魔力が荒らいだ。夏といっても不自然なほどに、室内の温度が急速に上がっていく。

――度が過ぎて腹を立てたとき、魔力が荒らぐのは並外れた魔力に恵まれた俺たち全員に共通のことだ。アナベルであれば周囲の温度を下げていくし、コリウスであれば目の前にあるものが揺れたり割れたりするし、トゥイーディアであれば周りにあるものが脆《もろ》くなっていく。そして俺の憤怒は大抵、熱を呼ぶ。

　ムンドゥスが熱を厭うように、小さく、ゆっくりと首を振っている。カルディオスが彼女を後ろに押し遣って、背中で庇った。

「――俺を殺そうとしてるのは、じゃあ、おまえか」

　気持ちが突き抜けたせいで冷静な声が出た。魔王輔弼が一歩下がる。彼の周囲の護衛たちが、職務と命を天秤にかけて立ち竦んでいる。

「殺し損ねた主人が帰って来た気分はどうだ？」

　問い詰めて、一歩前へ進む。見なくても、絨毯に靴底の形の焼け焦げが残っただろうことは想像がつく。苦い、焦げ臭い匂いが辺りに充満し始めている。

「おまえが俺を殺し損ねた代わりに殺した人の、顔も名前も覚えてるぞ」

　低く言って、俺は落ち着こうとしたが無理だった。俺が手を伸ばしたとき、それを止めた者はいなかった。兵士たちは――この牧歌的な国の兵士だから――軒並み肝を潰していたし、仲間たちは多分、ここで俺が何をしても見守るつもりだっただろう。

　魔王輔弼の胸倉を掴む。

「やめろ。やめろ――贋者の分際で」

　彼が弱々しく抵抗したが、あくまで老人の力に過ぎなかった。彼の言葉も俺は聞き流していた。

「何人死んだか、おまえは数えてたか？　誰が死んだか知ってるか？　――奥さんのお腹に子供がいた人だっていた！　結婚したばっかりの人もいた！　毒見役の任期が終われば次はどの部署に行くか、

もう決まってて楽しみにしてた人だっていたんだぞ！」

声が震える。

「そんなに俺が目障《めざわ》りだったなら、正面切って俺に、死んでくれって言えば良かっただろ？」

吸い込んだ息が胸の半ばまでしか入っていかない。

「俺が魔王らしくしてやれなかったからか？　それとも他に理由があるのか？」

魔王輔弼が身を捩るようにしながら、掠れた声を絞り出した。

「ち――違う……」

「何がだ！」

絶叫せんばかりの俺の手が、そのとき横からぎゅっと握られた。輔弼の襟首を掴む手に重ねられたその手が、断固として俺の手指の力を抜かせる。俺は咄嗟にその手を振り払おうとしたが、重ねられた手の主は譲らなかった。俺の肌は相当に熱くなっていたはずなのに、小動《こゆるぎ》もしなかった。

――トゥイーディアだ。

魔王輔弼に弁明の機会くらいは与えてやるべきだと思ったのか――トゥイーディアはいつも、感情論よりも、欺くあるべきという理想論を大事にするから。

もがきながら自由を取り戻し、咳き込む輔弼に、俺の隣に立ったトゥイーディアがじっと視線を注いだ。冷ややかな飴色の瞳――それを見て、頭から水をぶっかけられたように俺は我に返っていた。

トゥイーディアが息を吸い込む。そして、俺に視線を向けた。彼女にしては珍しい――迷うようなその瞳。

「ルドベキア、ごめんね」

彼女が呟くようにそう言った。

「きみを殺そうとするなら、魔界で一番権力がある奴だろうなって、私は知ってたの」

「――は？」

俺は茫然と声を零す。――どういうことだ？

まさか本当に、魔王ヘリアンサスは、前回のトゥイーディアを殺すときに、どうやって俺を魔王に仕立て上げ、そして誰に俺を殺させるつもりなのか、そこまで話していたのか？

「それで、この人は自発的にきみを殺そうとしてるわけじゃない」

そう言って、トゥイーディアが俺を後ろに押し遣った。代わって一歩前に出て、魔王輔弼を間近に覗き込む。

「あなた、この人を、致命的に傷つけるよう、命令されてたんでしょう」

魔王輔弼が、言葉もない様子でぽかんと口を開けた。

「どうして知っている？」

堪りかねたようにコリウスが尋ねる――全くその通り、そして、どうしてそれを知っていたのかもわからなければ、どうしてそれを俺に教えてくれなかったのかもわからない。

トゥイーディアは、俺たちの猜疑の視線にも声にも、何ら反応を返さなかった。むしろ反応しないように自制しているようですらあった。その背中に張り詰めた雰囲気を感じて、俺は誰にも知られないままに息を止めてしまう。

「……その命令をあなたに伝えたのは、あなたのお父さんかしら、お祖父さんかしら」

呟くようにそう言ってから、トゥイーディアは息を吸い込んだ。

「――あなたは、自分の意志でこの人を殺そうとしたんじゃないんでしょうね、わかってるわ」

小さく息を吐いてからそう言って、トゥイーディアは首を傾げた。

「でも、ねえ、――今のでわかったでしょうけど、」

飴色の瞳を冷ややかに細めて、トゥイーディアが一歩下がって身体の後ろで手を組んだ。こいつの癖だ――激情で魔力が荒らいで、誰かに怪我をさせることを恐れている。

「自分が酷い目に遭ったことじゃなくて、他の人がつらい思いをしたことで、誰より傷つく人なのよ」

トゥイーディアがごくごく小声でそう言ったので、俺はぽかんとしてしまう。

「そんな優しい人を、よく……」

息を吸い込み、トゥイーディアが声音を変える。低い、殆ど激しいまでの語調。自分を傷つけられることでは滅多に怒らないトゥイーディアは、他人の命を侵害されることに敏感だ。俺はそれを知っている。

「よくもルドベキアを辛い目に遭わせてくれた。よくもこの人を傷付けてくれたわね。――私の心情を言えば、おまえは殺してやりたいところだけれど、」

俺は思わず、制止の意味で首を振った。それを視界の隅に捉えたのか頷いて、トゥイーディアが言葉を終える。

――感情を抑えて理性を優先している。俺に譲っている。

「ルドベキアにそのつもりがない」

魔王輔弼が俺に顔を向けた。表情にありありと、「そんなはずはない」と書いてあった。俺の怒気を正確に推し量って、それが殺意の域にあると感じ取っている。

俺は深呼吸して、必死に自分を落ち着かせた。

――さっき、俺の軍服に手を伸ばしてきた兵士の顔が脳裏に甦った。「駄目です」と言われた。なぜ彼がそう言ったのか、わかっている。

周囲を見渡す。魔王輔弼の護衛の兵士たちが、不安と恐怖に見開いた目でこちらを見ている。

――俺は知らないが、知ろうとしてこなかったが、魔王輔弼は為政者としては良い部類なのだろう。少なくとも国民の生活を安定させ、規律正しく治めることに成功している。いかに魔界が牧歌的な風土を持つ国とはいえ、魔王輔弼が魔王暗殺の廉《かど》で失脚すれば、その地位にのし上がろうとする連中は無数にいるのだろう。そしてその動きが混乱を呼んでしまう。施政の混乱は国民の不幸に繫がる。

そして、俺は、ここにおいて異分子だ。ここで暮らしていたときからずっと、俺はみんなのところに帰ることしか考えていなくて、異分子として自ら振る舞ってきた。

その俺に、彼らに不幸を押しつける権利はない。

本音を言えば、こいつのことは殺したい。殺すべきではないとわかってはいるが、それでも、顔面の形を変えるくらいに殴りたいほどには腹が立っている。

――でも、そんなことはしない。俺が生きてきた年数は伊達じゃない。もう覚えている限り昔から数えてずっと、俺たちは、色んな人と出会ったり、みんなで馬鹿やったりして、大人になってきたのだ。

こいつを殺せばこの島の人々がどうなるのかを、俺の辿ってきた長い人生が考えさせる。

俺は息を吸い込んだ。

「――おまえは多分、先代の魔王の命令を聞いてたんだろうけど、」

トゥイーディアの表情が、一瞬だけ強張った。魔王輔弼の老いた表情にも、驚きと混乱が同時に駆け巡っている。

「俺がここまで戻って来たのは、」

俺は声を抑えていたが、否応なく声音は震えた。

「俺を殺そうとしてる奴を見付けて、頼むためだ。――もう放っておいてくれ」

息を吸い込んで、輔弼と目を合わせる。俺は十七年間この島にいたが、輔弼の目を見て話すのは、これが最初かも知れなかった。

「頼む、もう放っておいてくれ。俺はおまえの不利益になることはしない。だから、俺を殺そうとするなら、もう金輪際《こんりんざい》他人を巻き込まないでくれ。俺一人だけを殺してくれ。おまえじゃ俺を殺せないから、――頼むよ、もう俺に手出しをしないでくれ」

魔王輔弼が、無意識にだろうが着衣の襟を正した。彼が咳払いして、一歩下がった。蒼白になってはいたが度を失ってはおらず、毅然としてさえ見えた。

輔弼が顎を上げ、息を吸い込み、応じた。

「――出来かねる」

俺は一瞬息を止め、それから言った。

「もし、これからも俺に手を出すって言うんなら、」

軽く右手を上げる。

「俺は魔界《ここ》との因縁を絶ちに来たんだぞ。それなりの実力行使をしなきゃいけなくなる」

微かに強張る輔弼の顔をじっと見る。――最後に見たときと比べて老けたかどうか、それも俺にはわからない、そのための関心を払ってこなかった。

「――七年かけても殺せなかった俺だぞ、いつ殺せるかは知らないが、――いつまで続けたらおまえは満足なんだ?」

俺が内心で恐ろしく思ったことに、輔弼は全く迷わなかった。彼は断言した。

「いつまでも」

「――――」

彼は大きく呼吸をしてから、はっきりと告げた。

「――魔王陛下のご命令に背くことはならんと、それが祖父の代より以前からの、我々の務め」

「……ああ、そう」

首を傾げ、俺は皮肉っぽく尋ねた。

「じゃ、俺はどこにいれば、他の人を巻き込まずに済むんだ? 教えてくれ。――そうじゃなきゃ、俺は夜も眠れない」

そのとき、トゥイーディアが、一歩前に出た。

✧

私の話をしなければならない。

私――私は、トゥイーディア・シンシア・リリタリス。今生において、そして前回の人生においても、この世界でただ一人の救世主を務めている。

私は、眼前にいるこの老人――魔王輔弼といったか――が、どうしてルドベキアを殺そうとしたのか――いや、正確には、殺そうとしていたのではないが――その理由を知っている。彼にその命令を下したのが何者であるのかを知っている。

そして私は、絶対に、その理由をここにいるみんなに知られるわけにはいかないのだ。

――魔界に来てしまえば、そしてルドベキアを殺そうとした者と面と向かえば、こうなることはわかっていた。魔王輔弼は、先代魔王の命令がある限りは引かないだろうし、ルドベキアは他人に害が及ぶ危険性がある限りは引かない。そこで水掛け論になることは目に見えていて、私にはそれを止める切り札があるが、その切り札は同時に、みんなに知られるわけにはいかないあのこと、に抵触する。

だが、――ああ。

ルドベキアは――責任感が強くて、自分が殺されそうになっても、そのことよりもまず、巻き込んだ人に心底申し訳なく思うほど、損なまでに誠実な彼は、誰が何と言おうと、絶対に魔界に来て、彼の出生が巻き起こした事態に片を付けようとしただろう。

そして、こうしてルドベキアが引くに引けない事態になることはわかっていても、私は絶対にそれに賛成しなければならなかった。

あいつに比べて、私は余りにも弱くて、自由が利かない。だから、ああ、情けないけれど、逃げて、逃げて、時間稼ぎをするしかないのだ——そのために魔界行きはうってつけだった。

——誰も知らない、私だけが知っていることが、今生には多すぎる。

そしてそれがゆえに、私はみんなに不愉快な思いや、怪訝《けげん》な思いや、歯痒い思いをさせていることだろうと思う。

けれど、どうしようもない。

いつまで私の胸一つに仕舞っておけるかはわからないが、可能な限り、死ぬまで、これは私一人で抱えておくべきことだから。

みんなの中に不信や不和が芽生えることを、私はどうしても看過できないのだ。

✧ ✦ ✧

あの日——この魔王の城でみんなが、そして私が殺された、前回の人生の最後の日。
最後まで生き残ったディセントラも私の背後で倒れ、虫の息。今回も駄目だった、及ばなかったと、私は絶望的な心地で悟っていた。あとは私が殺されるだけ。そうすれば、また始まる。また生まれて、またみんなと会って――

魔王は私を、面白い見世物を眺めるように見ていた。毒を含んだ鮮やかな黄金の瞳で。左の手首に着けている、大小の不規則な形の明るい青い宝石を鎖に通して連ねた腕輪を、しゃらしゃらと弄《もてあそ》びながら。

絶対強者、白髪金眼の魔王。

一幅の絵画のように整った容貌、幼げでありながらも完成された中性的な美貌――そして、その全てを裏切る、瞳の奥の無邪気なまでに残忍な光。

――そのとき、魔王は不意に囁いた。

「ねえ、面白い話をしようか。文字通り、冥途《めいど》の土産《みやげ》ってやつだよ」

私が負った傷は深くて、多くて、声も出せない。立っているので精一杯。手にした武器を杖にして縋って、やっとのことで倒れるのを堪えている。

「本当にきみたち、物好きだよね。――元はと言えば自分たちで蒔《ま》いた種なのに、毎回毎回、まるで被害者面してここまで来てさ。もう何回目？　何年経った？　十回を超えたあたりから、僕はもう数えてないけどね。年数だってそう。死んでた時間も含めたら千年？　二千年？　それ以上じゃない？」

答えない――答える気力もない私を見て、魔王がにっこりと笑う。毒々しいまでに美しく。

「まあ、きみたちはそれも全部、あのときに忘れたよね」

くすくすと笑って、魔王は私の前を逍遥するように行ったり来たりする。その靴音に混じって聞こえていた、ディセントラの末期の呼吸音が途絶えたのがわかった。

——死んでしまった。もう本当に、ここにいるのは私だけ。

魔王に馬鹿にされているのだとわかっていても、私にはもう何も出来ない。ただ殺されるのを待ち、次に生まれ落ちるのを待つだけ。

——ああ、でも。

次に生まれるとき、私はみんなのことを忘れる。

いつから私たちの転生が始まり、いつからこの城に挑みに来ては殺される地獄が始まったのか、私は覚えていない。覚えている人は、多分私たちの中にいない。

それほどに長い人生の上で、最初から知っていたのか、あるいは徐々に自力で気付いたのか、よくわからない自分の中での不文律が私にはある。推測だけど、他のみんなにもある。この不文律のことを、私は「贖罪」と内心で呼んでいた。何の罪を贖っているのかは自分でもわからない。絶対法を超える力を授かるゆえだろうか。それとも同一人物としての転生自体が罪なのか。

私の贖罪は、〈救世主を経験した直後の人生において記憶を失う〉こと。

みんなのことを忘れるのは、つらい。そして他の誰よりも、あの人を忘れるのが、胸が痛い。

——ディセントラを庇って死んでしまったあの人。最後に見えた顔は妙に無表情だった。端正な顔貌の中で、瞳は夜の海の色だった。明るいところであれば蒼穹の色に映える瞳だ。——今はもう、血の海に溺れるように息絶えている。

魔王がくるりと私に向き直る。まるで、私の考えていることを把握しているかのように。

「そういえば、きみ、次の人生では僕のことも、そいつらのことも、忘れるんだっけ？」

身体中が痛んで、目の前は失血のために刻一刻と霞んでいく中、それでも私は、驚愕のために目を見開いた。

私の贖罪を、どうしてこいつが知っている？　そして何より――どうして、贖罪のことを口に出せる？

みんな、私の贖罪の内容を暗黙のうちに知っているだろう。私は他の誰のものも知らない。なぜならば、私の贖罪が顕著すぎるがゆえ。贖罪のことを、誰も口に出せないがゆえ。

――いっそ優しげなまでに柔和に微笑んで、魔王が囁く。

「びっくりしているみたいだね。――あのね、僕は魔王だけれど、魔王であるだけではない」

両手を広げて、芝居がかった身振りで。左の手首に、薄暗いこの大広間でさえ冴えた色を宿す青い宝石を連ねた腕輪を揺らして。

「きみたちは救世主であるという立場にしがみ付いているみたいだけれど、僕にとって魔王であるということは、押し付けられた、自分に付随する情報の一つでしかない」

それなのに、と続けて、魔王は本当に毒を含んでいそうな眼差しで微笑む。

「本当に馬鹿なことを繰り返すね、きみたち。もう全部忘れてるっていうのに。――そこで死んでるあの子もさ」

す、と魔王が指差す先を、無意識に私は確認した。

——アナベル。

「どうしてわざわざここに殺されに来ることを選んだんだろうね？　たった一人の最愛の人を差し置いてさ」

その瞬間、弾かれたように私は叫んだ。余力がないということも、気力がないということも、全てを吹き飛ばすだけの激情のために。

「——あの人のことを言うな！」

叫んだ直後、しかし私は疑念のために声を詰まらせる。

「——待て、どうして……おまえがあの人を知っている？」

ふ、と揶揄の笑みを刷いて、魔王は私を真っ直ぐに指差した。ちりん、と清涼な音を立ててその手首で腕輪が揺れる。

「なぜなら、きみの力は僕のものだから」

私の力。〈ものの内側に潜り込む〉力。この世で唯一、人の不可侵の領域である精神にまで手を伸ばすことが出来る、浅ましい能力。

確かに、この力があれば、人の記憶を盗み見ることも出来る。

——けれど、——どういうこと？

愕然とする私を、魔王は甚振《いたぶ》るように眺めて、無残に倒れ伏すみんなを、その一人一人を、指差す。

「きみだけじゃない。きみたちが絶対法に開けた穴は、全部、僕のものだ」

——意味がわからない。

「言ったたろう、『僕にとって魔王であるということは、自分に付随する情報の一つでしかない』。他にもっと大きな役割を、今も昔も僕は持っている」

私に向かって指を振る。

「だから、知ってる。――ねえ、きみは知らないだろうね？　あの青い髪の女の子への『呪い』は――おっと、きみ風に言うなら『贖罪』か――、それはね、――――」

続けられた言葉に、私は大きく目を見開く。

違う、そんなはずはない。もしもこいつの言うことが真実ならば、アナベルはあのとき、既に全部を諦めていたことになってしまう。

足が震える。今にも倒れ込みそうだ。

そんな私に、魔王は極めてにこやかに告げた。

「わかったでしょ？　その子、自分から、ただ一人の最愛の人を切ったんだよ」

私はどんな顔をしていただろう――否定と混乱と傷心の顔か。

答えられもしない私の様子に声を上げて笑って、魔王は次にコリウスの「贖罪」を、まるで可笑《おか》しくて堪らないものであるかのように読み上げる。

私の戦慄の表情を見て、更に高らかに笑って、魔王は次にディセントラの「贖罪」を告げる。

そして、残忍なまでににこやかに微笑みながら、私の目の前に戻ってきた。

「さあ、ここからが、冥途の土産の本題だ」

私に指を突き付ける。出来るものならその指に噛み付いてやりたいけれど、身体はもう動かない。

「――きみにはもう一つの『呪い』がある」

私は大きく目を見開く。――そんなもの、自覚したことなどない。私の贖罪はひとつ、〈救世主を経験した直後の人生において記憶を失う〉ことのみのはず――

いや待て、どうして私はこの魔王の言うことを信じている？　全て嘘かも知れない。私を混乱させんとして、虚偽を並べているのかも知れない――

――いや、違う。

鉛《なまり》を呑むような心地で、私はその事実を認識した。目の前がますます暗くなった。

――こいつがそんなことをする必要はない。私はこいつの影を踏むことすら出来ないほどに弱いのだから。

この魔王がこれほど楽しげなのも、事実を告げて私を打ちのめしているがゆえのこと。

――そう、本当に楽しそうに、嬉しそうに、魔王は言葉を続けるのだ。

「そして、きみたちは僕を魔王と呼ぶけれど、――本来を言えば、魔王に相応《ふさわ》しいのはルドベキアだ。あいつ、番人だったはずなのにね」

私は首を振る。痙攣《けいれん》するような動きになった。――こいつは何を言っている？　魔王はヘリアンサス、ルドベキアは救世主。それがずっと――ずっと以前から、記憶にある限り昔からの、決め事、そのはずだ。

「どうしてルドベキアが魔王に相応しいのかは、また今度、こいつら全員の前で話してあげようね。――今は、きみに掛けられているもう一つの『呪い』を教えてあげよう」

魔王の顔から目を離せない。

「――きみは、〈絶対に魔王と結ばれることはない〉」

私は困惑の余りに眉を寄せる。

それを、まるで幼児が言葉を覚えようとして必死になっているのを見るが如くに微笑ましそうに、――そして、それでは有り得ないほどに残忍な興味を宿して眺めながら、魔王は、ヘリアンサスは、言った。

「きみには先に教えておいてあげるね。――次の魔王はルドベキアだ」

「――は？」

茫然と、ただその一音のみを落とした私を、心底から嬉しげに見つめて、魔王は続ける。

「臣下に言っておこうと思うんだ。次の魔王は贋者《にせもの》だから、あらゆる手を使って殺せって。この命令を子々孫々受け継ぐようにって。どうしても必要なんだよね、ルドベキアを元の通りに魔王にするためには、ルドベキアを傷つけなきゃならないからさ」

手が震えるのを自覚した。疲労のせいでも絶望のせいでもなく――怒りのために。

そんな私を見下して、ヘリアンサスは嘲弄するように鼻で笑った。

「まあ、さすがに、本当に死にはしないだろうけれど」

そして表情を変える。いっそ輝かんばかりに得意げな――歪んだ笑み。その黄金の目に私が映り込んでいる。

「ルドベキアが魔王になるからくりを教えてあげようか。――そもそも、きみたちの『呪い』はね、

――」

――ヘリアンサスの口から、どうしてそんなことが起きたのかは全くわからないままに、結果だけを教えられた私は、もはや動くはずもないと思っていた身体で、ヘリアンサスに向かって突進していた。手の中の武器は細剣となり、最期の一撃を届かせんとする私の意志に応えて黝く冴え冴えと輝く。

――最後に見えたのは、本当につまらなさそうな顔で、私の首を捩じ切るヘリアンサスの顔だった。

✧

私は、私だけは、ヘリアンサスの目的こそわからないものの、あいつが今回の変則的な人生のために打った手、それを知っている。

そして、他のみんなには断じて、それを知られてはならない。

だから、私はここで黙っておくべきなのだ。けれど、――ああ。

――ルドベキア。

彼はどれほど今生で傷ついただろう。

自分が殺されそうになることよりも、他人が傷つくことで傷を受けてしまう、損なまでに誠実で、馬鹿みたいに優しい人。

その彼が、自分のせいだと思い詰めていることを、私は絶対に無視できない。

——ルドベキアは、嫌な人だ。本当に嫌な人だ。私に酷い態度を取り続けて、私は彼に嫌われるようなことをした覚えもないのに、ずっと私に冷ややかに接し続けて、——それなのに私の気持ちを捉えて離さない。私専用の引力の持ち主。

その彼が困っているとき、私は決まって馬鹿なことをしてしまう。

——この千年の間、ずっとそうだった。


「——あなた」

気付けば、私は一歩前に出て、ルドベキアの前に軽く手を伸べて、魔王輔弼に向かってそう言っている。

「もういいのよ。——私は知ってるわ、あなたはこの人のことを、」

この人、と言いながら、ルドベキアを示す。彼が、あの深青の瞳で、猜疑と驚愕を籠めて私を見つめているのがわかる。他のみんなの視線も、私の背中に突き刺さってくるようだ。

「『贋者の魔王だから、あらゆる手を使って殺せ』って、そう先代の魔王から命令されているって聞いているんでしょう」

魔王輔弼の表情が驚愕に歪んだ。先代魔王の命令を、一言一句違わず諳んじただろう私の言葉に驚いている。

「——どうして知っている?」

囁くようなその震え声。彼の周囲にいる兵士たちも、忙《せわ》しなく私と彼の間で視線を行き来させる。

——私は軽く息を吐く。馬鹿なことだと自覚していても止められない、この後がどうなるかということよりも、私は今のルドベキアの心の安寧を守りたい。

「——もういいのよ。先代魔王がそう命令した理由は、もうないの」

「何を根拠に、然様《さよう》な世迷言《よまいごと》を」

魔王輔弼が唇を震わせる。それはそうでしょう、信じられることではないでしょう。

——それは分かるから、そしてここで押し問答になったとしても、私がまさか先代魔王本人からそれを聞いたなどと信じさせることは不可能だから、

——次の瞬間、私は、自分でも考えてもみなかった馬鹿なことを口走っていた。

「——いいわ、じゃあ、誰かあなたが信頼できる人を私につけてちょうだい。私がその人に、間違いなく先代魔王の目的は達されているってことを証明してあげる。あなたはその人が帰って来るのを、大人しく待っていなさい」

——馬鹿じゃねえの、こいつ。

珍しくも本心から、俺はトゥイーディアに対してそう思った。

——なに言ってんの、なに言ってんの。方便にも程があるだろう、正気か？　魔界から誰かを連れ

て行けるわけないだろう。第一、その証明とやらが出来るのか？　そもそも、さっさと俺に、俺のこの呪われた生まれの種を明かせよ。

色んなことを言いたいが余りに、言葉が喉で渋滞を起こして出て来ない。察するに、他のみんなもその状態。ディセントラに至っては、眩暈《めまい》を覚えたのかコリウスに寄り掛かっている。

――が、驚いたことに、輔弼は熟考の表情に入っている。俺はその場でジジイを殴り掛けたが、はたと気づいてしまった。

――これ、この提案、輔弼にとっても渡りに船だ。

こいつとしても、殺しても殺しても死なない俺は手に余っているだろう。しかもこうして本拠地にまで乗り込まれてしまっているのだ。俺の恨みを買っていることがわかる以上、恐怖は一入《ひとしお》だろう。

そこに、トゥイーディアのこの提案。輔弼からすれば、配下を一人献上することで、先代魔王の命令という至上命題に従っている名分は守れる上に、俺からの恨みも回避できるという一手。

俺がゆっくりと一歩下がり、有無を言わせずに後ろからトゥイーディアの襟首を掴んで後ろに引っ張る。彼女が、「うえっ」と呻きながら俺を振り返り、その拍子に俺と、後ろにいるみんなの表情を見て、めちゃくちゃ不安そうな顔をした。その表情に俺としてはグラッときたのだが、代償があるためにそれは顔に出ない。

輔弼が、傍の兵士に何かを言いつけている。その隙を拾って、俺はここぞとばかりに小声でトゥイーディアに詰め寄っていた。

「――馬鹿やろう、なに考えてる！」

カルディオスも、もはや恐れをなしたような顔。

「イーディ、とうとう狂った？」

アナベルは「もう知らない」みたいな表情になっている。

「いや、待て」

と、ここでめちゃくちゃ冷静な小声。見るとコリウスが、至って真面目な顔でトゥイーディアを擁護していた。

「トゥイーディアの機転だ。あのご老体――」

「――輔弼のこと？」

「そう、彼だ。彼としても、ルドベキアに手間をかけるのは避けたい事態だろう。一人を僕たちにくれてやれば、こちらは手打ちにすると言っているんだ。僕たちがここまで侵入した事実がある以上、提案には乗るはずだ」

俺は胃袋が三段くらい落っこちたような気分を味わった。

「乗ったとしてだ、その一人をどうすんだ」

潜めた声で反問して、内心でパニックを覚えながら輔弼を振り返る。彼の命令を受けた兵士が一人、今しもこそこそと部屋を出ていくところで、彼が偶然にも俺の視線に気付いて怯えた顔をした。それを表面上は冷静な顔で迎え撃ちつつ、心中はもう卒倒寸前の俺。

「どうすんだよマジで！」

小声というかもはや唇の動きだけで詰問すると、コリウスは、本心からだろう平静な真顔で、極めて密やかな声で言い放った。

「一人程度はどうにでもなる」

「やってられない」

アナベルが、若干大きな声で言った。カルディオスが慌てた様子で彼女の足を踏み、倍の勢いで踏み返される。

「わざわざ魔界なんかまで来て、結果が魔族一人をどこかで人知れず殺すことなの？」

俺は吐きそうになっていた。鳩尾を押さえて、「まさか輔弼が俺を殺そうとしてたとは……」と、言い訳にもならない言い訳を絞り出す。俺だって輔弼以外が暗殺の首謀者だったら、多分そいつを殺して片を付けてたよ。後味は悪かっただろうけど、輔弼を殺すほどでかい政治的な混乱は招かないんだから。

「何も殺さなくても、」

と、これはそもそもこの事態の混迷を招いた張本人であるところのトゥイーディア。彼女も相当慌てている。これは……もしかして、売り言葉に買い言葉で口が滑ったのか？

「因果を含めてどこかに身を潜めてもらうなり、やりようはあると思うの」

「少なくともここで、答えの出ない押し問答を続けるよりはいい」

コリウスが真顔で言って、ディセントラに視線を向ける。ディセントラは額を押さえて呻いていたが、コリウスの言葉を否定はしなかった。

「まあ、他に解決策もないものね……」

「一番簡単なのは、あのご老体を殺すことだが、ルドベキア、その気がないんだろう？」

「さすがに他の人への影響がでか過ぎるって！」

俺が抑えた声で主張すると同時に、部屋の扉が開いた。そこから、さっきここを出ていった兵士に連れられて、まだ若い少年が顔を出す。

――俺の脳内で時間が止まった。

少年は、眠っているところを叩き起こされて来たのだろうが、眠気は全く感じさせない顔で、ごくごく礼儀正しく、扉をくぐって部屋に入り、室内の異様な雰囲気に当惑した様子ではあるものの、丁寧に頭を下げた。

「お呼びでしょうか、輔弼閣下――」

そこまで言って、彼も俺に気付いた。途端、あんぐりと口を開けて絶句する、灰色の髪に柘榴《ざくろ》色の瞳のそいつ――

「――まさか、知り合い？」

強張った顔でトゥイーディアが囁いてきた。俺は頭を抱え、みんなを振り返る。

「――俺の乳兄弟のルインだよ」

今生の俺には乳兄弟がいて、そいつこそがこのルインだ。俺より五日ばかり早く生まれていたような気がする。俺の字を覚える速さで慄かせてしまったのは記憶に新しい。正直、十歳を過ぎてからは、俺が毎日を生き延びるのに必死で、ルインがどこで生活していたのかすら知らなかったが、こいつは魔王輔弼の側近みたいな立ち位置を獲得していたらしい。いや、人身御供に差し出されようとしているということは側近ではないのか？

ルインが唖然とした顔をなんとか仕舞い込みながら、輔弼に目を戻す。とはいえ、注意がこちらを向いていることはさすがに見え見え。彼が若干吃《ども》りながら、「御用は——」と、輔弼に伺いを立てる。

輔弼が、俺がいる前では事実を彼に優しいように言い換えることは控えたのか、手短に経緯を説明する。そもそも俺が贋の魔王だったこと（ひどい言いようだ。それなら俺をただここから放り出してくれれば良かったんじゃないの？）、正当な魔王であるところの先代魔王からの勅命があり、俺を殺そうとしていたこと（この辺で、ルインはぽかんと口を開けてしまっていた）、俺がどこかへ逃走したうえ、仲間を引き連れて報復のために戻って来たこと、中の一人が魔王の命令について、もはや無効であるという証拠を持っているらしいので、同行してその証拠を見届けてほしいこと——

ルインが盛んに瞬きをしながらも、輔弼からの命令とあって簡単に頷こうとする。俺は制止の喚き声を上げそうになったが、それを後ろからコリウスに止められた。

「いいか、おまえは魔界との因縁に片を付けたい、あちらは死ぬまで引くに引けない。おまえに出来るのは、あのご老体を殺してしまうか、死ぬまで魔界の森の中で暮らすか、ここであの少年を一旦は引き受けてしまって彼に因果を含めるか、どれかだ」

俺は口をぱくぱくさせたが、反論の中身がなくて声が出なかった。翻って内心で、ヘリアンサスへの怒りがどっと溢れる。あの魔王——これまで散々俺たちを殺してくれたが、ここに至って自分が姿を晦《くら》ます代わりに、とんでもない置き土産を残していきやがって……！

わなわな震える俺に、トゥイーディアがめちゃくちゃ小声で、「ごめん、ごめん、まさかきみの兄弟が来るとは思わなくて……！」と、繰り返し謝ってくる。兄弟じゃなくて乳兄弟。

アナベルがすげぇ冷ややかな声で、「もうルドベキアを魔界に置いて行く方が早いんじゃないかしら」と言い出したが、これはトゥイーディアが彼女の脇を肘でつついて窘めてくれていた。俺はぐっときた。確かにこの状況は、俺が魔界の隅っこで暗殺と戦い続ける方が、みんなとしては簡単な話だから……。

ルインは魔王輔弼からの話を聞き終わって、俺に目を向けていた。ルインからすれば、目上も目上、国一番の地位にある者からの直々の命令である。とてもではないが断れるものではあるまい。

それはわかる。後はどうこいつに因果を含めて、魔界の端っこでしばらく身を潜めてもらうかどうかの話になるわけだ。

俺は息を吸い込み、魔王輔弼と目を合わせた。

「――じゃあ、こいつが……俺たちが、ルインに、先代魔王からの命令はもう用済みだってことを証明するから、おまえは俺への手出しをやめるわけだな？」

魔王輔弼は、ゆっくりと息を吐いた。もうここにいない先代魔王の命令に、それを伝え聞いたというだけで従い続けた彼の信条は、俺からは理解出来ないものだが、それでもその重圧から解放されようとしている彼の、一種の清々しい感情は窺うことが出来た。

魔王輔弼が頷いた。

俺はルインを振り返って、彼を手招きした。一瞬躊躇した風情《ふぜい》の彼が、ちらりと魔王輔弼を窺い、その頷きを受けて、俺にゆっくりと、警戒しながら歩み寄って来る。俺も、最後に会話をしたのは十年かそれ以上前になる乳兄弟を前にどう接すればいいのかわからなくて、取り敢えず両手をポケットに突っ込んで、軽く背を屈めて彼の顔を覗き込んだ。

「……おまえ、大丈夫なの？」

ルインが瞬きして、こくんと頷く。

「はい」

「──しばらく……帰って来られなくなるかも知れないんだぞ」

ルインがまた瞬きをして、柘榴色の瞳で俺を正面から見た。彼がちょっと微笑んだので、俺は驚いた。

「──はい。大丈夫です」

俺は軽く息を吸い込んだ。

「そりゃ良かった。──じゃあ、しばらくよろしく、ルイン」

「はい、魔王さま」

「呼び方は他のを考えてくれ。──じゃあ、」

俺は魔王輔弼を振り返った。

まさか魔界くんだりまで来て、結果が今後の魔界からの手出し無用という確約と引き換えに、乳兄弟を連れて行くことになるとは思いもしなかったが。

「──これでいいな？　俺とあんたが会うことは二度とないよ」

魔王輔弼が肩の力を抜いたのがわかった。こいつが、死なない俺にどれだけ業を煮やしてきたのかがわかろうというもの。

「――そのように願います」

「――お亡くなりになったと公表されて」

「だからあいつが言ってたじゃん、俺は殺されそうになったから逃げたんだよ」

「この方々は……？」

「俺の……俺の連れ……」

夜が刻々と明けつつある中、俺たちはガチでルインを連れて、魔王輔弼が俺たちに付けた兵士たちに見張られながら、朝に向けて活気を取り戻しつつある城内を歩いていた。魔王輔弼が見張りを付けた理由は簡単、確実に俺たちがここから出て行くのを見届けるためだ。

アナベルは寝不足で機嫌が悪いし、カルディオスは呆れ続けているし、トゥイーディアはしゅんとしているし、ディセントラは溜息が止まらないし、平常運転なのはコリウスくらい。さらに悪いことに、ムンドゥスがやはり彼女独特のゆっくりとした歩調で進むせいで、意思に反した落ち着いた歩みになってしまっている。魔王輔弼からすれば、この小さな女の子はただの兵器の動かし手でしかなかったのか、処遇に然程の興味を示すこともなかった。俺たちで機織り塔の中に戻さないといけない。

まだ暗い城内を、使用人のお仕着せを着た女性たちが足早に動き始めている。俺は身が竦む思いだ。いつ、俺の巻き添えで死んでしまった人の身内とすれ違うかと思うと、緊張の余りに目が泳ぐ。訳がわかっていないだろうルインからの質問に答えるのも、どんどん上の空になっていく。

そんな俺を見て口を噤んだルインが、俺たちを見張っている兵士の一人に、何かを囁いた。兵士は面倒そうな顔をしたが頷き、ややあって俺たちは、なぜか厨房の前に立っていた。なんで真っ直ぐ外に連れ出されるのではなくて、厨房？

ぽかんとする俺たちを置いて、ルインが厨房に入る。朝食の準備で殺気立っている厨房内で、しばらく何事かを遣り取りした後、女性を一人連れて戻って来た。

ますます訝しそうにするみんなを他所に、俺はその場で卒倒しそうになった。

――俺のせいで亡くなった人の奥さんだ。名前はユーリアといったはずだ。

心の準備も何もなかった俺は、冗談抜きにその場で倒れそうになったが、ユーリアさんは走って来て俺の手を取ってくれた。

その後は、俺がかなりの醜態を晒したので話すことは割愛するが、――ユーリアさんは俺のことを恨んではいなかった。俺が彼女の夫の解毒に尽力したことは知っていること、子供は元気だということ、俺が頭を下げたことも覚えていること、――それを俺に伝えてくれたのだ。

ルインはどうやら彼女と親交があって、俺の様子を見て、わざわざ彼女に会わせてくれたらしい。

俺がいつもの調子を取り戻すためには少し時間がかかったが、その後にそっと、そう教えてくれた。


そしてその瞬間に、俺は自分と魔界との因縁の片が付いたことを、心から実感できたのだった。

さて、俺の心は軽くなったが、想定外が二つ、立て続けに起こった。

一つめがムンドゥス。この子を、昇りたての朝陽に照らされる機織り塔に戻し、兵士に監視されながら、俺たちが魔王の城を出た――ここまではいい。

が、想定外の形ではあれ、俺がこれで魔界との因縁の片を付けられたぞと喜ぶ前に、ルインが、つんつん、と俺の袖を引いてきた。なに？　と振り返ると、強張った顔で一点を指差すルイン。きょとんとしてそっちを見ると――ムンドゥス。

「――は？」

思わず目をこすってしまう。ムンドゥスに気付いて、アナベルがきゃあっと叫んだ。こいつは脅かされるのが嫌いなのだ。他のみんなも、軒並み愕然。

「置いて来た――よな？」

「置いて来たし、よしんばすぐにこの子が塔を出て追いかけてきたとしても、この子の足で僕たちに追い着けるとは思えない……」

なんだこの子――名乗りもしないうちから俺たちの名前を知っていたこと、この異様な風体、そして今回のこれ。もはや不気味だ。

俺たちが騒然とする中、それを他人事《ひとごと》みたいな顔で聞いて、ムンドゥスは真っ直ぐにカルディオスに歩み寄ると、疲れた様子で彼の腰にぎゅっと腕を回した。今にも全身が砕け散りそうな少女にそんなことをされて、気の毒にもカルディオスは身動きも取れず、「どうしよう……」と。

「もう一回魔王の城に戻って、この子を帰す？」

「万が一にもルドベキアが見つかれば、あのご老体はいい顔をしないよ」

「私たちだけでこっそり行く？」

「それでまたこの子がついて来ちゃったらどうするの？　永遠にここで足止めを喰らうの？」

カルディオスがそうっとムンドゥスの腕を解いて、彼女と視線を合わせるために膝を突いた。

「えーっと、きみ、ムンドゥス……」

「なあに、カルディオス」

「なんでここにいるんだろう……きみ、あの塔に住んでるんじゃないの？　帰らなきゃ駄目じゃん」

ムンドゥスは大きな銀色の瞳を瞬かせて、首を傾げた。そして、衒《てら》いなく言った。

「カルディオス、わたしは言ったわ。あなたたちといなければ」

「ずっとついて来んの!?」

ディセントラが溜息を吐いて、俺を手招きした。そして寄って行った俺に耳打ちする。

「ルインくん――だったかしら。あの子をどこかに置いていくときに、ついでにムンドゥスのことも頼みましょう」

まあ確かに、ルインががっちり捕まえてくれてさえいれば、ムンドゥスも俺たちを追い掛けて来たりはしないだろう――

――と、思っていたところに二つめの想定外。大誤算。

ルインが俺たちと離れることに、「うん」と言ってくれなかった。

考えてみれば、ルインのこれまでの生活は、魔王輔弼が支払う俸禄《ほうろく》で成り立っていたわけだ。そこから放り出されたとあっては、次の生活基盤を俺たちに求めるのは至極当然。とはいえこちらも「じゃあついて来い」とは言えないので、次の仕事が見つかるまでは傍についていてやるとまで申し出たのに（この申し出はトゥイーディアから飛び出した）、頑として頷いてくれない。

こちらもこれには慌ててしまって、「行先は大陸なんだぞ」と言って脅したのに駄目だった。魔界が閉鎖的な環境であるが余り、大陸といっても、北の方にあるという知識だけで、いっそ御伽噺《おとぎばなし》の国に近い印象らしい。具体的な距離を想像しろと言っても無理な話。

「おまえが何とかしろ」

と言われたのは、当然ながらトゥイーディア。そもそもトゥイーディアが投げた一言のせいでルインが巻き込まれたというのは事実なわけで。とはいえさらに遡《さかのぼ》れば、俺がきっちりここでの片を付けてから大陸に脱出しなかったせいである。というわけで俺とトゥイーディアで必死になってルインの説得に当たったが、ルインは驚くほど頑固な奴だった。

何が何でも頷いてくれないので、もうぶっちゃけるしかないと思い、俺がルインと膝を突き合わせて、大陸と魔界の風土と常識の違いについて力説した。大陸では魔王というのは口にするのも憚《はばか》られる絶対悪、当然ながら魔界も魔族もそれに準じた扱いをされるし、第一、大陸はおまえが思っているよりも遠くて、一度行ってしまうともう二度と帰って来られないんだぞ――ということを。

結果、ルインにめちゃくちゃ冷ややかな目で見られた。

「──魔王さま、では、輔弼閣下には最初から守る気のないお約束をなさったんですね？」

ぎゃふん。


軽蔑の目で見られて一旦戦線離脱した俺の代わりに、トゥイーディアが引き続き説得に当たる。コリウスが心配そうに見守る中、しばらく頑張っていたが、もう背に腹は代えられないと考えたのか、遂に匙《さじ》を投げた様子で宣言した。

「あのね、ルインくん。ご一緒したいと簡単に言うけど、実を言うと私たち、救世主なの」

大陸において魔王が絶対悪だというならば、魔界において救世主は絶対悪だ。

これはルインもびびるだろうと思って見守っていたのに、ルインはめちゃくちゃ不思議そうな目で俺を見ていた。

「魔王さま──ですよね？」

「だから、手違いだって。だから輔弼も俺を殺そうとしたんだって」

「実は救世主……と？」

「まあ、そうだな」

と、俺は救世主の威厳を籠めて頷く。なのに。

「でも──」

ルインは納得がいっていない顔。問い詰めるにユーリアさんを前に晒した俺の醜態を見て、俺がそんなに怖い人間ではないと明々白々に悟ってしまっていた模様。「おまえ何してんだよ！」と、俺はカルディオスに背中を殴られた。ごめん……。

それにしても不可解なまでのルインの意固地さに、これは話を聞かねばならないとトゥイーディアも本腰を入れたのか、「どうしてそこまで？」と、彼女らしい、相手に心の門扉を開かせるような口調での対話に入っていった。

ルインはしばらく渋っていたものの、再三促されて、ぼそぼそと話し出した。それによると。

——ルインの両親は、決して身分は高くない。ところがルインの母親は、魔王の乳母に抜擢された。これは幸運である。通常なら魔王が乳兄弟を取り立ててくれるはずで、これで一家も安泰だと安心していたが、その魔王というのが不幸にも俺だった。つまり、ルインを取り立てるどころではなく毎日生き延びるのに必死だったというわけ。ルインの一家からすれば、魔王がそこまで必死になって毎日をサバイバルしているなんて思うわけもないから、ルインは謂《い》わば「取り立てられ損ねた子」の扱いを受けているというわけ。一応は魔王輔弼の雑用係としての仕事はあったが、俸禄は安くて、割とお先真っ暗の状態にあったらしい。ならばと起死回生を俺たちに懸けたというわけだ。

——ここにも俺の被害者が。

俺は顔を覆って呻く。俺のこの人生、他人に迷惑をかけ過ぎている気がする。いっぺん死んでやり直した方がいいだろうか。

それに、こいつ——俺のせいで生家から冷遇されていたのに、俺の様子に気を遣ってユーリアさんと会わせてくれたのか。

俺のその様子を見て、カルディオスが「駄目だ」と言い出した。

「駄目だ。こっちの負けだ。ルドに負い目があるもん」

カルディオスはめちゃくちゃ重い溜息を吐いて、俺の肩をぎゅっと掴んできた。

「おまえ、昔っから自分が悪いと思い込むと弱いもんな……」

トゥイーディアが断固として口を挟んでくれた。

「ルドベキアは悪くないでしょ。被害者でしょ」

俺は嬉しさで胸がきゅんとなったが、もちろんそれも顔には出ず。

ディセントラが癇癪を起こして、「もう知らないから」と言い放った。

「もう、その子を連れて行くなら好きにすればいいけれど、私は知りませんからね。あの船の人たちにもガルシアの人間にも、どう言い訳するか自分たちで考えるのよ」

自分——たち？

指差されたのは俺とトゥイーディアで、まあ確かに、ルインの同行については俺たちに一番責任があるけれども。

珍しくトゥイーディアと膝突き合わせる好機が訪れたということで、俺の内心は年甲斐もなく薔薇色に染まったが、意思とは関係なく俺の顔面はものすごい顰め面を作った。それを見て、トゥイーディアが深々と溜息を吐く。

「はいはい、私がなんとか言い訳を考えるから、きみはいいよ。——ばかもの」

結局、コリウスがなんだかんだと知恵を貸していた。ムンドゥスをルインに預けておさらば出来ない以上、ムンドゥスの方の言い訳も考えなければならなかったということもある。俺はどんなに頑張っても、口を開くことすら出来なかった。ここで俺が口を開けば、トゥイーディアとの共同作業が嬉しいのだと、明白にわかるような声が出てしまうからだろう。

このクソ代償め。こいつを俺に課した奴が今も生きているなら、俺はそいつを一万回くらい殴るところだ。

それはさておき。

——ルインとムンドゥスに纏わる言い訳を考える過程で、とんでもないことが発覚した。ムンドゥスの肌に走る夥しい数の罅割れは、なんとルインに見えていなかったのだ。ルインからすればムンドゥスは、風体こそ異様ではあれ、ただの女の子に見えているらしい。——だが、これで納得がいったこともある。ムンドゥスを見たときの輔弼やその護衛の兵士たちのざわめきが、なんとも大人しかったのはこのせいか。あいつらにも、ムンドゥスの最も異常なところは見えていなかったに違いない。

ムンドゥスは自分が話題になっていることもわかっていない様子で、腰が引けているカルディオスに凭《もた》れ掛かり、すぅすぅと寝息を立てていた。カルディオスは迷惑そうな顔をしながらも、ムンドゥスがじっとしているのを幸い、彼女の度外れて長い黒真珠の色合いの髪を、器用に纏めて結い上げてやっていた。なんだかんだで面倒見のいい奴である。

それから約一箇月後、俺たちは島の西側の沿岸に到着していた。季節は夏の盛りを過ぎて、気温こそまだまだ高いものの、朝晩は涼しくなってきた。

漁港からは少し距離を置き、海から切り立つ崖の上。潮の匂いが懐かしい。海を見るのはこれが生涯初めてというルインは、目をきらきらさせて水平線を望み、「これが海……っ！」と感激した声を上げていた。こいつ、そもそも俺のせいで実家から冷遇されていたのと、俺が端っから守る気のない約束を輔弼にしていたというので、すっかり俺に対する態度は冷ややかだが、たまに年相応に可愛い顔も見せる。なお、嫌われているのかと思いきや、身の回りのことを何も言わずにしてくれたりもするし、「魔王さま」呼ばわりを本気で嫌がったところ、呼び方が「兄さん」に変わったりもしたので、こいつの本心が俺にはわからない。そもそもこれまでの人生で、俺が濃く深い関係を築いてきたのは、仲間内の五人との間だけなのだ。他人の心情なんて窺えない。

ムンドゥスもルインの隣で、こちらは無表情に海や漁港、波の上を滑空する海鳥を眺めている。ムンドゥスが崖の端っこにまで寄ろうとするので、ルインはこの一箇月少々で染み付いた習慣として、ムンドゥスの小さな手を握って彼女を安全圏に留めていた。俺たちからすれば、罅割れが走って見えるムンドゥスに触れるのは余りに怖い。なので自然と、ルインがムンドゥスの身の回りの世話を引き受けてくれたのだ。礼を言ってみたところ微妙な顔で頷かれたこともある。どう接すればいいんだ。

はあ、と息を吐き、俺たちは額を突き合わせる。

「――どうやってあいつらの船と合流するんだっけ？」

「半月に一度、この近辺に戻るよう話をしていたが……」

「えっ、下手したら半月もここで待つの？」

「出発時に何も言わなかったくせに、今さら文句言わないの」

「まあ、一番の問題は、あの船が待つのに飽きて逃走してたり、もっと言えば嵐なんかに遭って沈没してるかも知れないってことよね」

「アナベル……」

俺たちは一様に、何とも言えぬ目でアナベルを見たが、気を取り直してコリウスがぱちんと指を鳴らす。俺がそっちを見ると、コリウスもちょうど俺を見ていた。

「沿岸に来れば合図すると言ってある。見たところ船影はないが、死角にいる可能性もあるからね。おまえなら上空の相当高くまで火花でも何でも打ち上げられるだろう？　頼む」

「おう、任せろ」

腕捲りした俺は、右手をすっと振り上げて人差し指で天を指す。指先から、金色の火花が弾けて上空に向かって撃ち出された。途中で空中に熱波の漣を広げながら、遥か上空に達した火花が盛大に大輪の花を咲かせる。我ながら絶景。

「おぉー……」

トゥイーディアが思わずというように感嘆の声を上げていて、俺は内心でぐっと拳を握った。

——とはいえ、この合図は誰の目にも留まらなかったらしい。ざざーんと響く波の音を聞きながら、崖の上に立って視界の及ぶ限り見渡したものの、船影はなく。白く翻る波頭が昼下がりの日光に照らされて水晶のように煌めくのみ。

「夜の方が目立つし、また日が暮れたら合図してみる」

俺の提案で、今夜は海辺での野営が決定。アナベルが「魚が食べたい」との希望を出したため、日が暮れるまでの間釣りに勤しむこととなった。海上にアナベルが氷を張り、その上で魚を捕まえる。崖の上から飛び降りても大丈夫なくらいの魔法はみんな使えるからね。尤《もっと》も、ムンドゥスを不安定な氷の上に連れ出す度胸は誰にもなかったので——何せ、この一箇月少々で判明したことだが、こいつは無表情の割に好奇心旺盛で、どこへでもふらふらと行ってしまいがちなのだ——、ルインをムンドゥスの見張りに立てて、二人は崖の上で留守番である。

釣り竿なんてものはないので、〈動かす〉魔法で水面上に追い込んだ魚を空中でキャッチする、魔術師にしか出来ない荒業で氷の上に跳ね上げた魚を、アナベルがすかさず氷漬けにしていく。コリウスくらいに器用じゃないと、水も一緒に跳ね上げることになるので、しばらくすると全員がびしょ濡れになった。コリウスは辟易した溜息を落としていたが、俺は結構楽しかった。

割と大漁だったので、ルインは俺たちの釣果に目を丸くしていた。

その夜は盛大に魚を焼いて食べ（俺以外。俺は調理担当に仕立て上げられた）、日がとっぷりと暮れてから、再び俺が上空に火花を打ち上げた。

一瞬とはいえ、夜空を白く染めるほどの光量で、熱波を広げて炎の大輪の花が咲いた。船の連中が近くにいれば気付くだろ。

ルインとムンドゥスのことを、船の連中にどう誤魔化すかについては、この一箇月の旅路の初頭に決定していた通りだ。取り敢えずルインには、俺と彼が魔界出身であるということは死んでも黙っておけと言い聞かせている。ルインとムンドゥスに、大陸での常識が何ら備わっていないため、もう記憶喪失で誤魔化すことにした。船の連中には、俺たちが救世主だということも言っていなければ、そもそもどうして魔界まで来なければならなかったのかということも言っていない。そこを活かして、でっちあげる話はこうだ。

——まず、俺を大陸南方のド田舎諸島の出身だということにする。ルインは行方不明だった俺の友達という設定。十年くらい前に諸島から行方不明になっていたルインが、実は嵐に巻き込まれ、魔界に流れ着いていたのだが、本人はそのときのショックから記憶喪失となっていた、というわけだ。あいつらに、魔界行きはガルシアの任務だということまでは話していたから、ガルシアの任務というのはそもそも、諸島からの行方不明者の捜索だったということにする。対レヴナント専門の軍事施設であるガルシアでそういう任務があるのかどうか、俺としてはかなり不安に思ったが、コリウス曰く、ないこともないらしいので大丈夫だろう。それに元海賊たちは、別にガルシアに詳しいわけでもない。

そして、最も頭の痛いムンドゥスについてだが、彼女はルインと一緒にいた子ということにして、ルインを連れて帰るとなると、こんな小さい子を一人にしてしまうことになるから、已《や》む無く一緒に連れて行く、と、それで押し切る。

割と穴だらけの設定ではあるが、「おまえが力説すればなんとかなる」とカルディオスに力強く言われてしまった。どうかな……。

ルインに、これから合流する（予定の）船の連中について、俺から軽く説明しておいた。元海賊だが、今は真面目に商売をやっていることなど。外野からディセントラが、「ルドベキアにすっごく懐いてる」と要らぬ情報まで渡したが、まあよかろう。魔族たちには、海賊という概念がそもそもないので——何しろ閉鎖的な島だから、海上で誰かを襲うなんて発想には至らない——、ルインは特段、あいつらの経歴に警戒した様子もなく、ふむふむと頷いていた。普段は俺に対してつんけんしているとはいえ、こういうときは素直なんだよな。

夜明け前にもう一度、俺が上空に向けて火花を打ち上げた。濃紺に明けゆく空の下、東の方角に白く曙光が昇るか昇らないかという暁闇の中で、俺が撃ち上げた黄金の火花は幻想的なまでに目を引いた。

アーロ商会の連中が今どこにいるかわからないが、ある程度の距離があっても見えるだろう合図を三回上げた。これで反応がないようならば、ここから相当遠くにいるということだろう。しばらく日数を開けて、再び合図を撃つしかない。物資が尽きて一旦大陸の方まで戻っているとかだったらどうしよう……。

そんな不安を密かに抱いた俺だったが、幸いなことにそれは杞憂《きゆう》に終わった。

その日の昼前、見覚えのある船影が見えたのである。

——魔界に怯えるのは大陸側の人間の常であるので、さすがに船を寄せて迎えに来いとは言えない。アナベルが海上に氷の道を造り出してくれて、俺たちはそこをてくてく歩いて船の方へ。全員が揃って魔界を後にするなんて、これが正真正銘人生初の出来事だ。アナベルは複雑そうだったが、ディセントラやカルディオスは、隠しきれない嬉しさを発散して明るい顔をしていた。

氷の上を歩く間、ムンドゥスが興味津々に海を覗き込もうとするので、滑り落ちたりしないよう、ルインがしっかりと彼女の手を引いて歩いた。

ある程度近付いたところで、船から熱烈に手を振る船員たちが見えた。さらに近付くと、声もばっちり聞こえてきた。

「――兄貴だっ！　兄貴だっ！」

「姐さんもいるぞっ！　無事だったみてぇだ！」

変わってねぇなー……。

船の真下まで到達した俺たちは、乗船の前に船長を呼ばわった。さすがに、二人も断りなく乗船させるのは礼を失する。許可を取るのが先決だと考えたからだ。

縄梯子を下ろし、氷上まで下りてきた船長は、見覚えのない二人に眉を寄せる。やっぱりね……。

「――おう、よく戻ったな、坊主。で、そいつらは？」

警戒心満点で二人を見る船長。魔界の住人といえば魔族であり、魔族なんてものは一生涯船に乗せたくはないというのが、彼の偽らざる本心だろう。

船長を騙すことについて、頭を擡《もた》げそうになった良心を取り敢えず一時的に埋葬して、俺は至って真面目な顔で切り出した。

「いや、実はさ……」

と、ここからは滔々《とうとう》と例の言い訳を捲し立てる。

ぶっちゃけ穴だらけの設定だが、ここで光る俺の人生経験。言葉に真実味を持たせることなんて造作もないね。ルインの肩を抱いて涙ぐんだりしてみせる。勿論、ルインが記憶喪失になっていたと話すタイミングでだ。ルインのなんとも挙動不審な様子も、俺の話を裏打ちしてくれた。よしよし。

甲板からは元海賊どもが身を乗り出し、俺の話を聞いている。俺はどっちかって言うと、船長よりもそっちに聞かせるつもりで喋っていた。だって船長を騙すのは難易度が高そうだから。船員たちならば容易く騙されてくれるだろうという、失礼極まりない打算があってのことである。

予想に違《たが》わず、甲板の上からは同情の声が雨霰《あめあられ》。

とてもじゃないがこいつを魔界には置いて行けない、そもそも連れ帰るのが任務だ、ムンドゥスについては、どうやらルインとずっと一緒にいたらしい、身寄りのない少女を一人で放り出していくわけにも――と言葉を重ね、俺は首を傾げて船長を窺った。

「――ってことで、こいつらも乗せてほしいんだけど、駄目？」

「乗せてやりましょうや船長！」

「兄貴たっての頼みですぜ！」

船の上からの俺への応援が飛ぶ。ありがとうありがとう。

船長はさすがに嫌そうな顔をしていたが、ちらり、とコリウスに目を遣った。意味は明白。こくりと頷いたコリウスが、小さな声で得たりと応じた。

「……勿論《もちろん》、割増料金を」

はあああ、と大きく息を吐き、船長は親指で己の船を示した。ルインとムンドゥスが至って無害そうだったということも、大いにその決断を後押ししたことだろう。

「――あー、わかったよ。乗んな。さっさとここを離れるぞ」

よしっ、と拳を握って、俺はいい笑顔で礼を述べた。

船長に続いて縄梯子を登る。船上からはお帰りなさいの大合唱。俺の後ろにはムンドゥスを誘導するルイン、その後ろにコリウス。トゥイーディア、ディセントラ、カルディオスが続き、アナベルは最後尾で、氷の足場を最後まで維持する。

縄梯子を登り切り、甲板に上がった俺に駆け寄って来たのはハーヴィン。相変わらず忠犬を思わせる笑顔。

「兄貴っ、兄貴っ、お帰りなせぇ！」

「ああ、ただいま」

そう応じて、俺は振り返り、遠慮しながらルインに手を伸べた。ムンドゥスを誘導しながら縄梯子を登る彼は、少々苦戦している。

「ルイン、大丈夫か」

「は、はい……」

そう答えて、素直に俺の手を取ってルインが甲板に上がった。そして、「素直じゃん」と思ったのが顔に出た俺に、若干嫌そうな顔をした。そうしながら、すかさずルインも手を伸ばし、ムンドゥスを甲板に引っ張り上げる。黒檀を彫り抜いたかのような見事な黒い肌に絶世の美貌の幼い少女の乗船に、元海賊どもが沸いた。

「すっげー……」

「とんでもねぇな……」

この反応を見るに、やっぱりムンドゥスの全身を覆う亀裂は見えていないのか。

ムンドゥスの常軌を逸した、恐ろしさすら感じさせる凄烈な美しさのゆえか、元海賊どもの間で上がった嘆声には、美しさに対する感嘆のみが滲んでいた。所謂《いわゆる》「上玉」を見るような好色な視線はなかったものの、警戒するに越したことはないだろう。ムンドゥス本人がぼんやりしているから尚更だ。

俺は思わずルインに、「ムンドゥスから目を離すなよ」と耳打ち。ルインは「わかってます」とばかりにうるさそうに頷いた。そのくせ、俺がルインから一歩離れると、ちょこちょことそれについて動く。嫌われてんのか頼りにされてんのか、どっちだ。

全員が恙なく乗船し、縄梯子が巻き上げられる。アナベルが指をぱちんと鳴らして、海上に広がっていた氷が、ものの一秒で溶け出して波を立てた。その弾みで船もぐぅらりと揺れる。

船乗りからしても、ここは長居の望ましい海域ではない。慌ただしく、いざ出航――という段になって、船の上をどよめきが走った。


容姿からして元海賊どもの視線を一身に集めていたムンドゥスが、その場でばったりと昏倒したのである。

約二箇月に及んだ航海だったが、その間、ムンドゥスは一切目を覚まさなかった。

——彼女が倒れたその瞬間は、俺たちも大いに狼狽《うろた》え、大騒ぎになった。彼女が顔面から甲板に倒れ込みそうだったところを、滑り込んで受け止めたルインには拍手喝采。しばらくすれば起きるだろうと思って様子を見ていたが目が覚めず、揺らしても呼び掛けても頬を軽く叩いても、全くもって微動だにしない。これは何かがおかしいぞと、船上で高まる緊張。「元海賊船ってバレたんすかね、だからっすかね」なんて頓珍漢《とんちんかん》なことをハーヴィンが言い出す始末。それに対して、「落ち着いて」と声を掛けていたトゥイーディアも、内心は相当動揺していたらしく、指輪の形にしていたはずの救世主専用の変幻自在の武器を、腕輪やらナイフやらに無意味に立て続けに変形させつつ弄んでいた。目もめちゃめちゃ泳いでいた。

とはいえ、顔色が極端に悪いだとか、呼吸が止まったとか、そういったことは一切なかった。むしろ、状態を見ると、ただ眠っているようにしか見えない。うなされることもなく、微動だにせず眠るその姿は、容姿の完璧さも相俟《あいま》って、よく出来た人形そのものに見えた。

とにかく女性の船室にムンドゥスを運び入れて寝かせたものの、待てど暮らせど目覚めない。

俺たちとしては、「魔界から引き離してはいけなかった生き物なのでは」だとか、裏付けの取りようのないあらゆる可能性を考慮したのだが、考えるだけ無駄というもので、正解などわかろうはずもない。ムンドゥス自らが俺たちとの同行を希望したという事実があるので、あの島から引き離してはいけなかったとは考えづらいというのが、唯一の救いといえば救いである。

動揺し過ぎて、船賃の支払いを俺はすっかり忘れていたが、そこはコリウス、抜かりはない。俺たちが大騒ぎしている間に、ムンドゥスとルインを乗船させたことによる割増料金を弾み、千アルアを船長に手渡していたようだ。

今日こそムンドゥスが目を覚ましますよう——と祈っているうちに船旅が終わろうとしている。生きてはいるが、やばい。俺たちのせいで昏睡状態だとか、どうすればいいんだ。

俺たちの間に漂う雰囲気を如実に映し、往路とは打って変わって船上は葬儀の雰囲気を以て海を進んだ。

レヴナントにも幾度か遭遇したが、その度に手が空いている救世主が対処した。ルインは初めて見る化け物に目を丸くしていた。——確かに、魔界とその近海にはレヴナントは出ない。なんでだろう。往路のときもそうだったが、既に船が犠牲になった後に遭遇することしかなくて、俺たちとしては口惜しい。俺たちなら、海上で出るレヴナントくらいなら問題にならないのに。どうせならレヴナントが発生するその場に居合わせたいものだけれど、そう上手くはいかないらしい。俺たちがレヴナントはもはや一切問題にせずに片付けることが重なったために、元海賊どもは「さすがガルシア！」と沸いていたが、ガルシア隊員が全員このレベルだと思わない方がいい気がする。俺たちはかなり特別な部類だし。普通の魔術師は、周辺一帯の海水を凍結させたりは出来ない。

——それにしてもムンドゥス。昏々と眠り続けて、食事すら摂っていない。何より異様なのは、食事をしていないというのに、彼女の外見に何らの変化も訪れないということ。衰弱している様子がなく、いつ見ても、最初に倒れたときの姿そのままで眠り続けている。ルインが一度、「人形の世話をしていると錯覚しそうです……」と零《こぼ》していたが、まさにその通り。カルディオスがめちゃくちゃ怪《け》訝《げん》そうな顔をして、ムンドゥスの呼吸を確かめていたこともある。

——そうして二箇月。

目覚めないムンドゥスのお蔭で、俺たちは胃を痛める思いで迫る大陸の影を見ていた。目指す港はガルシア港。俺たちは皇帝の勅命を以て例の兵器の調査に当たっていたわけだから、そして実際に、もう魔界から大陸に手を出されることはなくなったのだから、如何に軍事施設の港といっても、直接乗り込んでしまっていいはずだというコリウスの判断である。

元海賊たちに、俺たちの嘘がばれる前に去って行ってもらわねばならないが、これは大丈夫だ。こいつらだって、探られたら痛い腹（具体的には前科）があるのだ。軍事施設の港に停泊して、そのまま観光しましょうなんて言い出す肝っ玉の持ち主はいるまい。

俺たちは下船後、再度皇帝に召喚され、例の兵器についての調査結果を求められることになるだろうが、これもどうにでもなる。だってもう存在しない兵器だから。皇帝も、そこまで首を長くして結果を待ってはいないだろう。

——そう、生涯初の魔界からの生還を果たした俺たちの前には、自由な一生が広がっているといっても過言ではないのだ。ようやく獲得できた、魔王を殺しに行かなくともよい一生。

そこに横たわる、唯一にして最大の問題はムンドゥス。この子の目が覚めるのかどうか。こんなことなら、この子を魔界のどこかに放り出して来れば良かった——などと俺はこっそり考えたが、金輪際口には出さなかった。トゥイーディアに最低な奴だと思われたくはない。

季節はすっかり晩秋。気温の上がらない日が増えてきて、朝晩は肌寒さを感じるようになってきた。

南の島で育った今生の俺は寒さに弱く、冷えた空気のせいで目が覚める日が重なったほどである。

「……今日もムンドゥスが起きない」

ディセントラが深刻な顔で呟いた。この頃のみんなの口癖である。

「ガルシアまで着いたとしても、様子を見て……意識が戻る様子がなければ最悪、魔界まで取って返すしかないかも知れないな……」

コリウスが暗鬱な声で零したが、「やめて本当にやめて洒落《しゃれ》にならない」と無表情のアナベルに早口で断りを入れられていた。まあ、確かに考えたくない可能性だけどさ。それにしても、いや、おまえが言うなよってもので。この船旅の間、アナベルがムンドゥスの意識が永久に戻らないことに言及した回数は、数えるに余りある。それに対してぶち切れたカルディオスと、なぜかアナベルを庇いだてしたトゥイーディアで、珍しく口論になったほどである。仲裁したディセントラは涙ぐんでいた。

今はムンドゥスの傍にトゥイーディアとカルディオス、そしてルインが付いている。残る一時間ほどの航海の間にムンドゥスの目が覚めますようにと、甲板にいる俺たち同様奇跡を祈っているはずである。

粛々と近付く大陸。以前この船に乗って大陸に辿り着いたとき、俺はようやくの大陸にめちゃめちゃ嬉しい思いをしたものだったが、状況次第でこうも心持ちは変わるんだな。俺たちの心情を映したかの如く、空は陰鬱に曇り、低く垂れ込めた雲がミルクを零したかのように、辺りには薄《うっす》らと霧が漂っている。堅牢な砦を要するガルシアの町並みが、影のように滲んで遠目に見えるが、全く心は浮き立たず。ちょうど夕闇が近づいてくる時間で、海は鉛の色だった。

「――ちょっとだけ、思うんだけど」

ディセントラが、一縷《いちる》の望みを懸けるかの如き声で呟いた。

「船が動き出すと同時に昏倒したんだから、船が止まると同時に起きないかしら……」

どういう理論だそれ。――と、思わなくもなかったが、もはや何にでも縋りたい気分だったので、俺たちは一斉に、深々と頷いた。

「――兄貴ぃ、そろそろ着きますぜぇ」

ハーヴィンに声を掛けられて、俺は「ありがと」の意を籠めて頷いた。船長が何だか可哀想なものを見る目で俺たちを見てきたが、まあ航海の間中祈り続けていればさもあらん。

カモメの声を聞きつつ、船は汽笛を轟かせて港に入港した。すかさず波止場にいたガルシアの隊員から、霧を引き裂いて威嚇みたいな魔法の一撃が飛んできたが（そりゃあ、この船は許可を受けているわけではないからね）、コリウスがすぐさま合図を送って事無きを得た。ガルシア隊員どうしの符牒を受けて、威嚇の一撃を見舞った隊員が、気まずそうにこちらに向かって手を合わせているのが、霧の向こうに微かに見える。

そうしてこの船は、最初の一撃以外は特段の問題もなく、空いている船着き場に停泊した。錨《いかり》が下ろされ、桟橋に先んじて下りた一人が船を係留する。波に揺られ、船体は軋む音を立てながら、長期に亘る船旅が終わった――

――そのとき、俺たちの足許から大歓声が上がった。くぐもって聞こえたが間違いない、俺はトゥイーディアの声は聞き違えない。俺は思わずがばっとコリウスを振り返り、アナベルを振り返り、ディセントラを振り返った。素直に期待を顔に出していたのはディセントラだけだった。

船室に通じる跳ね戸が勢いよく上げられた。

「――みんなっ！」

躍り上がるようにしてトゥイーディアが飛び出して来る。実際に踊り出しそうな足取りで、彼女が顔を輝かせているので、俺はもう天空に太陽は要らないんじゃないかと思ってしまった。この笑顔で十分太陽の代役が務まりそう。

「――目が覚めたの！」

果たせるかな、トゥイーディアはそう叫んだ。目が回るような安堵のために、咄嗟に声が出なかった俺たちに向かって突進して来ながら、トゥイーディアが、彼女にしては珍しく捲し立てるような口調で言い募る。

「ついさっき！　やっと！　目が覚めたの！　具合が悪いこともないみたいで、今はカルとルインくんが様子を見てて――」

「ムンドゥス、目が覚めたの!?」

アナベルが目を見開いて叫ぶ。ディセントラが思わずといった様子で、勢いよく俺に抱き着いてきて、そのあとコリウスにも抱き着き、アナベルの両手を握ってぶんぶんと振った。トゥイーディアはそんなディセントラに飛びついて、この霧と曇天を吹き飛ばすような明るい笑顔を零した。

そんなわけで、船から下りたとき、俺たちは大役を果たした後に相応しいものすごくいい笑顔を見せていた。約束の報酬を受け取った船長は、名残惜《なごり》しそうにする船員たちを叱り飛ばして錨を上げさせている。俺は感謝を籠めてそっちに手を振り、向こうからもたくさんの手が振り返されたが、軍事施設に長居してよい船ではなかった。

にしても、あー良かった。なんで急にムンドゥスが昏倒したのかとか、なんで急に目が覚めたのかとか、そういう疑問は尽きないが、このときばかりはそれも安堵の陰に霞む。目が覚めてくれて本当に良かった。原因を考えるのは後にしよう。

今はとにかく喜びたい。

俺が魔界で生まれてしまった、その因縁は概《おおむ》ね晴れた。もう俺のせいで誰かが死ぬことはない。今生の俺たちは自由だ。だって殺しに行くべき魔王が、魔王の玉座にいないのだから。

――だから、今回はどうかこのままで。今生だけでもどうか、このまま一生が何事もなく平穏に、痛みも苦しみもなく終わりますように。トゥイーディアがあんな、ぼろぼろになって死んでいくようなな、そんな終わり方はしませんように。

俺が望むのは、もうそれだけだ。


救世主たちの帰還の報は、間もなくして砦中を回った。

次から次に隊員が駆けつけて来て、カルディオスはその中の顔見知りに、上手いこと言ってルインとムンドゥスを預けてくれた。元海賊たちに言い訳したときとは打って変わって、ここではルインとムンドゥスを、俺たちが道中の世話のために雇った兄妹だと口から出まかせを並べ立てておく。ルインは驚いた色を浮かべたが、カルディオスに有無を言わさず片目を瞑られ、言いたいこと全部をぐっと呑み込んだ様子だった。俺はこっそりルインに「後で会いに行く」と合図して、それに対してルインがちょっと嬉しそうにしたのにびっくりしてしまった。

時刻が時刻である、このまま俺たちは晩餐の流れとなり、種々の報告は明朝以降になるだろう――と思って熱烈すぎる歓待に耐えていると、驚いたことにお呼びが掛かった。

俺たちを歓迎していた隊員たちが、ざわめきと共にさっと二つに割れたかと思うと、その奥からつかつかと一人の男性が歩み寄って来たのだ。彼は目の下に白っぽい古傷が走っていて、厳格そうな鋭い顔立ちをしていた。そんな彼が、ごく当然の顔で「どうぞこちらへ」と俺たちの誘導に掛かったのだ。男性はもう若くはなく、軍服を飾る徽章《きしょう》の数も凄まじく、恐らくは佐官以上の階級にある人だと思われた。ガルシアに不慣れな俺とトゥイーディアが目をぱちくりさせたが、他のみんなが「黙ってついて行こう」と合図したので、特段の違和感もなく、男性に続いた。

この時間に救世主を呼びつけるとは、ガルシアのお偉方は思っていたよりも俺たちのを帰還を首を長くして待っていたのか――と訝ったが、考えてみれば魔界から生還するのはこれが初めてで、「帰還した救世主」の扱いなんて、俺は何も知らなかった。

男性に誘導されながら、俺は頭の中でぼんやりと予想していた――このままお偉方の前に通されて、形だけの「ご報告」とやらをこなすのか。そのあとに晩餐か。せっかくだからみんなとのんびりしたかったけど、それは難しそうだな。ルインに会いに行けるのはいつになるだろう――真夜中を回ると、あいつのことだから迷惑そうにするんじゃないだろうか。そもそもあいつ、どこに連れて行かれたんだ？　カルディオスならその辺のことも弁《わきま》えているか――

そんなことを考えているうちに、俺たちは砦の奥の方まで案内されていた。帝都ルフェアに向かうようにという要請を受けるために召集されたときに通された場所だ。軍事施設とは思えぬ豪勢な調度品が目につき、壁には風景画まで掛かっている。

掛け燭の明かりが灯された、絨毯の敷かれた長い廊下を歩きながら、俺たちを先導する男性は、ずっとトゥイーディアに話しかけていた。妙といえば妙だ。こういうときは自国の貴族であるコリウスやカルディオスにも、相当に気を遣うものだと思うけれど――

やがて、男性は一枚の扉の前に俺たちを案内した。コリウスとカルディオスが怪訝そうな顔をしていて、それを見たディセントラが、「どうしたの」と小声で尋ねる。カルディオスは肩を竦めて、ごく小さな声で、「俺ら、貴族どうしで話すときだってこんなとこに来たことないよ」と。

――扉の向こうにいるのは、ガルシアの要人ではない？

てっきり、ガルシアのお偉方の前に通されるものだと思っていたけれど――

俺とアナベルが目を見合わせる。アナベルがちょっと首を傾げて、彼女の薄青い額髪が揺れる。トゥイーディアも、後ろにいる俺たちの雰囲気は察したのだろう、不思議そうに飴色の瞳を瞬かせて、控えめに微笑んで男性を見上げた。

「――あの、申し訳ありません、どなたがいらっしゃるのでしょう？　こんな格好ですし、失礼があっては――」

するると、驚いたことに、厳格そうなその男性が笑い声を上げた。大らかとさえいえる笑い声で、トゥイーディアがぱちくりと目を瞬かせている。

「……あの――？」

「お気になさることはない、リリタリスのお嬢さま」

男性はそう言って、扉に手をかけた。

「あなたにお会いされたいと――救世主かたがたにお会いなさりたいとたってのご希望で。せっかくお運びいただいたのですから、あなたが驚いてくださると、先方も喜ばれましょう」

トゥイーディアはますます不思議そうな顔をした。

「私に？　私に会いたいと――いらした方が？」

呟いて、ぱっと顔を輝かせる。

「もしかして、お父さま――父でしょうか？」

厳格そうな男性は微笑んで、首を振った。トゥイーディアの白い頬に、残念そうな、がっかりしたような、それでいて最初からそれも織り込み済みだったような、諦念めいた苦笑が浮かぶ。

それを見て、男性はややもすると宥めるようにすら聞こえる声音で、言った。

「ですが、親しい方ですよ」

そして、彼はゆっくりと扉を開けた――その向こうに、居心地の良さそうな広い部屋が見えた。俺たちはその中に通された。

寄木細工の床、その中央には円形の緋《ひ》色の絨毯。右手には白大理石の暖炉。既に赤々と火が入っているその暖炉の上には、飾り皿が数枚と、鏡。暖炉の前には、揺り椅子が一脚とオットマン。その少し奥に、華奢な細工が施された一組の机と椅子があった。四人掛けの食卓が想定されたもののようで、レースがあしらわれたクロスが掛けられているのが見える。正面に見える壁には大きな張り出し窓が開き、張り出し部分には幾つかクッションも置かれている。夜間とあって、窓には金色の房の付いた臙脂《えんじ》色の帳《とばり》が下ろされていた。左手には、ソファとローテーブルが鎮座。その上には、葡萄酒のデキャンタと背の高いグラスが幾つか、無造作に置かれている。更に別の部屋へと通じるアーチ形の出入り口が、左手の奥に見えていた。そして、正面――部屋の中央には、手を伸ばせば届きそうな位置に吊り下げられた、水晶の煌めくシャンデリア――この部屋の唯一の光源が吊り下がっている。その真下に、大きな寝そべり椅子が置かれていた。

部屋の中が無人に見えたので、俺は覚えず、騙されたような気分になってしまった。

トゥイーディアに親しい人で、彼女のお父さんじゃないってことは――お母さん？　でも、トゥイーディアは今まで一度も、お母さんのことを口に上らせていない。あるいは、考えたくもないが、彼女の婚約者か？　もしそうだったら、俺は今すぐここを出ないと、何か口実を見付けて辺り一帯を火事にしかねないぞ。

そのとき、トゥイーディアの表情が俺の目に入った。

――彼女は断じて喜んでなどいなかった。唐突に、全ての明るい情動が奪われたようでさえあった――白い頬をいっそう白くして、強張った表情で、愕然として飴色の瞳を瞠っている。

俺の胸がざわめいた。何か良くないことが起こると予感したからというよりは、トゥイーディアがそんな顔をしている、その事実に対して。

「…………？」

どうした……？

彼女が俺たちを振り返った。珍しいことに、その目が泳いで、俺たちを捉え損ねたようだった。

「――きみたちは……きみたちは、ちょっと外にいて――」

「何を仰《おつしや》います」

厳格そうな男性が微笑んでそう言って、トゥイーディアの肩を軽く押した。

――そのとき、声がした。

「そうだよ、なに言ってるの」

俺は凍り付いた。

俺だけではなく、その場の全員が、足を縫い留められたかのように動きを止めた。

――そんなはずはない……そんなはずは――

だが、この声。

中性的で柔らかく、歌うような独特な調子がある、この声音。

――ここにいるはずがない。

そう思うのに、視線は勝手に部屋の中を向いていた。

無人に見えていた部屋の奥の影から、ゆっくりと――いっそ嬉しそうでさえある歩調で、部屋の中央に進み出て来る人影があった。

――その姿を認めて、俺の心臓が、肋骨《ろっこつ》の間でひっくり返った。頭から血の気が引いていくのを自覚する。

見た目は十六歳程度、小柄な身体つき。今は深青色のガウンを羽織っていて、くつろいだ笑みを浮かべている――

新雪の色の、柔らかく波打つ短い髪、――俺たちを見て嬉しそうに細められている、他に類を見ない、鮮やかな黄金の双眸。

「――やあ」

――トゥイーディアが、両手で口許を覆った。

俺は呼吸の仕方を忘れて、凝然と彼を見つめていた。

――今生でだけは、会うことはないかも知れないとさえ思っていた相手。

眼前に立っているのは、紛《まご》うかたなき、魔王ヘリアンサスだった。

魔王ヘリアンサスは、嬉しそうに身体の前で両手を合わせた。

しゃらん、と清《さや》かな音を立てて、彼の左腕で腕輪が揺れる。不透明な空色の宝石を鎖に連ねた腕輪。

「しばらくぶりだね、トゥイーディア・シンシア・リリタリス嬢」

ヘリアンサスが親しげにそう言って、つい、と、黄金の瞳を、あの厳格そうな男性に向けた。言外のその仕草の意味を察して――俺たちが心底から肝を冷やしたことに――この魔王を無害な存在だと信じ切っている表情で、男性が軽く頭を下げて部屋の外に下がった。

そして、俺たちを部屋の中に残し、重々しく扉を閉める。

俺たちだけになった、シャンデリアの明かりだけが灯る夜の部屋。

ヘリアンサスは黄金の瞳を俺たちに向けた。――魔王の城の玉座の間、そこ以外では見るはずのなかったその双眸を。

「やあ、ルドベキア、カルディオス。久しぶり」

そう言って、彼が目を細める――退廃的なまでに美しい、その表情。もしも美しさというものが目に見えるものであったなら、今のヘリアンサスは美しさの蔭に隠れて見えなくなってしまうに違いないと思えるほどの。

「――――」

トゥイーディアが立ち竦んでいる。彼女の思考を構成する歯車が、全ての動きを止めてしまったかのよう。

そんな彼女をまじまじと見て、ヘリアンサスは冷笑した。右手の親指と人差し指をぴんと立てて、その人差し指でトゥイーディアを指す。馬鹿にしたように。

「――そんなに驚かなくても。予想できたはずだろう――婚約者が会いに来ることくらいは」


――は？

婚約者？
こいつが――この魔王が？
どんな手段で――何の目的で？

茫然と空転する思考の中、だが、ただ一つだけわかったことがあった。

あの日――今生において、俺たちがトゥイーディアに再会したあの日。

あのとき、トゥイーディアは俺たちと話し合うことよりも、手紙を一通したためることを優先した。

お父さんに宛てるのだと言っていた。――その手紙の内容がわかった。

全ての記憶を取り戻したトゥイーディアは、魔王が己の婚約者を名乗っていることに気付いたのだ。

だから、まず何よりも先に、「用心するように」という手紙を、彼女のお父さんに宛ててしたためたのだ――その必要があったのだ。


「――おまえ、」

トゥイーディアが息を吸い込んだ。彼女の足許で、微かな音を立てながら、絨毯が解け始めていた――トゥイーディアの魔力が荒らいでいる証拠。

それだけではなかった。部屋の調度品の悉《ことごと》くが細かく震えている――コリウスも、己を抑えかねているのだ。

アナベルがゆっくりと後退って、閉ざされた扉を後ろ手に探り、引き開けようとした――扉は動かない。ディセントラが前に出ようとする。カルディオスがそれを止めて、彼自身はトゥイーディアの肩越しに、魔法を撃つ間合いを測る眼差しでヘリアンサスを凝視していた。

その視線に気付いて、ヘリアンサスがひらっと手を振る。無防備な仕草――これまで数百年の間、俺たちが何をしようとも、傷ひとつ付けられず、影さえ踏むことの出来なかった魔王――その事実ゆえの、絶対的な余裕。

俺は全く無意識のうちに、勢いよく前に出ていた。

――トゥイーディアへの恋慕ゆえに彼女の前に立ちたいのだとしても、俺が前に出ることは、トゥイーディアの目には、俺が他のみんなを守っているように映る。ゆえに許される、この、ほんの僅かな慕情の発露。

だが、その俺を、他ならぬトゥイーディアが阻んだ。左手を俺の前に伸べて、必死さの滲む飴色の瞳で俺を見上げて、「下がってて」と囁く彼女の、その瞳――

――恐怖が色濃く滲む瞳。

「…………？」

――トゥイーディア……？

今までの、魔王を前にしたときの激情とは違う、勁《つよ》い彼女には似合わない――溢れんばかりの恐怖。

トゥイーディア――前回の死に際に、この魔王に、一体何を言われたんだ？

怪訝すら覚える俺に視線を移して、ヘリアンサスがにっこりと笑った。

「――ああ、ルドベキア。きみのお奇麗な友人たちは、きみの今の地位を何て言って論《あげつら》ったかな」

呼吸を忘れていた俺は、ようやく息を吸い込んだ。喉がからからに渇いて痛むほどで、心臓は今や喉元で打っている。

だがそれでも、掠れた声を押し出すことは出来た。

「――なんとも。俺は何も変わってないぞ」

「そうだね、ある意味では」

ヘリアンサスはそう認め、トゥイーディアに黄金の瞳を向けて、耽美的なまでの微笑を口許に浮かべた。

「――きみは僕のことを隠して、伏せて、僕がきみたちの前に現れることのないよう祈って、どうにかしてこいつらを守ろうとしたんだろうけど、」

ヘリアンサスが一歩前に出る。俺たちは知らず知らずにじりじりと下がっている。

何十回と俺たちを殺してきた魔王、――俺たちの憎悪と恐怖の対象。

「残念だったね。それを完遂するには、きみは余りに弱すぎた」

ヘリアンサスはトゥイーディアの目の前で足を止める。彼は身体の後ろで手を組んで、首を傾げてトゥイーディアを眺め遣る。

「——リリタリスのご令嬢。僕を殺すことが出来る存在と、そう定義された救世主」


——こいつは、何を言っているんだ？

——救世主は魔王を倒すもの。そう決まっているが、——こいつの口ぶりは、まるで……何か他の含意があるかのような……。


困惑と戦慄に立ち竦む俺たちには頓着せず、ヘリアンサスは端正な仕草で左手を持ち上げた。その指先をトゥイーディアに向け、顔色を失った彼女に、殆ど残忍でさえある眼差しを向けて。

「きみは卑怯にも忘れたが、きみは最初に、僕から大事なものを盗んでいる。——つけを払ってもらうよ」

そして今度は俺を見る。まじまじと——まるで何かを確かめるように。

「——ルドベキア、魔王に返り咲いた気分はどう？」

俺は浅く息を継ぐ。周囲に熱を放射してしまっていることはわかっている。俺から立ち昇る熱波に煽られて、シャンデリアが微かに揺れて、ちりちりと清かな音を立てている。

「——俺は、魔王だったことはない」

「いいや」

ヘリアンサスは呟いて、束の間目を伏せた。そして純白の睫毛に縁どられた瞳を上げて、冷ややかに微笑む。

「僕は、きみと違って約束は守るからね。——約束どおりに、きみに魔王の座を返しただけだ。その約束も、きみはもう覚えてもいないわけだけどね」

トゥイーディアの前を一歩離れて、ヘリアンサスが俺の方へ足を向ける。途端にトゥイーディアの手の中で、黝い光が弾けた——指輪に変じていた救世主の武器が、瞬く間に細剣に姿を変え、俺とヘリアンサスの間に刃が伸ばされる。

——だが、そこまでだった。

細剣の上に突如として見えざる大岩が乗せられたかのように、トゥイーディアが細剣を支えていられずに床に落とす。がんっ、と音を立てて床に転がった細剣の上に、事も無げにヘリアンサスが片足を乗せる。

「そう死に急がないでよ。つけを払ってもらうと言ったでしょう、今回のきみの命に用がなくなるのは、まだ先なんだから」

そうとだけ言って、ヘリアンサスは俺に視線を戻した。

「——僕を見て、びっくりした顔をしていたね。もしかして、今生は僕の顔を見ずに済むなんて、そんなことを思ってたの？」

「————」

図星だったが、俺は表情を変えなかった。奥歯を喰いしばってヘリアンサスを睨みつける。

ヘリアンサスはいっそう深く微笑んで、俺に白い指先を向けた。

「――最初のときに言ったんだけど、当然きみは忘れたか。……きみが僕との関わりを持たずにいられるものか」

「――――」

魔王ヘリアンサスは愛想よく俺たちを見渡した。蒼白になっている俺たち、衝撃に表情の固まった俺たちを。

心底可笑しそうに俺たち一人一人の顔を見てから、魔王はトゥイーディアを正面から見た。

挑発的に、冷笑的に、侮蔑的でいながら凛冽《りんれつ》として、――嘲るように。

「――きみが僕には到底及ばないということを骨に刻んで、血の一滴に至るまで僕を畏れながら、せいぜい無様《ぶざま》に足掻《あが》いていてくれ」

しゃらん、と、ヘリアンサスの左の手首で揺れる、空色の宝石を鎖に連ねた腕輪。

「きみたちが用意した舞台で、僕は長いこと魔王を演じてあげた。その幕は下ろした。――ここから先は、」

黄金の瞳が俺を向く。

まっしろな睫毛に彩られて、まるで燃えるように。

「ここからは、茶番の舞台の外側だ」

《了》

あとがき

はじめまして、陶花ゆうのと申します。

敗北を重ねて殺されまくっている救世主たちと、延々と救世主を殺し続けてきた魔王の物語に、ようこそおいでくださいました。いつもとは毛色の違う人生の幕開けから、この物語は始まります。

本編未読の方、ぜひご一読ください。本編既読の方、ご満足いただけましたでしょうか?

この作品は、もともとは「小説家になろう」様にて連載していた作品です。もしかすると、そのときから読んでくださっている方で、この本をお手に取ってくださった方もいらっしゃるでしょうか。

なんやかんやありまして拾っていただき、こうして書籍化の運びになりました。

Webでは、本当に目も当てられないほど序盤が長く、書籍化にあたりまして大幅にダイエット! Web版をご存知の方からすれば、だいぶすっきりしたなぁという印象ではないでしょうか。

この作品は、王道ファンタジーの皮を被ったミステリであり、そして恋愛ものであり、仲間の友情ものであり、今のところ影も形もありませんが、家族愛ものでもあります。一途な主人公とヒロイン、もどかしい両片想いがお好きな方には超おすすめです。

そして、すみませんが、あらすじ詐欺とか言わないで(、、、、、、、、、、)!!

実はまだ作品の序盤も序盤、何もネタバラシできておりません! 2巻以降も続けばいいのですが(タイトルに「1」と銘打っていただきましたが)、はたして続くのかこれ!? と、誰より作者が不安に思っております。続くといいな～。

では、最後に謝辞を。

担当の茂木様。いつも的確なご指示で、慣れない作業に右往左往する私を導いてくださり、ありがとうございます。

イラストの風花風花様。キャラの説明をするときに、言葉足らず説明不足で、大変ご迷惑をおかけしました。トゥイーディア初登場シーンの挿絵ラフを頂戴したとき、「かっっっこい……」と声が出ました。本当に感謝の念に堪えません。

Web版から本作を応援いただいている方々。あなた方なくしては、こうして書籍化という光栄に浴することもなかったかと思います。本当に本当にありがとうございます。よろしければ、Web版よりも要点をぎゅっと絞った書籍版もご贔屓に。

そして誰よりも、本作をお手に取ってくださったあなた様。心より、ありがとうございます。

この物語はまだ続きます（続くといいな〜）。

好きな子に強制的に冷たくしちゃって悲しませて死にたくなっている主人公だったり、全然振り向いてくれない人を一途に想い続けているヒロインだったり、歴史と訳アリの主人公たち、この面々を、今後とも、ぜひぜひよろしくお願いいたします。

輪番制で救世主を担当してきたのに、今回の俺は魔王らしい 1

発 行
2025年2月15日　初版発行

著 者
陶花ゆうの

発行人
山崎　篤

発行・発売
株式会社一二三書房
〒101-0003　東京都千代田区一ツ橋2-4-3 光文恒産ビル
03-3265-1881

編集協力
株式会社パルプライド

印刷
中央精版印刷株式会社

作品の感想、ファンレターをお待ちしております。
〒101-0003　東京都千代田区一ツ橋2-4-3 光文恒産ビル
株式会社一二三書房
陶花ゆうの 先生／風花風花 先生

Printed in Japan, ISBN 978-4-8242-0381-6 C0093
※本書は小説投稿サイト「小説家になろう」（https://syosetu.com/）に
掲載された作品を加筆修正し書籍化したものです。